T0243707

EL SECRETO DE SU MENTE

Planeta Internacional

MARIE BENEDICT

EL SECRETO DE SU MENTE

Título original: *Her Hidden Genius*

© 2022, Marie Benedict

Esta edición es publicada por acuerdo con The Laura Dail Literary Agency a través de International Editors' Co.

Traducción: Yara Trevethan Gaxiola

Diseño de portada: Planeta Arte & Diseño / Estudio La fe ciega / Domingo Martínez
Ilustración de portada: Fotoarte creado con imágenes de © iStock
Fotografía de la autora: © Anthony Musmanno

© 2023, Editorial Planeta Mexicana, S.A. de C.V.
Bajo el sello editorial PLANETA M.R.
Avenida Presidente Masarik núm. 111,
Piso 2, Polanco V Sección, Miguel Hidalgo
C.P. 11560, Ciudad de México
www.planetadelibros.com.mx

Primera edición en formato epub: junio de 2023
ISBN: 978-607-39-0198-7

Primera edición impresa en México: junio de 2023
ISBN: 978-607-39-0140-6

Impreso en los talleres de Impresora Tauro, S.A. de C.V.
Av. Año de Juárez 343, colonia Granjas San Antonio, Ciudad de México
Impreso y hecho en México – *Printed and made in Mexico*

PRIMERA PARTE

Capítulo 1

Una ligera neblina se cierne sobre el Sena en las primeras horas del día. «Qué extraño. No es amarilla como la niebla que flota sobre el turbio Támesis en Londres, mi hogar, sino azul como el huevo de un petirrojo. ¿Será que la bruma, más ligera que la niebla, con menos moléculas de agua y menor densidad, refleja el Sena que es más cristalino? Me maravilla la manera en la que convergen el cielo y la tierra, imponente incluso en invierno, la forma en la que los capiteles de Notre Dame se dibujan sobre las delgadas volutas de las nubes. Papá diría que el paraíso toca la Tierra, pero yo creo en la ciencia, no en Dios».

Hago a un lado los pensamientos de mi familia y trato simplemente de disfrutar la caminata desde mi departamento en el sexto distrito hasta el cuarto. Con cada cuadra que recorro se alejan los cafés de la orilla izquierda del Sena, con sus mesas en las aceras, llenas incluso en esta mañana de lunes de febrero; al cruzar el río entro en el mundo ordenado y elegante de la margen derecha. Aunque existen diferencias entre los dos distritos, de una u otra manera ambos muestran cicatrices de la guerra en sus edificios dañados y sus habitantes, aún recelosos. Lo mismo sucede en casa, aunque en París los ciudadanos, más que sus estructuras, parecen haber renacido del embate; quizás el espectro de la ocupación nazi sigue acechando entre ellos.

Una pregunta cínica e inquietante cruza mi mente; una que, estoy segura, carece de fundamentos científicos mensurables. Cuando los nazis dispararon contra ciudadanos franceses inocentes y judíos irreprochables, ¿las moléculas de los soldados alemanes que cargaron las municiones pasaron a sus víctimas? ¿Acaso París no sólo estaba plagado de los vestigios físicos de la guerra, sino también permeado de la evidencia científica microscópica de sus enemigos, así como de sus víctimas, mezcladas de tal forma que los nazis se habrían horrorizado? ¿Acaso los restos de alemanes y judíos serían idénticos bajo un riguroso escrutinio?

Dudo que esta sea una suerte de indagación que el físico francés Jean Perrin anticipara cuando lo galardonaron con el Premio Nobel en 1926 por probar que las moléculas existen. «Imagina que hasta hace veinte años la mera existencia del subuniverso que impera en mi trabajo estaba abierta a debate», pienso sacudiendo la cabeza.

De pronto me detengo al acercarme al Laboratorio Central de Servicios Químicos. Estoy confundida. ¿Es esta en realidad la venerable institución de química? El edificio tiene la pátina de la edad, pero no necesariamente esa suerte de respetabilidad y magnificencia que esperaba de una organización que ha producido investigaciones tan excelentes e innovadoras. Podría ser cualquier edificio de gobierno en cualquier lugar. Conforme subo los escalones hasta las puertas de entrada, casi puedo escuchar a papá criticar mi decisión: «Tanto trabajo y compromiso con la ciencia es encomiable», había dicho. «Pero ¿por qué debes aceptar un puesto en París, una ciudad que sigue desenterrando el peso de la ocupación y pérdidas tan terribles? ¿Un lugar donde los nazis…»», agregó pronunciando la palabra con esfuerzo considerable, «gobernaron alguna vez y dejaron tras ellos rastros de su maldad?». Con un gran esfuerzo, aparto a papá de mis pensamientos.

—*Bonjour* —saludo a la recepcionista—. *Je m'appelle Rosalind Franklin, et j'ai un rendez-vous.*

Cuando le informo que tengo una cita, a mis oídos, mi voz suena áspera y mi francés forzado. Pero la joven elegantemente vestida, con los labios como un tajo rojo brillante y el talle diminuto ceñido por un cinturón grueso de piel, responde tranquila con una sonrisa cordial.

—*Ah, bienvenue! Monsieur Mathieu vous attend.*

—¿El señor Mathieu me espera en persona? —espeto hacia la mujer, olvidando por un momento morderme la lengua antes de hablar, como sé que debería hacerlo. Sin esa pausa y cuidadosa consideración de mis palabras podrían percibirme como una persona brusca, incluso combativa en intercambios más acalorados. Supongo que es el legado de una infancia con padres que fomentaban la conversación y el debate; incluso con su hija, y de un padre que era experto en ambos.

—El señor Mathieu, ¡en efecto! —exclama una voz al otro lado del vestíbulo. Observo la figura familiar que avanza a zancadas hacia mí con la mano extendida—. No podía permitir que nuestra nueva *chercheuse* llegara sin una recepción apropiada, ¿verdad? Es un placer darle la bienvenida a París.

—Qué honor tan inesperado, señor —respondo al científico en jefe del Ministerio de la Defensa, quien participa en gran parte de la investigación científica gubernamental del país. Pienso en lo maravilloso que suena el título de *chercheuse*, que significa investigadora, en boca de un hablante nativo del francés. Aunque en papel no parece tan elegante como mi último puesto de asistente de investigación en la Asociación Británica para la Investigación del Uso del Carbón, al que llamábamos entre nosotros: BCURA; *chercheuse* suena absolutamente exótico—. Sin duda no esperaba verlo en mi primer día.

—Usted es la *protégée* de mi querida amiga, madame Adrienne Weill, y no quisiera ser el objeto de su ira si decepcionara a su protegida —dice con una sonrisa tímida.

11

Sonrío ante el inesperado aire travieso de este caballero, conocido tanto por sus proezas científicas como por su trabajo clandestino durante la guerra, en servicio de la resistencia. Mi amistad con Adrienne, la científica francesa de quien me hice amiga durante mis años en Cambridge, me había ofrecido muchos beneficios inesperados; presentarme al señor Mathieu no era el menor, ya que se produjo en el momento más urgente y necesario.

—Usted y madame Weill me han cuidado de forma extraordinaria —respondo, pensando en los muchos favores que ella me ha hecho a lo largo de los años—. Usted me aseguró este puesto y ella me encontró un departamento.

—Una mente extraordinaria merece un cuidado extraordinario —responde, ahora sin una sonrisa y con el rostro serio—. Después de verla presentar su artículo en la Royal Institution, en Londres, donde impuso el orden de forma conveniente sobre el reino desordenado del carbono, y al verla corregir pertinentemente las medidas en los diagramas de rayos X de ese otro expositor, tenía que ofrecerle un puesto aquí. ¿Cómo podíamos perder la oportunidad de tener a una *chercheuse* cuya comprensión de los *trous dans le charbon* es tan clara? —Hace una pausa y la sonrisa vuelve a surgir—. Hoyos en el carbón, como he escuchado que usted lo describe.

Para mi gran alivio, ríe con entusiasmo al pronunciar mi frase «hoyos en el carbón» y al recordar ese incidente. Cuando me puse de pie en la conferencia de la Royal Institution para señalar los errores en los datos del ponente, no todos respondieron favorablemente. Dos de los científicos en el público me gritaron que me sentara; uno incluso exclamó: «¡las mujeres deberían conocer su lugar!», y pude ver la consternación en los rostros de varios más, no por el exabrupto de los dos científicos, sino por mi audacia al corregir a un colega varón.

Cuando terminamos de reír, elogia mi investigación sobre la microestructura del carbón. Es cierto que utilicé mis propios métodos de experimentación y una medición poco común —una sola molécula de helio—, pero no diría que el tema del carbón quedó por completo establecido como resultado de ello.

—Sabe que puedo aplicar mis métodos en otros temas además del carbón, ¿cierto? —pregunto, pensando en lo sorprendida que estaría mi familia al ser testigo del hábil manejo de este intercambio en francés.

De alguna manera es casi más sencillo tener una plática banal en esta lengua que en inglés, en el que me desenvuelvo con torpeza porque puedo ser tímida o demasiado franca. Es como si el idioma francés me alentara y matizara mis aristas afiladas.

—¡Contamos con ello! —exclama. Aunque nuestra risa se ha apagado, su sonrisa permanece—. Muy pronto se dará cuenta de que un buen departamento es más difícil de encontrar que un buen puesto de científico en la Francia de la posguerra —agrega—, y quizá sea más entusiasta al agradecerle a madame Weill que a mí.

Soy afortunada de que Adrienne pudiera conseguirme una habitación en el enorme departamento de la calle Garancière, tan sólo a unas calles de los famosos y frecuentados Café de Flore y Les Deux Magots, en la acera izquierda. La dueña del departamento, una austera viuda de un profesor, que no ha renunciado a su atuendo negro de luto y prefiere que la llamen sólo *Madame*, me aceptó únicamente porque Adrienne se lo pidió; ella trabajó con su difunto marido. De otro modo, las viviendas en París son casi imposibles de encontrar. Sin mencionar que aquí puedo usar la tina una vez a la semana y tengo acceso a la cocina después del horario, y que los altos techos del departamento y las paredes forradas de libreros en la biblioteca que ahora me sirve como recámara son un sueño.

—Venga. —Hace un gesto hacia un largo pasillo que se extiende desde el vestíbulo—. El señor Jacques Mering espera impaciente a su nueva *chercheuse*.

El señor Mathieu me guía por un laberinto de pasillos, pasamos frente a tres grupos de investigadores con bata blanca; para mi gran asombro, varias son mujeres. He escuchado que los franceses valoran la inteligencia por sobre todas las cosas, ya sea que se trate de un hombre o una mujer, no les importa; y yo siempre había desestimado esas declaraciones como habladurías, puesto que en general provienen de hombres franceses. Pero la cantidad de mujeres que trabajan aquí es innegable, una diferencia asombrosa en comparación con mi último puesto en la BCURA.

Por fin nos detenemos. Estamos de pie frente a una puerta abierta que deja al descubierto un espacio vasto y espacioso, alineado con mesas negras de laboratorio y equipo, y un hervidero de científicos, cada uno tan profundamente absorto en su tarea que no parecen siquiera advertir nuestra presencia. El zumbido del proceso científico en pleno funcionamiento y las mentes brillantes abstraídas en investigaciones de vanguardia es como una sinfonía para mis oídos. No creo en la vida después de la muerte, pero, si lo hiciera, se parecería a esta habitación.

De pronto, un hombre levanta la mirada. Unos ojos verde brillante se encuentran con los míos y unas arrugas aparecen en las comisuras cuando su rostro se ilumina con una sonrisa. Esa sonrisa permanece fija en sus labios mientras se acerca a nosotros, haciendo que sus altos pómulos se pronuncien más. No puedo evitar devolverle la sonrisa; su alegría es contagiosa.

—¡Ah, señorita Franklin, esperábamos con ansias darle la bienvenida a París! —exclama el hombre—. Doctora Franklin, quiero decir.

—Sí, doctora Franklin —afirma el señor Mathieu—. Me gustaría presentarle al jefe del laboratorio en el que trabajará, el señor Jacques Mering.

—Es un placer —dice el señor Mering con la mano extendida para saludarme—. La hemos estado esperando.

Me quedo sin aliento ante su cálida bienvenida y pienso: «Parece que al fin llegué».

Capítulo 2

3 de febrero de 1947
París, Francia

—Permítame enseñarle el *labo* —indica el señor Mering con una sonrisa, señalando la habitación con un movimiento del brazo.

Con el señor Mathieu como escolta, me lleva de una mesa a otra, interrumpiendo a los *chercheurs* y asistentes a medio proyecto, con una confianza tan colegial que no pueden evitar responder afables. «Qué diferente es la manera en la que el señor Mering trata a su equipo contra la del profesor Norrish, en Cambridge, o incluso a la del doctor Bangham, en la BCURA», pienso y me estremezco al recordar.

Mi nuevo jefe me guía hasta un rincón vacío donde hay una gran mesa negra de laboratorio y se sienta en un banco a mi lado. Mientras el señor Mathieu sigue observando, el señor Mering dice:

—Nos impresionó con su análisis revolucionario de la estructura atómica del carbón, como estoy seguro de que el señor Mathieu le dijo. Sus innovadores métodos de experimentación le permitieron vislumbrar de manera única la estructura del carbón y nos ayudó a entender las diferencias entre los tipos; esperamos que nuestras técnicas aquí le proporcionen los medios para avanzar más en su exploración de los mundos minúsculos, los carbonos en este caso. Como sabe, el señor Mathieu es uno de nuestros más destacados expertos en cristalografía de rayos X y, para mi gran fortuna, fue mi maestro. Espero llegar a ser el de usted.

Sus palabras, una súplica franca, me conmovieron. No estoy acostumbrada a que un colega científico me hable como si él fuera el afortunado de trabajar conmigo. Siempre me había parecido que el intercambio era a la inversa.

—Será un honor —respondo al mirar a cada uno de los caballeros—. Estoy ansiosa por aprender la técnica y ver adónde me lleva.

Desde mi reunión con el señor Mathieu tres meses atrás he estado soñando con los mundos moleculares que podría encontrar al usar este nuevo método científico. Con él, un haz estrecho de rayos X se dirige a una sustancia cristalina que bloquea los átomos en su lugar y difracta los rayos X, lo que da como resultado impresiones en una película fotográfica. Cuando se toman múltiples fotografías en distintos ángulos y condiciones, los científicos pueden calcular la estructura atómica y molecular tridimensional de esa sustancia al estudiar el patrón y medir los haces difractados. Nunca esperé que los señores Mathieu y Mering tuvieran las mismas aspiraciones respecto a mí.

—Para nosotros también —interviene el señor Mathieu—. Nuestra institución no tiene objetivos industriales particulares; en su lugar, creemos que si otorgamos a nuestros científicos la libertad de investigar y explorar de acuerdo con sus intereses y talento, encontraremos un uso a sus descubrimientos. Con sus capacidades y nuestros métodos, tenemos muchas esperanzas sobre el objetivo final de su trabajo.

Cuando el señor Mathieu se despide, otro *chercheur* aparece al lado del señor Mering y lo aparta, me deja sola en el lugar que señaló como mi estación de trabajo. Ahí se encuentra el tipo de instrumental que he visto en las áreas de otros *chercheurs*: un potente microscopio, toda una gama de matraces y tubos, materiales para preparar los portaobjetos y un mechero Bunsen; pero también hay un montón de papeles junto al lavamanos asignado a mi estación.

Los hojeo y advierto que son informes que describen los proyectos de los otros *chercheurs* del *labo*, y del mismo señor Mering. Me acomodo en la silla y me pierdo en las descripciones de las elegantes observaciones de Mering en arcillas, silicatos y otros materiales finos usando las técnicas de difracción de rayos X; si comparte sólo una parte de sus habilidades en cristalografía conmigo será un maestro excelente. Cuando levanto la mirada ya pasaron dos horas y ahora, más que nunca, deseo aprender el lenguaje que me puede enseñar la cristalografía de rayos X; luego quiero someter una buena cantidad de sustancias a sus poderes. ¿A cuántos reinos diminutos podría darme acceso? ¿A mundos que pueden hablarnos de la «sustancia» misma de la vida?

Los minutos siguen pasando conforme reviso los materiales sobre los proyectos en progreso en el *labo*. Siento el estómago vacío, pero lo ignoro. Si espero a que el hambre del mediodía desaparezca, si actúo como si eso le sucediera a alguien más que a mí, quizá esas necesidades y distracciones cotidianas no desviarán mi concentración ni se presentarán como obstáculos. Además, ¿dónde podría ir a almorzar, o con quién? En la BCURA me acostumbré a comer un almuerzo que llevaba de casa, sola, en una mesa del laboratorio que limpiaba deprisa mientras mis colegas varones comían en el *pub* local. Si bien el aislamiento me ofendía, sabía que era afortunada al poder usar mi conocimiento científico para ayudar en la guerra en lugar de realizar trabajo agrícola para el Ejército de Mujeres de la Tierra, como mi padre propuso.

—¿Señorita Franklin?

Una voz llama mi atención y siento una ligera presión en el hombro. A mi pesar, aparto la vista de mi lectura y observo el rostro de una joven, una colega *chercheuse* que lleva una bata de laboratorio; sus luminosos ojos azules están agrandados por las gruesas lentes de sus anteojos.

—*Oui?* —digo.

—Nos gustaría que viniera a almorzar con nosotros.

17

Señala hacia un grupo de hombres y mujeres en bata que están a mi alrededor, quizá una docena, y me pregunto cuánto tiempo llevan ahí parados, tratando de llamar mi atención. Mamá siempre dijo que yo era insensible al mundo real cuando me sumergía por completo en «mi ciencia», como ella la llamaba.

Después de la relativa falta de compañerismo en la BCURA, y en Cambridge antes de eso, donde con frecuencia yo era la única mujer en el laboratorio o en una clase llena de hombres distantes, apenas sé cómo responder. ¿Esta es una verdadera bienvenida, o una suerte de invitación incómoda y forzada? No quiero que nadie se sienta obligado. Me he acostumbrado a trabajar y a comer sola, y me había armado de valor para ello antes de salir de Londres.

—¿Almuerzo? —espeto sin hacer esa pausa tan importante.

—Usted come, ¿o no? —pregunta la joven sin dejar de ser amable.

—Oh. Sí, por supuesto.

—Casi siempre comemos en Chez Solange y... —agrega uno de los hombres.

—Y después realizamos un ritual especial que compartiremos con usted —interrumpe la chica.

Me dejo llevar por la marea de conversaciones y gestos animados mientras salimos del edificio y cruzamos el Sena. Comparados con este ambiente radiante y estos parisinos animados, Londres y sus ciudadanos parecen sombríos. ¿Por qué será que las personas que sufrieron de primera mano la ocupación y la maldad de los nazis se muestran más esperanzadas y positivas que aquellas que lo padecieron de lejos? No estoy desestimando la horrible pérdida de vidas que el pueblo inglés sufrió por el *blitz* y en los campos de batalla, pero, a diferencia de los parisinos, ellos no tuvieron que ver cara a cara a los nazis y observar cómo marchaban por sus calles.

Mientras caminamos hacia el restaurante escucho a dos de los *chercheurs*, un hombre y una mujer, debatir un ensayo publicado en la revista *Les Temps Modernes*, editada por Simone de Beauvoir y Jean-Paul Sartre. Si bien he escuchado hablar de ambos escritores, no estoy familiarizada con sus artículos en la revista y me cautiva la manera en la que ambos investigadores defienden con vehemencia sus distintos puntos de vista sobre el ensayo, sin dejar de reír de manera amistosa al final de cada argumento. Ningún sinsentido estúpido cruza los labios de estos científicos avispados.

Mientras compartimos un *déjeuner* tradicional conformado por cassoulet y ensalada, permanezco en silencio para asimilar el debate que cambia de Sartre y Beauvoir a la situación política actual en Francia. Hombres y mujeres participan por igual en la conversación con explicaciones afables y me asombra el libre intercambio de ideas entre ambos sexos; la presentación elocuente de una postura se valora sin importar quién es el interlocutor. Las *chercheuses* no se ven en la necesidad de recurrir a falsos recatos o a argumentos estridentes, como es el caso generalizado entre las mujeres en Inglaterra, salvo en las escuelas sólo para señoritas como a la que asistí en St. Paul. Qué inesperado es este aspecto de la sociedad francesa. Su manera de intercambiar ideas se parece tanto a la de la familia Franklin, que la mayoría de los ingleses la consideran extraña.

—¿Usted qué piensa, señorita Franklin?

—Por favor, llámenme Rosalind.

Había advertido que todos ellos se llaman por su nombre de pila, aunque no podría repetirlos si me los preguntaran, y no quería que pensaran que era ceremoniosa. Por supuesto, jamás insistiría en que usaran el título formal, más apropiado de «doctora».

—Bien, Rosalind —interviene una mujer, quizá Geneviève—, ¿qué piensas? ¿Francia debería seguir los pasos de Estados Unidos o de la Unión Soviética en esta futura estructura política? ¿Cómo debería conformarse nuestro bello país ahora que se levanta de las cenizas de la devastación nazi?

—Ninguna de las dos opciones me convence.

Dos hombres, me parece que Alain y Gabriel, se miran; cada uno ha estado defendiendo con vehemencia la postura opuesta.

—¿Qué quieres decir? —pregunta Alain.

—Sí, explícanos qué crees tú —agrega Gabriel.

¿Será verdad que están tan interesados en mi punto de vista? Fuera de mi familia inmediata, no me parece que la mayoría de los hombres se sientan muy intrigados por mis opiniones, ya sea en ciencia o en cualquier otro tema.

—Bueno —digo, haciendo una pausa para ordenar mis ideas. Es un ardid que me enseñó mi institutriz de toda la vida, la nana Griffiths, quien fue testigo de mi propensión a hacer comentarios sin filtro más veces de las que podría contar. Sin embargo, aquí decido no moderar mis palabras o sentimientos—. Tanto Estados Unidos como la Unión Soviética se inclinan a tomar un camino destructivo con la acumulación de armas y la construcción de máquinas cada vez más letales. ¿No hemos tenido ya suficiente guerra y derramamiento de sangre? ¿No estaríamos mejor si nos enfocáramos en unir, en lugar de dividir las identidades? —Mi voz sube de tono conforme expreso esta postura, una que ya he discutido con mi padre—. Me parece que un camino fresco y nuevo sería mucho mejor.

Toda la mesa se queda en silencio. Incluso cesaron las conversaciones secundarias que se escuchaban al mismo tiempo que el debate sobre la política de Estados Unidos y la Unión Soviética. Todas las miradas están sobre mí y tengo ganas de arrastrarme bajo de la mesa. ¿Me habré equivocado tanto como lo hice con el profesor Norrish, en Cambridge, cuando le señalé sin rodeos un error crucial en su investigación? Ese traspié en particular resultó en un terrible pleito con Norrish, así como su insistencia de que yo repitiera su investigación; todo eso retrasó mi doctorado un año más. Nunca más quiero volver a cometer un error tan garrafal.

—Parece un poco tímida, pero tiene ánimo —le dice Alain a Gabriel en un tono que, claramente, espera que escuche—. Una vez que se interesa, por supuesto.

20

—Ni qué dudarlo —concuerda Gabriel, y luego agrega—: Esa pasión será una grata incorporación al *labo*.

No sé qué decir. ¿Se supone que debo responder a estos comentarios que, si bien audibles, es evidente que se dirigen entre ellos? ¿Será posible que en verdad les gusten mis opiniones bruscas, que no las encuentren ofensivas o impropias de una mujer?

Cuando empezamos a levantarnos de la mesa y a ponernos el abrigo, una de las mujeres pregunta:

—¿Vamos a Les Cafés de PC?

—*Mais bien sûr* —responde Alain.

—¿Vamos a otro café? ¿No tenemos que regresar al trabajo? —pregunto con un poco de pánico ante la ausencia, aparentemente larga, del *labo* en mi primer día.

Todos ríen y uno de los hombres exclama:

—¡El *labo* y Les Cafés de PC son casi uno y el mismo! Vamos, te enseñaremos.

Durante el trayecto de regreso para cruzar el Sena, uno de los hombres señala la École de Physique et de Chimie, el mismo lugar en el que Marie y Pierre Curie hicieron sus famosos descubrimientos que les granjearon el Premio Nobel. Me emociona pensar que estoy trabajando como fisicoquímica en el mismo espacio en el que trabajó mi ilustre ídolo.

Una vez dentro de nuestro edificio, en lugar de regresar a nuestro *labo*, el grupo se dirige a una parte desafectada del edificio en donde se aloja un laboratorio vacío. Sin decir una palabra, el grupo se dispersa y cada *chercheur* se aboca a un trabajo específico. Tres empiezan a enjuagar matraces de laboratorio, en tanto otros dos toman los frascos limpios y comienzan a hervir agua y café en ellos, sobre los mecheros Bunsen. Minutos después, todos estamos sorbiendo café en platos de evaporación. Y continuamos con la conversación política en donde la dejamos durante el almuerzo.

Observo alrededor de la habitación a estos científicos que toman café en equipo de laboratorio al tiempo que se apoltronan sobre las mesas y los escritorios; lanzo una carcajada ante esta escena incongruente. Muy pronto mis colegas ríen conmigo. Vuelvo a considerar una idea que me juré nunca albergar: ¿será posible que por primera vez en mi vida haya encontrado un lugar al que pertenezco?

Capítulo 3

14 de marzo de 1947
París, Francia

El señor Mering no me quita la vista de encima conforme monto la muestra del cristal en el goniómetro, en la forma precisa en la que me enseñó. Luego ajusto el instrumento para que el cristal quede en la posición que acordamos; queremos obtener ángulos y patrones muy específicos cuando los rayos X pasen a través del cristal para poder tomar esas reflexiones y, mediante la transformada de Fourier, crear un modelo tridimensional de sus átomos. Regreso a su lado, impaciente por penetrar en el reino íntimo de este cristal y revelar sus secretos guardados durante tanto tiempo.

—Quizá usted sea la alumna más rápida de cristalografía de rayos X que jamás haya conocido —murmura el señor Mering conforme guía mi mano hacia la pieza del equipo de cristalografía.

Para mi vergüenza, aún no conozco el nombre de esa pieza que lanza el haz de rayos X, después de semanas de trabajar en el *labo*. Imagino que el haz penetra el cristal y luego difracta en distintas direcciones, dejando patrones en la película de rayos X que podemos estudiar; luego pienso en las posibilidades de esta increíble herramienta, el insospechado mundo diminuto que nos permite ver. Aunque el proceso es laborioso y el equipo no es ninguna varita mágica, es un poco como magia científica, aunque en cámara lenta,

23

ya que el proceso puede llevar horas o días mientras esperamos que la imagen se concrete.

—Gracias —respondo, y trato de esconder mis mejillas ruborizadas detrás del equipo.

Es un gran halago por parte de un hombre que aprendió la técnica del señor Mathieu, quien, a su vez, la aprendió de uno de los descubridores de la cristalografía de rayos X, el ganador del Premio Nobel, William Henry Bragg, de la Royal Institution de Londres. Sin embargo, mi rostro se enfría rápidamente porque, en verdad, mi interés principal está en los micromundos que se abrirán ante mí con esta técnica. Me pregunto si podría usarla con sustancias distintas a los cristales. En otras palabras, ¿qué sustancias se podrían cristalizar para poder usar este método?

—No se lo diga a los otros —agrega con un guiño cómplice, sin alzar la voz y mirando alrededor de la concurrida sala en la que resuenan las voces de los científicos que deliberan y el tintineo de los matraces—. Algunos de ellos no son muy versados.

—No se preocupe, señor —respondo.

Si bien mi sentido del deber con el señor Mering significa que jamás soñaría con hablar de esta confesión con mis nuevos amigos, ya me siento su protectora y debo contenerme para no defender abiertamente sus capacidades. Aunque sólo tenemos seis semanas de conocernos, mi sentido de camaradería es tan fuerte que estoy segura de que ellos harían lo mismo por mí.

—¿Desde cuándo me convertí en «señor»?

Nuestras miradas se encuentran y sus ojos lanzan un destello de alegría. Hoy por primera vez estoy completamente consciente de la otra persona a mi lado, en lugar de la ciencia a mi disposición.

—Puedo estar a cargo de este *labo* y, técnicamente, podemos pertenecer al Ministerio de la Defensa, pero no dirijo un operativo militar. No soy, ni ahora ni nunca, un «señor».

—Entendido, s… —me interrumpo.

Es un hábito que proviene de mis desagradables años de estudio bajo la dirección del profesor Norrish, en Cambridge. Incluso cuando entré a la BCURA, donde reinaban la informalidad y la independencia bajo la guía más paternal del doctor Bangham, no pude deshacerme de esa costumbre. Tendré que esforzarme más aquí, puesto que no deseo que me etiqueten como una extranjera.

—Señor Mering —concluyo.

Me pregunto quién es la verdadera persona que está detrás de esta actitud afable y de tal mente brillante. En uno de nuestros ya habituales almuerzos en Chez Solange, los otros *chercheurs* han compartido rumores de que en realidad es judío, pero que como muchos científicos judío-franceses durante la ocupación nazi, se marchó de París para ir a un laboratorio menos peligroso en provincia, y jamás declaró su judaísmo. Si bien vivir sin documentos de identidad durante la guerra acarreaba riesgos para el señor Mering, la decisión debió ser, por supuesto, mucho menos arriesgada que la alternativa; todos sabemos que los nazis se llevaban a los judíos para matarlos en campos de concentración. De hecho, mi familia albergó a refugiados judíos que tuvieron la suerte de escapar durante la guerra. Platicando con un grupo más pequeño mientras caminábamos de regreso al *labo*, dos de las *chercheuses*, Geneviève y Marie, murmuraron que, a pesar de su francés perfecto, el señor Mering había nacido en Rusia. También confesaron que lo encontraban atractivo, una confidencia que me hizo ruborizar. Comparto su punto de vista, pero no deseo admitirlo, incluso para mí misma. Aparte de esto, parece que nadie sabe ningún detalle de la vida personal actual del señor Mering; cosa extraña, dado el amplio compañerismo y nivel de socialización tanto dentro como fuera del *labo*.

¿Quién es Jacques Mering? Sí, me gustaría mucho saberlo. ¿Por qué me siento como una niña cuando pienso en él, aun si soy una mujer de veintiséis años?

—Entonces —dice el señor Mering en su mejor esfuerzo por tener una actitud profesional—, dígame qué ve cuando observa esta imagen.

Me pasa una fotografía que tomamos al principio de la semana; la muestra que preparamos hoy para la máquina de rayos X será bombardeada con haces de rayos X durante más de un día para poder capturar una ilustración como esta.

Estudio los puntos dispersos en la fotografía y los distintos tonos de gris, blanco y negro al centro de los círculos concéntricos. Hago uso de la extraña suerte de don que me ha acompañado toda la vida: mi mirada se suaviza y los patrones comienzan a revelarse.

—Bueno, sin duda tengo que tomar todas las medidas pertinentes, pero la manera en la que estas manchas cambian de intensidad significa que los rayos X se concentraron en algunas áreas y bloquearon otras, debido a la naturaleza del cristal —digo señalando los puntos en la imagen—, nos dan una idea de la estructura de los átomos.

—¿Qué ve?

Tomo un lápiz y un pedazo de papel, y esbozo una figura tridimensional.

—Si tuviera que adivinar, algo que no me gusta hacer ya que prefiero trabajar con todos los datos posibles, desde esta perspectiva la estructura podría tener este aspecto.

Dudo un instante antes de darle el boceto. ¿Cómo puedo aventurar una respuesta? Compartir una conclusión sin una experimentación completa o pruebas va en contra de mi capacitación científica; contradice el perfeccionismo que me ha caracterizado desde la infancia, mi aversión a la negligencia en cualquiera de sus formas. Sin embargo, no puedo negarme y no quiero decepcionarlo, así que pongo el dibujo en su mano.

Sus ojos se agrandan de forma casi imperceptible y, después, sin comentar el bosquejo, pregunta:

—¿Hay algo que cambiaría para capturar la siguiente imagen?

—Existe una variedad de ángulos que usaría para hacer que los rayos X cambien la difracción; tengo algunas ideas sobre cómo posicionar el cristal para tener más probabilidad de capturar la estructura completa.

Escribo unos cuantos cálculos y le muestro mi plan de cristalografía de rayos X para esta muestra particular.

—*Incroyable* —dice manteniendo mi mirada—. Su ojo para los patrones es asombroso. Con su dominio en la preparación de materiales para estudio y análisis y todas sus técnicas innovadoras, no puedo esperar a ver lo que descubrirá. Piense que lo que encuentre sobre la arquitectura de estas sustancias podría darnos conocimiento sobre su comportamiento y función.

—Sin duda espero estar a la altura de sus expectativas, señor Mering.

La risa que habitualmente está presente en sus ojos o en las comisuras de su boca desaparece y, por un momento, pienso que lo decepcioné. Pero luego dice:

—Rosalind. —Me quedo sin aliento al escuchar mi nombre de pila en sus labios por primera vez—. ¿Cómo puede sugerir algo así? Ya excedió todas y cada una de mis expectativas respecto a usted.

Capítulo 4

22 de marzo de 1947
París, Francia

—Creo que te enamoraste de París, Rosalind. Has florecido de una forma en la que nunca lo hiciste en Cambridge. Incluso tu ropa ahora es muy francesa —comenta Adrienne mientras le da un sorbo a su café exprés, después de la cena.

Aliso mi larga falda verde esmeralda y me fajo la nueva blusa blanca a la moda. Aprecio el halago; en general, lo que Adrienne elogia es sólo mi mente.

Ella continúa haciendo gestos alrededor de su acogedor, aunque exiguo, departamento en el que colocó en lugares destacados fotos familiares que pudo salvar cuando salió de París para ir a Londres, justo antes de la ocupación nazi, y que después trajo con ella cuando fue seguro volver. Adrienne sospechó que su judaísmo y su ciencia la convertirían en un blanco para los nazis y, con sabiduría y suerte, pudo escapar justo a tiempo.

—Había esperado que vinieras a cenar todos los domingos, pero ha sido difícil... —Hace una pausa en busca de la palabra correcta—. ¿Cómo dicen los ingleses? Ha sido difícil obtener tu «carné de baile».

Río ante la sofisticada Adrienne que intenta usar una frase en inglés coloquial para ver si funciona. No es así, por supuesto, porque el intelecto y la cosmovisión de Adrienne son demasiado amplios para la estrechez de la sociedad inglesa.

—Lo lamento, Adrienne. Es sólo que los otros *chercheurs* me mantienen ocupada los fines de semana. Fuimos a esquiar mientras el clima seguía frío y ahora que la temperatura es más cálida hemos ido a dar caminatas en el bosque de Chantilly; también hemos asistido a algunas exposiciones en el Grand Palais, cuando las tardes son lluviosas.

—Suena maravilloso. Y muy apropiado para tu edad e intereses. Espero verte más seguido cuando haga más calor en primavera y puedas reunirte conmigo y algunos amigos para unas partidas de tenis —dice, recordándome el deporte que disfrutábamos jugar juntas cuando ambas vivíamos en Cambridge.

Su tenedor descansa sobre el budín que llevé para la cena, una mezcla que preparé con los escasos ingredientes disponibles estos días en los supermercados: leche enlatada, queso crema, azúcar, un poco de chocolate en trozos que me enviaron de casa y plátano.

—De cualquier modo —agrega—, por mucho que te adore, no me gustaría que pasaras tus fines de semana con una anciana.

Casi suelto una carcajada al escuchar este comentario. Nadie llamaría nunca a Adrienne Weill una anciana. Es cierto que está en sus cuarenta y muchos y que recibió su formación científica de la misma Marie Curie, pero la brillante física e ingeniera judía está más comprometida con la vida a su alrededor que muchos hombres o mujeres veinte años más jóvenes. En su cargo como metalúrgica en un laboratorio de investigación naval patrocinado por el gobierno, está estrechamente involucrada no sólo con la ciencia emergente, sino también con la política.

—Supongo que tu familia ya te visitó y que ellos también han llenado tu «carné de baile» —asienta con una sonrisa burlona.

Adrienne y su hija, Marianne, quien la acompañó a Londres, han llegado a conocer bien a mi familia durante sus años en Inglaterra. Siempre las incluimos en las festividades judías, y mis hermanos y hermanas encontraban excusas para visitarme en Cambridge, donde me alojaba en la casa de huéspedes que Adrienne tenía para algunos de sus alumnos, además de dar clases. Qué diferente habría sido mi vida sin esta amiga tan singular, un ejemplo de la riqueza del tipo de vida que podía llevar un científico de sexo femenino. «Imagina qué sería si nunca hubieras tocado a su puerta en Cambridge para pedir las clases de francés que ella prometió dar a quienes donáramos al fondo para su sueldo de docente», pienso.

—Hasta ahora, sólo Jenifer y Colin. —Le cuento sobre las visitas de Colin, el mayor de mis hermanos menores, y de mi hermana Jenifer, quien, nueve años menor que yo y aún en St. Paul, a veces parece más mi sobrina que mi hermana—. Aunque mamá está planeando venir y quedarse en el departamento la próxima semana en la que *Madame* estará ausente quince días. Le improvisaré una cama en la sala.

—¿Tu madre no quiere quedarse en un hotel? —Adrienne parece sorprendida.

—Quiere experimentar mi vida y eso significa quedarse donde yo me quedo, comer lo que yo como y visitar el *labo*. O al menos eso es lo que ella dice.

—¿Sospechas otros motivos? —pregunta Adrienne arqueando su magnífica ceja.

—Sabes que mis padres no estaban muy seguros de que viniera a París. Les preocupaba que la ciudad siguiera en dificultades después de la guerra y que yo no…

—… pudieras vivir al nivel en el que te criaron —me interrumpe.

En privado, admito que la familia Franklin es parte de una comunidad anglojudía exclusiva que puede remontar su linaje no sólo al gran rabí Loew de Praga, en el siglo XVI, sino hasta el rey David, fundador de Jerusalén y rey de Israel en el año 1000 a. C. Poco después de que mis ancestros se mudaran de Polonia a Inglaterra en la década de 1700 ingresaron al mundo financiero y de los negocios para iniciar siglos de opulencia y altos cargos gubernamentales, incluido un puesto en el gabinete. Pero mientras la familia Franklin acumuló grandes riquezas, papá siempre insistió en que tuviéramos cuidado, que viviéramos de forma relativamente modesta, sin ostentación. Esto significa que, aunque nuestro abuelo tiene una mansión en Londres y una propiedad en Buckinghamshire, mis cuatro hermanos y yo viajamos en metro; crecimos con comodidades, pero de manera convencional, en nuestra casa de Bayswater y dedicamos una cantidad considerable de nuestro tiempo libre a la filantropía, en particular a la ayuda de refugiados judíos que huían de Hitler, consiguiendo cientos de permisos de entrada para ellos y acogiendo a niños del *Kindertransport*. Esto lo hicimos además de nuestros esfuerzos habituales en la beneficencia favorita de papá: el Colegio de Hombres Trabajadores, donde él era director y enseñaba en las tardes un programa diseñado para crear puentes entre las clases divididas y proporcionar oportunidades a la clase trabajadora.

Como siempre sucede cuando se menciona la riqueza de mi familia, mis mejillas se sonrojan debido a una mezcla de vergüenza y enojo. Adrienne sabe mejor que nadie que mi familia nunca ha alardeado de su prosperidad; de hecho, mi padre se empeña en minimizarla.

—En realidad no —explico haciendo un gran esfuerzo para medir mi tono de voz—. Se debe más a que no les gusta la idea de que estuviera tan lejos, a la vera de la guerra.

—Lo entiendo perfectamente, Rosalind. Eres una joven encantadora que vive sola en una ciudad que, hasta hace poco, estuvo ocupada por los nazis. Es natural que Ellis y Muriel estén preocupados por tu seguridad. —Después de darle un sorbo a su expreso, continúa—. Así que, por supuesto, debes mostrarle a tu madre que no tiene nada que temer y sí mucho que celebrar de que vivas en París.

Sonrío, pensando en lo bien que Adrienne comprende cómo funciona mi familia.

—Ese es precisamente mi plan. He planeado los cuatro días de su visita hasta el último detalle. Le cocinaré varios platillos franceses con los abundantes ingredientes que encontré en el mercado... —Reímos, debido a la terrible escasez en los mercados—. Y luego iremos a una exposición impresionista el fin de semana y asistiremos a la Comédie-Française. Antes de que se vaya me aseguraré de que reciba un recorrido completo del *labo* y le presentaré a mis encantadores amigos *chercheurs*. Así, podrá informarle a la familia que estoy haciendo un trabajo importante y que no estoy sola, dos de las principales preocupaciones de mi padre.

—*Parfait* —exclama Adrienne asintiendo de manera rápida—. ¿Acaso debo prevenir a Marcel sobre la visita de tu madre al *labo*?

—No creo que sea necesario distraer al señor Mathieu de sus importantes actividades. Estoy segura de que el señor Mering puede proporcionar la ostentación suficiente del *labo* y elogiar mi trabajo frente a mi madre.

—Ah, el señor Mering. —Los ojos de Adrienne se entretienen en mi rostro—. Aún no hemos hablado del *labo*, del trabajo y de las personas.

Emocionada por compartir los detalles de mi nuevo trabajo en cristalografía de rayos X con alguien que no sólo lo entiende, sino que está interesada, me lanzo a dar un informe animado de mis descubrimientos y de las excentricidades de mis colegas *chercheurs*. El único tema que evito es el señor Mering. Últimamente me he dado cuenta de que mis sentimientos hacia él son complicados, y pienso en él como hombre, no como científico, con mucha más frecuencia de lo que me gustaría.

—Parece que has forjado una verdadera relación con tus colegas científicos —dice sonriendo—. ¿Quién sabe? Quizá te casarás con uno de ellos, como lo hice yo, y te quedarás en Francia para siempre.

—Nunca podría hacer eso. No puedo ser una científica al mismo tiempo que esposa y madre —espeto, después de haber agotado mis pocas reservas.

Adrienne está acostumbrada a mis exabruptos, pero esta vez con esta declaración quizá haya ido muy lejos.

—¿Por qué, Rosalind?

Sus hombros se tensan y de inmediato quiero tragarme las palabras que acaban de salir de mi boca. ¿Cómo pude decirle esto a Adrienne, entre todas las personas? Siempre meto la pata. Aunque crea en lo que dije, y lo hago, no debí hacer tal afirmación a la mujer que me ha brindado tanto un ejemplo de vida exitosa como científica como los medios para lograrlo yo también.

—Yo soy científica y madre —agrega—. Y antes de que mi marido muriera, fui esposa.

—Pero temo que tú seas la extraordinaria excepción, Adrienne. Y pudiste hacerlo porque tu marido apoyó por completo tu carrera, como Pierre Curie hizo con su esposa; esos hombres son únicos. Y funcionó cuando fuiste madre porque tus horarios te permitían ocuparte de Marianne. No es justo para un niño que su madre esté ausente; una profesional no puede proporcionar el cuidado y el afecto que un niño necesita.

—¿Cómo puedes decir eso? En gran medida, tú y tus hermanos fueron criados por la nana Griffiths mientras tu madre dedicaba su tiempo y atención a tu padre y a su trabajo como voluntaria, para gran beneficio de la gente pobre de Inglaterra y de los refugiados judíos en todas partes, y no pareces estar peor por ello.

Sus palabras me lastiman, más incluso porque son ciertas. ¿Cómo puedo contradecir un hecho? Mi naturaleza misma y mi formación van en contra de eso.

—Oh, Adrienne, lo siento mucho. No quería...

Hace un gesto con la mano que significa que la disputa ha terminado y que el *statu quo* se ha recuperado a la francesa.

—Eres joven. Eres inocente. El tiempo, y quizá el amor, te harán cambiar de parecer.

Quiero desmentirla, decirle que desde hace mucho tiempo decidí que la ciencia y el amor no pueden coexistir. Pero Adrienne no va a darme esa oportunidad; en su lugar, como la excelente investigadora científica que es, presiente que algo en mis respuestas está equivocado y está decidida a averiguarlo.

—Háblame más del señor Mering. Casi no lo has mencionado; sin embargo, estoy segura de que es omnipresente en el *labo*.

Mis mejillas se encienden de nuevo y me siento incapaz de mirarla a los ojos.

—Es un científico excelente. Y maestro.

—Estoy segura de que tú eres una alumna excelente. —Guarda silencio un momento—. Ten cuidado, *ma chère*. Eres exactamente el tipo de joven atractiva que llamaría su atención.

Capítulo 5

21 de mayo de 1947
Londres, Inglaterra

Observo a David y a Myrtle intercambiar votos bajo la jupá. Las lágrimas inundan mis ojos mientras observo cómo mi hermano mayor mira a la novia con ternura, una expresión que muy pocas veces se puede apreciar en mi estoico hermano. O, en realidad, en cualquier Franklin. El sentimentalismo y las muestras abiertas de afecto no son rasgos comunes en nuestra familia; de hecho, se desalientan de manera decidida, y observarlos de primera mano me provoca una reacción inesperada. Papá estaría horrorizado, así que bajo la mirada para esconder mis ojos.

Cuando el rabino formula las bendiciones, mis lágrimas ya están secas y sé que es seguro levantar la mirada. La novia y el novio empiezan a caminar por el pasillo entre muchos aplausos y veo a una cohorte de Franklin al otro lado, examinando a la pareja. Mis parientes se estrechan la mano con los Sebag-Montefiore, la madre y el padre de Myrtle, y veo lo orgullosos que están de esta boda, una unión con otra familia judía establecida y acomodada.

Sigo a la fila de invitados que entran al salón de fiestas; a mi hermana menor, Jenifer, y mis hermanos pequeños: Roland y Colin, de veintiuno y veinticuatro años, respectivamente. Nos reunimos con tres de los cinco hermanos y hermanas de papá, quienes observan a los invitados de la boda que hacen cola para felicitar a la pareja que está hasta enfrente de la fila, junto con mis padres y los Sebag-Montefiore.

—Cuánto exceso. Pensar en lo que se podría hacer en favor de las mujeres con todo el dinero que se gastó en esta boda, en manos de la Sociedad Fawcett o el gremio de Mujeres del Pueblo.

El comentario de la tía Alice se refiere a los magníficos arreglos florales, las copas de vino que pasan en charolas de plata que cargan meseros vestidos de blanco y las entradas *kosher* que contienen carne racionada que debió costar una pequeña fortuna a los Sebag-Montefiore. Su punto de vista no me sorprende, aunque eso no haya provocado que abandonara su encantador departamento o su cómodo estilo de vida. Aunque hace casi cuarenta años que la presentaron en la corte, rápidamente rehuyó a esa vida de la alta sociedad para adoptar una política socialista en defensa de las mujeres, cabello cortado casi al ras y una larga e indefinida relación con una compañera de piso de la que nadie hace comentarios. Dicho esto, me asombra un poco que se atreva a expresar sus sentimientos aquí.

El tío Hugh mira la escena a través de los gruesos cristales de sus lentes y resopla con empatía.

—¡Bien dicho, Alice! —exclama, luego guarda silencio.

Aunque comparte las mismas creencias sobre el capitalismo y las mujeres que la tía Alice —de hecho, lo encarcelaron por su postura de sufragista estridente cuando atacó a Winston Churchill con un látigo por no haber apoyado el voto para las mujeres— tiene muy claro que no vale la pena explayarse cuando se encuentra en el centro de las familias Franklin y Sebag-Montefiore. La suya no es una filantropía que nuestro patriarca, mi abuelo Arthur Franklin, fallecido hace casi una década, haya fomentado en los hermanos Franklin, de quienes papá es el menor.

Escucho un sonido de desaprobación y al voltear veo a la tía Mamie parada detrás de nosotros.

—Basta, ustedes dos. Esta es la celebración de David y Myrtle, y de su nueva vida juntos como Franklin. No una condena a la generosidad de los Sebag-Montefiore.

Aunque la tía Mamie es miembro del Consejo del Condado de Londres por el Partido Laborista, tiene opiniones más moderadas; mucho más que Alice. Los años que pasó al lado de su esposo, mi tío Norman Bentwich, mientras trabajaba como procurador general de Palestina bajo el mandato británico, han templado toda perspectiva extrema.

—En particular cuando sus buenas obras y filantropía son tan extensas —agrega—. ¿Ya olvidaron todo lo que hicieron por los niños judíos que quedaron huérfanos por la guerra?

Mis tías se enfrentan, con las mejillas encendidas en justa indignación, una de las pocas emociones que se toleran en la familia Franklin. Papá estaría furioso si se armara un escándalo en la boda de David, por lo que yo trato de apaciguar los ánimos que empiezan a encenderse entre mis tías y mi tío.

—Es la primera vez que los veo a todos desde que me mudé a París —digo en un claro esfuerzo por desviar la conversación a un ámbito más neutral.

—Ah, sí, Rosalind. ¿Cómo está París? —pregunta la tía Mamie, apartando la mirada de su hermana y apretando mi mano.

—Maravilloso. El laboratorio está llevando a cabo un trabajo brillante: encontrar nuevos modos de explorar el microuniverso. ¡Ah!, y mis colegas son geniales, divertidos y…

—¿No podías hacer trabajo de laboratorio aquí, en Londres? —me interrumpe la tía Alice arrugando la nariz, como si hubiera dicho algo desagradable.

Me pregunto si su objeción es por París o por mi trabajo científico. Es extraño, puesto que ella siempre hace alarde de vivir fuera de las normas y de apoyar a quienes toman decisiones similares.

—¿Por qué tienes que irte hasta París? Sobre todo cuando hay tantos ingleses afectados por la guerra y que necesitan tu ayuda —agrega.

—Espero que mis descubrimientos científicos beneficien a la gente de más de un país, tía Alice. En fin, algún día.

—No, Rosalind —espeta—, no me entiendes. Quiero decir que si estuvieras aquí podrías ayudar en cualquier cantidad de beneficencias inglesas en las que participa nuestra familia; ayudar a los refugiados o a las familias de los soldados cuando no estés trabajando, o quizá en lugar de tu trabajo.

A las mujeres de la familia Franklin se les exhorta a ser bien educadas e inteligentes; de hecho, están expuestas al mismo tipo de debate y rigor en el discurso que los hombres de la familia. Por ejemplo, papá siempre me incluye en las mismas actividades que a mis hermanos, desde escalar los Alpes hasta carpintería. Pero se espera que las mujeres Franklin usen sus dones intelectuales para mejorar a la humanidad mediante la caridad, cargos gubernamentales, buenas obras y, desde luego, un matrimonio adecuado. No un puesto asalariado. Después de todo, no necesitamos un trabajo remunerado para mantenernos; los fideicomisos se encargan de eso, al igual que sucede con los miembros masculinos de la familia que trabajan en empresas financieras, todos banqueros. Para los Franklin yo soy la paria, la rara que se dedica a la ciencia. Me pregunto qué camino elegirá Jenifer cuando sea grande.

Aunque no siempre está de acuerdo con mis decisiones, la tía Mamie me ha defendido siempre, y esta noche no es la excepción. En el momento en el que abre la boca para intervenir en mi favor, escucho el gritito familiar:

—¡*Miss* Rosalind!

Siento alivio y júbilo al ver al miembro favorito de mi familia, mi prima Ursula, que se dirige corriendo hacia mí.

—¡*Miss* Ursula! —respondo.

Ursula, la hija de Cecil, el hermano mayor de mi papá, era más que una prima para mí; estuvimos juntas en la escuela y en St. Paul también fuimos grandes amigas, lo que alimentó en nosotras una doble cercanía. De hecho, de alguna forma, puesto que Jenifer es mucho más joven y yo me encuentro en una etapa de la vida por completo distinta, Ursula es más como mi hermana. Aunque somos diferentes en muchos sentidos —el camino que ella tomó después de St. Paul ha sido conservar las tradiciones de los Franklin realizando trabajo filantrópico y saliendo con hombres judíos—, compartimos la honestidad e intimidad de toda una vida juntas y el aprecio que nos tenemos.

Disfrutamos nuestros apodos de infancia, aunque eso provoque miradas. Durante los fines de semana con nuestro abuelo en Chartridge Lodge, su propiedad campestre en Buckinghamshire, teníamos que dirigirnos a todos de manera formal, incluso a los miembros de la familia cercana. Hemos conservado el ritual que consiste en hacer llamarnos con el título *miss*, un recordatorio de nuestra herencia compartida.

Nos abrazamos rápidamente y, con los brazos entrecruzados, nos escabullimos de tías, tíos y hermanos.

—Me rescataste —murmuro.

Ursula, conocida por su humor y vivacidad, ríe. Entiende bien el debate y las opiniones apasionadas de nuestras tías y tíos, y en muchas ocasiones a lo largo de los años nos hemos sacado de apuros una a otra.

Empezamos a caminar entre la gente en el salón de fiestas y me da un ligero codazo.

—Te ves despampanante. París te sienta bien.

Sonrío. Esperaba que a Ursula le gustara mi atuendo.

—Es un homenaje al New Look de Christian Dior que está causando furor en París.

—¿Compraste el vestido en Dior? —pregunta con los ojos como platos.

Sabe cuál es la opinión de papá sobre los gastos ostentosos. De hecho, apenas me estoy reponiendo de su regaño a mi llegada anoche, cuando supo que volé de París a Londres en lugar de tomar el mucho más barato, pero infinitamente más repugnante y largo trayecto en ferri por el Canal de la Mancha.

—Claro que no —respondo dándole una palmadita en el brazo—. Lo hice yo. Le dije a mamá que me enviara seda de paracaídas para confeccionar la crinolina y que la falda se abombe bien. Podrás imaginar que, por desgracia, en París la seda es escasa.

Libero mi brazo del suyo y giro para quedar frente a ella. Ursula es la única persona con quien puedo ser un poco frívola sin sentirme juzgada.

—Hace que la moda londinense parezca sin gracia y con forma de caja. La cintura ajustada, los hombros estrechos y la falda larga abombada de tu vestido son muy favorecedores. —Pasa una mano por la falda recta de su elegante vestido color durazno que resalta de manera hermosa su tez clara y rosada, y su cabello castaño oscuro de rizos mullidos—. ¿Y tu cabello? El largo y la manera de sujetarlo con peinetas, ¿también es parte del New Look?

—No, eso sólo lo copié de los peinados que he visto en las mujeres parisinas. Son muy modernas y libres con sus estilos, *miss* Ursula. Es difícil creer que hasta hace sólo dos años vivieron bajo el yugo de los nazis —digo sacudiendo la cabeza.

—Pues la vida parisina te sienta bien. Más vale tener cuidado, miss Rosalind, ¡o llamarás la atención de uno de los científicos franceses! —bromea de buena gana.

Ursula conoce bien mi opinión sobre la ciencia y el matrimonio; de hecho, toda mi familia lo sabe, tanto que mis tías y tíos ya no mencionan el tema de mis pretendientes. Sin embargo, esta vez su broma se acerca de manera incómoda a la verdad. Siento que mis mejillas se calientan; espero no haberme sonrojado tanto porque Ursula, más que nadie, jamás lo dejaría pasar sin interrogarme o, al menos, comentarlo. Y mis sentimientos son demasiado nuevos y desconocidos para que pueda hablar de ellos.

Trato de cambiar el tema:

—Entonces, ¿has visto a…?

—No te atrevas a salirte del tema, *miss* Rosalind —me interrumpe—. Veo que te sonrojaste. ¿Qué está pasando?

—No seas tonta. Nada —digo en un intento por restarle importancia.

—¿Por qué tienes la cara roja?

—Hace calor aquí adentro.

Me abanico el rostro con la mano como para refrescarme. Ella pasa de nuevo su brazo bajo el mío, tal y como lo hacía desde que éramos niñas.

—Querida prima, no puedes tener secretos conmigo.

—Es sólo que… —dudo; no quiero hablar demasiado, pero sé que debo decirle algo a Ursula—. Los franceses son muy diferentes a los ingleses.

—¡Ajá! —Una chispa brilla en sus ojos—. El famoso coqueteo francés. ¿Ya fuiste víctima, *miss* Rosalind?

—Por supuesto que no, *miss* Ursula. —Sonrío para mis adentros, pensando en el señor Mering sin atreverme a pronunciar su nombre en voz alta—. Pero el coqueteo sí hace que una se sonroje.

Capítulo 6

Aparto el cabello de mis ojos; me doy cuenta de que probablemente tengo embarrado en la mejilla y la frente el barro del equipo de cristalografía de rayos X. «No importa», pienso. «Tengo el lugar sólo para mí». ¿Quién más, aparte de mí, estaría en el *labo* un sábado?

Me vuelvo a poner a gatas y miro el aparato que desensamblé para limpiar. El tubo de rayos X yace a la derecha y las bombas de difusión a la izquierda. Tengo planeado realizar varios experimentos importantes el lunes y el martes, y sé que a menos que les quite a las bombas los residuos acumulados, sin hablar de la grasa del sistema al vacío, no podré hacer las pruebas en el plazo que me establecí. Por otro lado, no quiero verme agobiada por las precauciones de seguridad que el *labo* obliga a los científicos a seguir cuando usamos el equipo para más experimentos; entorpecen el proceso y, en cualquier caso, ningún estudio científico definitivo ha mostrado algún daño preciso provocado por la radiación y el equipo. La documentación a la fecha se ha centrado en casos excepcionales y atroces de gran daño.

Aunque me he convertido en una verdadera experta en el uso del aparato y el tipo de investigaciones que puedo realizar con él, venir al *labo* los fines de semana se ha vuelto necesario. Nunca antes mi atención había vacilado, pero últimamente mi concentración se divide en dos. En todo momento durante mis días laborales estoy demasiado concentrada en mis estudios; sin embargo, de alguna manera también estoy consciente de la ubicación y las actividades del señor Mering. Ya sea que esté en el *labo* o en su oficina, estudiando los resultados de sus propios proyectos u ocupado en consultar a otro *chercheur* sobre su trabajo, con precisión sé dónde está y con quién. Me gustaría desistir de esta constante vigilancia, pero soy incapaz. Si bien esta distracción no ha afectado la calidad de mi trabajo, ha tenido una repercusión en la rapidez; por eso vengo aquí los fines de semana, para compensar.

«El trabajo progresa y estoy empezando a ver un orden en esto», me digo cuando estoy sola en mi recámara, en el departamento de la viuda, furiosa conmigo misma por permitirme pensar en un hombre, no importa que sea brillante, divertido y amable, que me quita la concentración. De hecho, mi análisis de carbonos y grafitos con rayos X está resultando tan esclarecedor que estoy pensando en escribir un artículo de mis hallazgos; si el señor Mering está de acuerdo, por supuesto. Quizá varios artículos.

Cuando tomo el benceno para limpiar los tubos, escucho que una puerta se azota. Doy un brinco y casi derramo el líquido claro altamente inflamable. Me equilibro sobre las rodillas, pongo la botella en el suelo y giro para identificar la fuente del sonido.

—Rosalind. —Escucho una voz que me llama y mi corazón late un poco más rápido.

¿Podría ser el señor Mering? Esta sería la primera vez que estuviéramos solos en el *labo*; de hecho, en cualquier lugar.

—¿Sí? —respondo poniéndome de pie y sujetando mi cabello a los lados con las peinetas. Trato de sacudir mi bata de laboratorio, pero me doy cuenta de que necesita una buena lavada para eliminar las manchas negras. «¿Debería quitármela?», me pregunto.

«No», respondo. Eso llamaría más la atención al hecho de que arriesgué a ponerme pantalones para venir al trabajo. No quiero decepcionar al señor Mering.

—¿Qué hace aquí, Rosalind?

Vuelvo a escuchar la voz y, por la inflexión nasal, sé que no se trata de señor Mering. Es Michel, un nuevo recluta en los rangos de los *chercheurs*.

—¿Vio el letrero que prohíbe la entrada? —pregunta.

En realidad sí había visto el letrero afuera del *labo*, el que anuncia que está cerrado el fin de semana; sencillamente le di la vuelta y entré. Él debió pensar que era curioso ese papel que colgaba y le dio la vuelta para leerlo.

Me río de su pregunta.

—¿Usted no? Parece que también entró al *labo*.

—*Touché* —responde y reímos juntos—. Supongo que ninguno de los dos es bueno para seguir las reglas.

—No cuando se trata de trabajo.

Michel estudia mi rostro.

—Está cubierta de polvo.

—No es polvo, es barro del equipo de cristalografía. Lo estoy limpiando.

—¿No podía esperar hasta el lunes? Me pareció escuchar que un grupo de *chercheurs* iba este fin de semana a explorar el bosque de Chantilly, y la oí decir que el senderismo era una de sus pasiones. ¿No fueron todos a una excursión en la Alta Saboya este verano?

No puedo evitar una sonrisa al recordar nuestra excursión que duró una semana por los glaciares del macizo Vanoise, una cadena montañosa impresionante y compleja. El trayecto de veinticinco kilómetros a lo largo de las crestas del Péclet-Polset que empezó entre nubes y neblina antes del alba, siguiendo a guías con antorchas, y terminó con el amanecer en el glaciar fue uno de los momentos más espléndidos que puedo recordar.

—Sí, subimos a las crestas del Péclet-Polset —respondo y veo cómo Michel alza las cejas al escuchar de la famosa y difícil caminata—. Me hubiera encantado ir a Chantilly, pero no podía aplazar la limpieza de los instrumentos si quiero estar lista a primera hora el lunes.

Parece avergonzado.

—Su dedicación es admirable. Me avergüenza haber venido a la oficina sólo para recoger un abrigo que olvidé. Mañana hará frío —explica, levantando un abrigo café de *tweed*—. ¿Cómo está Jacques? ¿Alguna novedad?

Por un momento, mi mente está tan ocupada en el señor Mering que pienso que me está preguntando sobre nuestro supervisor, que también se llama Jacques. Pero luego me doy cuenta de que debe referirse a mi estudiante investigador, Jacques Maire, quien la semana pasada procesó demasiado rápido unas películas de rayos X y se lastimó la mano. Era un ejemplo en el que los protocolos sobre el uso de químicos eran claros y con base en estudios concluyentes, y Jacques debió seguir las reglas; aunque seguía sintiendo lástima por sus heridas.

—Piensa volver al trabajo mañana.

—Qué alivio.

—Sí —respondo con un suspiro—, aunque me preocupa que vuelva muy pronto; parece que siempre tiene prisa. No quiero que tenga una lesión permanente en ese dedo en particular.

—¿Usted no le dijo lo que piensa?

—Sí, pero se encogió de hombros y me respondió que me preocupaba por nada. Ya le urge volver al trabajo.

—Parece que está trabajando para la *chercheuse* correcta —dice Michel.

—¿Qué quiere decir?

—No es exactamente usted quien sigue las reglas de seguridad. Volteó el letrero en la puerta y entró al *labo* a trabajar. ¿Y si hubiera un derrame químico?

Tuve que reír. Michel no había sido *chercheur* por mucho tiempo, pero me entendía bien.

—Ahora me toca a mí decir *touché*.

—Sin mencionar que ignora los letreros de advertencia sobre su propia persona.

—¿Cómo?

Señala al escritorio a la entrada del laboratorio, donde están los resultados de nuestro dosímetro de placa de película. Todos usamos estos aparatos de monitoreo de radiación, creados por Ernest Wollan para proteger a los científicos que trabajaron en el Proyecto Manhattan. Al final de la semana, la película dentro del dispositivo se revela para medir la cantidad de radiación a la que se ha estado expuesto. Había olvidado revisar el escritorio cuando entré al *labo* esta mañana.

Me dirijo al escritorio. Ahí, entre todas las películas que muestran los niveles de radiación seguros, veo uno en el que las cantidades son extremadamente altas. Entrecierro los ojos para leer al propietario y veo mi propio nombre en la parte inferior de la película.

Si alguien se entera me prohibirán entrar al *labo* durante semanas; por mi seguridad, me dirán. Eso no puedo permitirlo, en particular porque no hay una prueba categórica sobre el daño que la radiación puede provocar. Sin duda todos estamos familiarizados con los terribles destinos que padecieron quienes se sobreexpusieron a la radiación, de los cuales el más famoso fue uno de los sopladores de vidrio de Thomas Edison, Clarence Dally, quien se vio expuesto de manera regular con rayos X y, en consecuencia, perdió la vida, lo que fue un resultado más duro que el que padeció Edison de problemas de la vista y la digestión; pero, sin importar las lecturas del dosímetro, estoy segura de que estoy bien. Nunca he padecido la intensidad ni la duración de rayos X a la que gente como Edison o sus trabajadores estuvieron sometidos, o a la casi inimaginable exposición que experimentaron los científicos que trabajaron en el Proyecto Manhattan durante la guerra. Fue ese tipo de exposición a gran escala o, en algunos casos, severa, lo que llevó a la creación de equipo de monitoreo de seguridad, no los encuentros pequeños y diarios con rayos X a los que yo estoy expuesta.

Miro hacia donde está Michel y meto la película en el bolsillo de mi bata sucia de laboratorio. Sus ojos se abren como platos al ver lo que hago y recuerdo que es nuevo en nuestro *labo*. Muchos de nosotros ignoramos o, como en este caso, escondemos de manera deliberada las películas de radiación. No queremos que los dosímetros retrasen nuestros experimentos. Pero no puedo arriesgarme a que Michel informe sobre mi comportamiento; el señor Mering puede hacerse de la vista gorda con la desconsideración de sus *chercheurs* en cuanto a las reglas de seguridad, pero no puede ser tan indulgente si le señalan de manera abierta este tipo de conducta.

—¿Le importa si guardamos el secreto entre nosotros?

Capítulo 7

17 de noviembre de 1947
París, Francia

Subo corriendo los tres pisos hasta el departamento de la viuda y meto la llave en la cerradura apresuradamente; disminuyo el paso al cruzar las habitaciones hasta la estrecha escalera que lleva a mi ático. No me preocupa toparme con la señora Dumas, puesto que en general ella ha decidido permanecer en sus propias habitaciones desde la muerte de su esposo, y no desde mi llegada, pero como ella es la corrección en persona, se sentiría horrorizada al escucharme correr en su departamento. Aunque confío en mis capacidades y espero que mi investigación logre publicarse en la revista, me entusiasma pensar que el señor Mering valora tanto mi trabajo que lo presentó a esa prestigiosa publicación. Sólo eso es halago suficiente.

Salto los últimos escalones escarpados y vuelvo a repasar la escena que acaba de ocurrir en el *labo*. El señor Mering se acercó a mí cuando me preparaba para salir.

—Señorita Franklin, ¿cómo va el proyecto?

Le entrego la gráfica que acabo de terminar, donde clasifiqué los carbonos que se grafitizaron; es decir, que se convirtieron en grafitos mediante un tratamiento térmico, y los que no lo hicieron.

Lo revisa y dice:

—Una identificación impresionante de los patrones en los diferentes tipos de carbonos. ¿Ya formuló una teoría sobre por qué sólo algunos tipos de carbono se transforman y otros no?

—Todo se remite a la estructura —respondo señalando una columna en particular—, al tipo de moléculas que conforman el carbono.

—¿Qué quiere decir?

Cierro los ojos y le describo lo que veo en mi mente.

—Creo que los carbonos que no se grafitizan son ricos en oxígeno pero pobres en hidrógeno, con una estructura interna fuerte y reticulada que evita la grafitización. Lo contrario es verdad para el otro tipo. —Como permanece callado, agrego nerviosa—. Pero tengo que realizar pruebas adicionales y tomar más imágenes, por supuesto. Todo esto es sólo especulación con base en los resultados iniciales. Y, como me parece que ya le he dicho, no me gusta especular. Siempre baso mis teorías en la experimentación y los hechos objetivos.

—¿Qué le parecería publicar estos resultados en *Acta Crystallographica*?

Creo que me quedé boquiabierta.

—Contemplo una serie de artículos —continúa—, empezando por uno que resuma estos resultados; claro, una vez que estén terminados. Luego, quizá uno o dos artículos ulteriores en los que indague sobre las técnicas cristalográficas de los rayos X que utilizó para obtener estas cifras, y quizá un artículo final que muestre su teoría.

—Nada me gustaría más —tartamudeo, incrédula al escuchar su propuesta.

—Excelente —responde con esa enorme sonrisa que abarca la mayor parte de su rostro anguloso. Después extiende el brazo hacia mí; por un segundo pienso que me acariciará la mejilla pero, en su lugar, frota mi nariz con cuidado—. No puedo permitir que mi *chercheuse* estrella se pasee con grafito en la punta de la nariz.

Cuando llego al final de la escalera, abro la puerta del rellano, ansiosa por entrar a mi recámara y cambiarme para ir al teatro esta noche. Alain, Geneviève y yo vamos a ver *Enrique V*, con Laurence Olivier. Será la tercera vez que veo la obra de teatro más patriótica de Shakespeare, con Olivier como director, y me encantó que algunos de los *chercheurs* por fin hayan aceptado verla conmigo.

—¡Ay! —exclama una voz a mi espalda.

¿Quién demonios es? La sirvienta ya se fue y la viuda jamás pensaría en subir al ático. Siempre estoy sola en este piso.

Volteo y veo en el descansillo a un hombre desgarbado de cabello oscuro y piel aceitunada que se lleva la mano a la nariz. Una mujer delicada de cabello rubio sale disparada de la habitación libre del ático.

—Vittorio, *est-ce que ça va?*

—*Ça va, ça va* —responde, apartando la mano de su nariz—. No hay sangre —agrega con una sonrisa.

—¡Oh, lo siento! —exclamo—. No sabía que la señora Dumas había aceptado más inquilinos. Pensé que la otra habitación estaba vacía, de lo contrario, jamás hubiera...

—Por favor, no se preocupe —dice él—. Debí avisarle.

—Qué pena. ¿Se encuentra bien?

Alza la mano en el aire y declara:

—¡Esta nariz jamás estará tan bien!

¿Cómo no reír con este hombre sociable y excéntrico? De cualquier manera, es cierto que su nariz es claramente aguileña.

—¡Qué presentación tan poco ortodoxa! —exclamo—. Por favor, permítame disculparme de nuevo y presentarme. Soy Rosalind Franklin.

—Vittorio Luzzati, para servirle —responde con una breve reverencia y luego señala a la mujer—. Y ella es mi encantadora esposa, Denise.

Nos estrechamos las manos; advierto que, si bien el francés de Vittorio es impecable, tiene un ligero acento. Sin embargo, su esposa debe ser una hablante nativa.

—¿Acaban de mudarse a París o sólo cambiaron de casa?

—¡Ninguna de las dos! —afirma Vittorio; tanto Denise como yo reímos—. Al principio de la guerra emigré de Génova a Buenos Aires…

—Ah, ¿no era adepto de Mussolini? —interrumpo y luego me reprendo por soltar así mi pregunta.

Uno nunca sabe nada en política y vamos a ser vecinos. Pero me da una respuesta amable que no deja de ser brutalmente honesta.

—No. Y al igual que Hitler, Mussolini no era adepto de mi gente, los judíos.

—Entiendo. También son mi gente.

Antes de que continúe, asentimos en reconocimiento.

—Mientras estaba en Argentina conocí a esta asombrosa francesa —acerca a su esposa y la besa en la mejilla—, quien estaba ahí estudiando medicina. Cuando por fin terminó la maldita guerra regresamos a París, donde Denise se crio. ¡Y aquí estamos!

—Pues bien, me alegra que ambos estén aquí. Bienvenidos a París y a su nuevo hogar —digo haciendo un gesto por el descansillo.

Están de pie, uno al lado del otro, entrelazándose por la cintura; transpiran alegría y compañerismo. Qué afortunada soy de que hayan llegado aquí.

—¿Cómo convencieron a la viuda para que les rentara la habitación? Es muy quisquillosa. —Tan pronto como termino la frase me doy cuenta de cómo podría interpretarse y empiezo a retractarme—. No quise decir…

Vittorio alza la mano.

—Me parece que obtuvimos la habitación de la misma manera que usted: Adrienne Weill.

—¿Conocen a Adrienne?

—Así es. Y la conozco a usted.

—¿Por Adrienne?

—Adrienne la mencionó, pero no fue ella quien me dio la verdadera información sobre usted. Ese fue el señor Mering.

—¡Ah!, qué coincidencia. ¿Cómo conoce al señor Mering? —pregunto al tiempo que empiezo a sentir calor en las mejillas al mencionar su nombre.

—Yo también soy cristalógrafo de rayos X. De hecho, trabajaré con usted en el Laboratorio Central de Servicios Químicos, y nuestro jefe mutuo la describió como la *chercheuse* de las manos de oro.

Capítulo 8

9 de marzo de 1948
París, Francia

Mientras me pongo la ligera gabardina azul, río incómoda al escuchar el comentario de Geneviève.

—No soy puritana —respondo.

—¿En serio? —bromea Geneviève—. Entonces, ¿por qué no estás de acuerdo con la tesis central de Simone de Beauvoir de que las mujeres han estado históricamente subordinadas a los hombres porque están esclavizadas por su papel reproductivo?

—No es que no esté de acuerdo, pero… —trato de responder para salir del paso.

El hecho de que la condición de las mujeres se ciña a la maternidad es una de las razones por las que decidí huir del matrimonio y los hijos; pero el tema del sexo y el género me incomoda a nivel visceral. Mis amigos *chercheurs* lo saben, por lo que contrariarme se ha convertido en un deporte afable.

—Pero ¿qué? —pregunta Vittorio con una sonrisa.

Mi compañero de casa se ha unido a las filas de *chercheurs* de manera tan natural, tanto en el trabajo como en las bromas, que no puedo recordar cómo era antes de su llegada.

—Pe… pero… —tartamudeo mientras avanzamos hacia la salida del *labo*.

Trato de contenerme y no decir algo que me avergüence, como ellos bien saben. Es desconcertante que a los veintiocho años no me haya desecho aún del malestar infantil que siento con temas de sexo, que mis colegas catalogan como biología básica.

De pronto escucho mi nombre.

—¿Señorita Franklin?

Es el señor Mering. Usa por turnos el «señorita» y «doctora», pero lo hace en un tono tan agradable que es imposible que me desagrade.

—Salvada por el jefe —murmura Geneviève con una risita.

—¿Me permite un minuto? —dice.

—Por supuesto —respondo. Luego volteo hacia mis amigos y agrego—: Vayan, los alcanzo en Chez Solange.

Me siento nerviosa mientras paso entre las mesas de trabajo y el equipo, y camino hacia la oficina del señor Mering, cuya puerta se abre al *labo*. No sólo no estoy acostumbrada a estar a solas con él, sino que es poco común que él busque tener una conversación confidencial con alguno de nosotros. El *labo* es un lugar amigable e informal, extraordinariamente libre de controversias y competencia, y no puedo recordar un solo caso en el que él haya necesitado privacidad para decir lo que piensa. Incluso una conversación que tuvimos sobre la posible publicación de mis resultados se llevó a cabo en un área abierta en el *labo*, donde había *cheurcheurs* y asistentes alrededor.

—¿*Oui*, señor Mering? —pregunto tratando de no mirar fijamente sus ojos verdes.

—Señorita Franklin, estoy seguro de que se habrá dado cuenta de que estamos muy satisfechos con su progreso aquí.

Su halago me desconcierta. No es que nunca reconozca el esfuerzo de su equipo, sólo que en general expresa su reconocimiento de manera espontánea, en el área de trabajo donde todos podemos escucharlo.

—Ha sido muy generoso, así como el señor Mathieu —respondo, a falta de una idea mejor.

—Sólo es lo que se ha ganado. Por supuesto, en muy poco tiempo se ha vuelto una experta en el equipo de cristalografía y estoy seguro de que su artículo ameritará su publicación en *Acta Crystallographica*.

—Gracias, señor —balbuceo aún desconcertada—. ¿Esta es una suerte de evaluación espontánea?

—Por estas razones —continúa aclarándose la garganta—, me gustaría que me acompañara a la conferencia en Lyon, en mayo.

—¿Lyon? —Estoy asombrada. Muchos de mis colegas han estado años aquí sin haber recibido una invitación a ninguna de las conferencias científicas que después de la guerra empiezan a organizarse por todo Europa—. ¿Yo?

—Sí, usted —responde con su encantadora sonrisa; esa sonrisa que no puedo más que devolverle—. Se lo ha ganado. Estoy ansioso por presumirla.

Los ápex resplandecientes de los tulipanes se asoman sobre el deshielo del suelo mientras camino unas cuantas cuadras hasta Chez Solange, pero apenas los advierto. Estoy dividida entre el entusiasmo por el mensaje que el señor Mering envía al elegirme para su conferencia y los nervios por cualquier error que pueda cometer. No es que me sienta ansiosa por asistir a conferencias, dar ponencias o platicar con mis colegas científicos; sólo me preocupa el tipo de confesiones que podría hacer sin querer cuando él y yo estuviéramos solos.

Sujeto con las peinetas los rizos de mi cabello que se soltaron con la brisa primaveral y entro a Chez Solange. Los manteles a cuadros tan familiares y el cálido resplandor de la chimenea en el centro del restaurante calman mis nervios. Quizá con esta invitación estoy suponiendo más de lo que hay en realidad; tal vez los otros *chercheurs* tomaban turnos para asistir antes de que yo llegara.

—¿Qué quería? —pregunta Geneviève incluso antes de que me siente en la silla que me aparté.

El coq au vin frente a mí se ve apetitoso, pero no tengo hambre.

—Pedirme que lo acompañara a la conferencia de Lyon.

De manera inusual, mis amigos guardan silencio y me doy cuenta de que en realidad sí es muy significativo ser elegida para asistir a una conferencia. ¿Están enojados porque no los eligieron a ellos? ¿Piensan que no soy digna del honor? ¿O los celos endémicos de la ciencia por fin salieron a la superficie en este entorno tan inusitadamente alentador? Asistir a la conferencia en Lyon no vale la pena a cambio de cualquier efecto negativo que pueda tener en este grupo tan unido ni mi posición en él, de eso estoy segura.

—Felicidades, Rosalind. Bien hecho —Vittorio es el primero en hablar.

Geneviève extiende el brazo sobre la mesa y me aprieta la mano.

—Eres un genio —dice.

Y una serie de felicitaciones recorre la mesa.

Empiezo a comer mi coq au vin y el acostumbrado intercambio animado se apodera del grupo para extenderse a temas mucho más amplios que mis logros. Permito que mi mente se enfoque en su conversación entusiasta, desde el terrible asesinato de Gandhi, en India; la posibilidad de que Estados Unidos adopte el Plan Marshall para ayudar a las naciones europeas en su recuperación económica y la probabilidad de que Israel se convierta en un Estado, hasta la posibilidad de que Patrick Blackett gane el Premio Nobel de Física por su investigación sobre los rayos cósmicos. Acababa de hacer a un lado mis inquietudes por su reacción ante lo de Lyon cuando escucho el nombre del señor Mering.

—¿Crees que los rumores sean ciertos? —le pregunta Gabriel a Alain en voz baja, desde el otro extremo de la mesa.

—¿Cuáles? —cuestiona Alain con un resoplido.

La voz de Geneviève se hace más fuerte cuando discute con Lucas quién debería ganar el Premio Nobel, y no puedo escuchar la respuesta de Gabriel. «Demonios», pienso. «¿Por qué Geneviève y Lucas no pueden hablar más bajo aunque sólo sea una vez?».

Aparte de la historia tan repetida de su decisión de esconder su judaísmo en tiempos de guerra y de salir de París para ir a trabajar a una región de Francia más alejada y, por lo tanto, más segura, muy comprensibles ambas, no estoy al tanto de ningún rumor sobre el señor Mering. Nada. Pero, de nuevo, cuando una conversación versa sobre él hago mi mejor esfuerzo por cambiar de tema o por interesarme en otra cosa. Me preocupa que mis sentimientos, tanto tiempo reprimidos, salgan a la superficie sin invitación.

Hago un esfuerzo por escuchar el intercambio entre Alain y Gabriel, pero el debate sobre el Premio Nobel causa furor. Nos levantamos y empezamos el corto camino de regreso al *labo*; incluso Gabriel y Alain se dejan llevar en la disputa amistosa y me quedo pensando: «¿Qué son esos rumores sobre el señor Mering?».

Capítulo 9

10 de mayo de 1948
Lyon, Francia

Estoy de pie en la colina más alta de Lyon y observo el lugar donde confluyen el Ródano y el Saona, al sur del centro histórico de la ciudad. Los ríos fluyen en colores dorados y coralinos bajo la creciente luz del amanecer, un matiz magnífico acentuado por los tejados de terracota de los edificios de la ciudad. «Qué felicidad haber viajado a Lyon un día antes», pienso. «De lo contrario, me hubiera perdido este maravilloso paisaje».

Empiezo a bajar por las calles empedradas hacia mi hotel; paso frente a seis iglesias que, por el estilo y los materiales, parecen datar de la Edad Media y el Renacimiento. La historia de la ciudad, tan profunda y variada —desde sus raíces como antigua colonia romana hasta su apogeo comercial durante el Renacimiento y el éxito en la manufactura de la seda en los siglos XVII y XVIII—, es evidente por todas partes. Es como si la ciudad misma intentara recobrar épocas más ilustres, más allá de la mancha y el dolor de la ocupación nazi, una era de la que pueda sentirse orgullosa. Yo también lo intento, concentrándome en el pasado más reciente de Lyon como centro de la resistencia francesa en lugar de en los tantos judíos deportados a los campos desde las calles de la ciudad.

Dos horas después estoy vestida con mi uniforme habitual: blusa blanca impecable, falda azul marino y collar doble de perlas; si quiero asegurarme de que me tomen en serio, aquí no puedo usar el New Look. Espero al señor Mering en la escalera del edificio donde se celebrará el Congrès de la Catalyse de Lyon hoy y mañana. Una oleada de hombres de cabello oscuro y trajes negros se acerca hasta rodear el escalón donde me encuentro, pero yo no veo su cabello castaño tan familiar, peinado con cuidado sobre su frente para esconder el adelgazamiento del cabello, ni esos ojos verdes centelleantes, siempre arrugados en los bordes por su sonrisa fácil. «¿Su presencia calmará o aumentará mis nervios?», me pregunto, a sabiendas de que no es la conferencia lo que me hace sentir un nudo en el estómago.

De pronto, advierto un rostro muy conocido entre la multitud, pero no es el del señor Mering.

—*Bonjour!* —exclamo agitando la mano hacia el señor Mathieu.

El científico de cabello hirsuto apresura el paso.

—¡Ah! ¡Doctora Franklin! Me alegré mucho cuando Jacques me dijo que la había elegido a usted para la conferencia; después de todo, usted es la estrella en ascenso de su *labo*.

El alivio y la decepción me invaden al mismo tiempo, pero hago un gran esfuerzo por conservar una apariencia ecuánime y profesional.

—Bueno, a mí me alegra que me hayan elegido. Estaba esperando al señor Mering.

El señor Mathieu agita la mano sin darle importancia.

—Nos encontrará. Entremos para encontrar buenos asientos antes de que los ocupen todos. Apartaremos uno para Jacques.

Entramos al auditorio donde darán la primera conferencia del día. A mi alrededor, la gente conversa en francés, inglés, español e italiano y me dejo llevar por la emoción de los nuevos acontecimientos y de los científicos asistentes. El señor Mathieu y yo nos sentamos en la segunda fila, con una vista excelente al podio, y apartamos un asiento junto al pasillo para el señor Mering.

El orador prueba el micrófono y la luz baja de intensidad. El señor Mering no ha llegado aún, y en el momento en que pienso que encontró otro asiento, se acomoda en la silla a mi lado. Asentimos como saludo y el orador empieza su discurso.

Mientras el doctor Paul Emmett expone los parámetros de su investigación, su voz sonora me arrulla y la proximidad de la pierna del señor Mering con la mía me distrae. Si bien con frecuencia estamos muy cerca cuando usamos el equipo de cristalografía o estudiamos las películas, de alguna manera esto se siente diferente; podría ser la oscuridad o mis deseos, no lo sé.

Aunque en la pantalla pasan las diapositivas y el doctor Emmett señala sus resultados, me encuentro incapaz de concentrarme. Luego, el señor Mering se inclina para acercarse a mí. Siento la calidez de su aliento en mi cuello.

—¿Está hablando del mismo tipo de estudios que usted realizó en la BCURA? —murmura.

De pronto, recupero la concentración y pongo atención a las palabras del doctor Emmett. Su proyecto y presentación sí se relacionan de manera directa con los estudios que llevé a cabo y los artículos que publiqué en la BCURA.

En la siguiente pausa en la presentación, me aclaro la garganta y levanto la mano.

—Doctor Emmett, ¿puedo hacer un comentario?

—Por supuesto —responde.

Otros científicos han hecho observaciones o han formulado preguntas en la última media hora; parece bastante normal disertar en la conferencia.

—Me parece que puede hacerse una correlación interesante entre sus experimentos y las investigaciones que hice sobre el carbono y el carbón vegetal cuando trabajé como asistente de investigación en la Asociación Británica para la Investigación del

Uso del Carbón —digo en francés, el idioma principal de la conferencia.

—¿Le importaría compartirlo con nosotros? —pregunta el doctor Emmett.

Me pongo de pie y hablo sobre las similitudes que existen entre ambos estudios. Cuando termino, la sala permanece en silencio y me preocupa haber hablado mucho tiempo, o quizá con demasiada autoridad, como es mi costumbre, pero en ese momento escucho una voz al fondo de la sala.

—¿Le molestaría repetirlo en inglés, señorita Franklin?

Una hora después la conferencia concluye. Al salir del auditorio con los señores Mathieu y Mering nos reunimos con otros cincuenta científicos que van a tomar el café de media mañana; en ese momento una mano palmea al señor Mering en la espalda.

—Jacques, ha pasado mucho tiempo. —Nos detenemos para saludar al doctor Haisinski—. Planteó unos puntos excelentes, señorita Franklin. De hecho, elevó el nivel de la conferencia.

—*Merci.*

El doctor Haisinski vuelve su atención al señor Mering y dice:

—Parece que elegiste bien a tu *protegée* este año.

¿Este año? ¿El señor Mering elige a un favorito diferente cada año, casi como en rotación? Pensaba que había hecho su selección con base en un conjunto único de cualidades, desde luego profesionales y quizá incluso personales. ¿Me equivoqué al interpretar a este hombre alegre y alentador? Sin duda no sería la primera vez. Cuánto me había equivocado al valorar al profesor Norrish, al pensar que sería bueno trabajar con él cuando, de hecho, sucedió lo contrario; sin hablar de varios compañeros de estudios a lo largo de los años.

—Somos afortunados de que la señorita Franklin eligiera nuestro instituto. No sólo se ha vuelto increíblemente diestra en nuestras técnicas, sino que su uso de la cristalografía en el carbono es casi milagroso.

Mientras habla, la mirada del señor Mering se detiene en mí y me hace estremecer de una manera que nunca antes había sentido.

—Su profunda comprensión del carbono a nivel molecular podría tener una aplicación revolucionaria —interviene el señor Mathieu. Me sonríe con un orgullo casi paternal—. Nuestra señorita Franklin podría cambiar el mundo.

Capítulo 10

11 de mayo de 1948
Lyon, Francia

—¿Nos escapamos para ir a cenar a uno de los famosos *bouchons* de Lyon? —murmura una voz a mi oído.

Desvío mi atención de la conversación con un grupo de científicos y veo al señor Mering, o más bien debería decir Jacques, ya que ha insistido en que lo llame así desde que empezó la conferencia. Al principio, usar su nombre de pila me hacía sentir incómoda, como si estuviera vedado, pero cuando me di cuenta de que todos en la conferencia usaban los nombres de pila, entendí que llamarlo señor Mering sólo me hubiera hecho sobresalir de manera desfavorable.

—¿Salirnos del coctel y saltarnos la cena, dice? —pregunto confundida.

La conferencia culmina con bebidas, seguidas de una cena formal para todos los científicos, una última oportunidad de conocer a otros en nuestro campo y hablar sobre nuestros proyectos. He estado esperando ese momento; por otro lado, nunca me he distinguido por mi espontaneidad.

—Exacto. La comida de la conferencia será horrible, como la de anoche —asegura, y no exagera. El pollo estaba tan duro que empecé a sospechar que ni siquiera eso era pollo, algo nada raro en estos días de racionamiento.

—Pero conozco dos *bouchons* exquisitos donde se las arreglan para servir una comida lionesa tradicional: salchichas y cerdo rostizado, sin hablar del delicioso vino tinto Beaujolais local.

Sé que el acceso a una gama más amplia de ingredientes frescos es más fácil fuera de París, y sí parece ser exquisito. Pero ¿sería apropiado? ¿No sólo saltarse la comida formal, sino cenar solos? El señor Mathieu, quiero decir, Marcel, ya regresó a París, y sólo seríamos nosotros dos.

—Ah, sí… bueno —balbuceo. Dudo porque, claro, Jacques es mi jefe y debo seguir su ejemplo, pero una parte latente en mí también desea estar a solas con él—. De todos modos, yo no como cerdo. Aunque no me limito al kósher, mi abuelo se daría vueltas en su tumba si lo comiera.

Sus ojos se ensanchan un poco.

—Mi educación judía nunca me ha impedido probar las especialidades lionesas de cerdo —dice—, pero respeto sus deseos. Sin embargo… —Sonríe y agrega—: Su dieta no contempla que coma gato asado en la cena, ¿o sí? ¿Como anoche?

¿Cómo no reír ante tal pregunta? ¿Y qué más responder que sí?

La vela que está en el centro de la mesa se ha consumido casi por completo, dejando el pabilo expuesto y unas gotas de cera blanca sobre la mesa. Nuestros platos están vacíos; Jacques limpió el último pedazo del delicioso pato con el último trozo de baguete, tanto en su plato como en el mío.

Pasamos toda la cena hablando del mundo molecular del carbono. Nos imaginamos en ese reino, navegando por el universo diminuto; nos preguntamos si otros materiales cristalinos se verían y se sentirían igual. Es mágico, es el tipo de conversación que constantemente tengo en mi mente pero que nunca pensé que pudiera tener con otro ser humano, mucho menos con un hombre tan atractivo como Jacques.

Le hace una seña al mesero para que nos traiga otra botella de Beaujolais.

—No estoy segura de que sea una buena idea —digo.

Ya me acostumbré a tomar vino en las comidas, como hacen los franceses, pero en general me limito a una o dos copas cuando estoy con mis amigos *chercheurs* o con Adrienne. Esta noche he bebido mucho más de dos copas. Jacques es muy persuasivo.

—Otra botella de delicioso Beaujolais siempre es una buena idea.

Lanzo una risita y me sorprende la naturalidad con la que ese sonido tan poco familiar sale de mi boca.

Mientras el mesero sirve las dos copas con vino tinto purpúreo, Jacques dice:

—Hábleme de usted. Es cautivadora la combinación de su formidable intelecto e inocencia. Es un enigma, Rosalind.

—¿Un enigma, yo? —Esta vez no lanzo una risita, sino una carcajada—. No creo que nadie antes me haya llamado así. Aunque… —Tomo un sorbo— mi padre probablemente lo ha pensado todos estos años.

—¿En qué sentido?

Jacques se inclina sobre la mesa y su rostro está a unos cuantos centímetros del mío.

—Mi padre siempre ha tenido una idea muy específica sobre cómo sus hijos deben vivir su vida. Nos criaron para tener una buena educación, ser miembros generosos, primero de nuestro círculo familiar ampliado, de nuestra comunidad judía en segundo lugar y de Inglaterra en tercero. En realidad, desde la infancia nos inculcaron que debemos retribuir a la sociedad. Todo esto era posible porque la familia contaba con recursos económicos. —Hago una mueca al pensar cómo sonó eso—. No es que seamos ricos, no es lo que quiero decir; vivimos cómodamente. Papá siempre nos sermoneaba sobre el enfoque que debía tener nuestra vida, dado que ciertas necesidades ya estaban, y siempre estarían, satisfechas.

—¿Y de qué manera ser científica se adapta a todo eso?

—Bueno, ese es el enigma, ¿cierto? Papá parece estar orgulloso de mi éxito en la escuela y en el trabajo, pero no entiende con exactitud la vida de un científico. Y sin duda esa vida no se adapta a su visión del mundo; sobre todo porque la ciencia, al menos como la practicamos usted y yo, es universal. No entiende que sea la lente a través de la cual veo el mundo ni que nuestros descubrimientos sean una forma de retribución.

Los ojos se me llenan de lágrimas al pensar en esta brecha que nos divide a papá y a mí. Casi de inmediato, me avergüenzo de dejarme llevar por mis emociones. «El vino me hizo bajar la guardia», pienso. Me enjugo los ojos con la mayor discreción posible, puesto que Jacques está a sólo unos centímetros de mí.

Me toma la mano.

—Las expectativas de mi familia no son las mismas que las suyas; los inmigrantes rusos están más preocupados por la supervivencia que por la retribución. Pero entiendo lo difícil que puede ser; la manera en la que otras personas pueden malinterpretar nuestra vida como científicos.

Permito que entrelace sus dedos con los míos; me pregunto si este gesto es un consuelo platónico o algo más. Y por primera vez considero si me he equivocado todos estos años. ¿Podría tener una relación personal y trabajar como científica si fuera con alguien como Jacques? «Basta», me reprendo. No hay razón para dar ese salto lógico mortal a partir de un roce sencillo y tierno que cualquier persona compasiva tendría con otro ser humano.

Aparto la mano con suavidad y tomo la copa de vino.

—La ciencia no deja espacio para la filantropía ni para una familia propia y estas son las dos objeciones principales de papá.

Siento que mis palabras son demasiado íntimas para nuestra relación profesional, pero perfectamente apropiadas para el momento. No me atrevo a verlo a los ojos; en su lugar, miro las muescas en la mesa de madera y paso el dedo índice sobre las incisiones en la superficie.

Sus dedos se acercan a los míos hasta que casi los tocan. En el espacio entre ellos puedo ver los átomos de nitrógeno y oxígeno que colisionan con libertad, comprimen el aire conforme su mano avanza hacia la mía. Técnicamente, ¿nuestras manos se tocan si un átomo rebota en su dedo y choca contra el mío?

—Rosalind —dice por último—, ¿sabe que ser científica no significa que debe estar sola?

Aunque mis ojos no se han apartado de la mesa, puedo sentir su mirada; casi como si deseara que lo viera. Finalmente, no puedo resistir más y observo sus ojos verdes, más jade que esmeralda a esta corta distancia, y dejo que tome mi mano. «¿Alguna vez me han tomado la mano con tanta ternura?», me pregunto. Luego, para mi sorpresa, se inclina sobre la mesa y roza sus labios suaves contra los míos.

Capítulo 11

Ajusto la lente del microscopio para mirar de cerca la muestra de carbono. La sección que preparé debe extenderse en el ángulo exacto que proyecté; de lo contrario, no voy a obtener el cálculo que necesito para el estudio. Estoy tan concentrada que, cuando escucho un ruido a mi lado, algo que se desliza, lo registro y luego lo ignoro por completo. Alzo la mirada sólo cuando oigo que alguien se aclara la garganta.

Es Jacques. En su mano tiene un sobre manila grueso del tamaño de una hoja de papel; está al alcance de mi mano, pero él lo acerca más a mí.

—Ábralo —me ordena en un murmullo.

Sus palabras suenan a una exigencia, con una autoridad poco común en él, pero su tono es totalmente eufórico.

—Casi termino con esta muestra. ¿Puede esperar, señor Mering? —pregunto.

Es gracioso lo extraño que ahora me parece su nombre completo, después de luchar tanto para llamarlo Jacques durante tantas semanas el verano pasado.

—No, no puede.

De nuevo, suena como una orden, pero puedo ver la emoción en su rostro. Nunca me ha sido fácil leer las expresiones, y aunque

75

he llegado a conocer muy bien a Jacques, aún no estoy segura de cómo interpretar este intercambio.

—Bien —respondo.

Me quito los guantes y tomo el sobre. Uso la navaja afilada de unas tijeras para abrir la parte superior, meto la mano y saco el último ejemplar de *Acta Crystallographica*. ¿Por qué interrumpiría mi trabajo para darme esto? Estoy a punto de hacer un comentario irónico cuando advierto las miradas oblicuas de los otros *chercheurs* a nuestro alrededor, Vittorio entre ellos, y dudo. En su lugar, digo:

—Gracias, señor. Lo leeré enseguida.

—Ábralo en la página 42 —insiste con una sonrisa.

Todos en el *labo* se detienen; ahora ni siquiera fingen trabajar. Hojeo la revista, encuentro la página 42 y lo veo. Ahí está mi nombre, en *Acta Crystallographica*. Apenas puedo creerlo. He publicado artículos en revistas científicas respetadas como *Fuel* y *Transactions of the Faraday Society*, pero *Acta Crystallographica* no es una revista típica. Aunque es relativamente nueva, con rapidez se ha convertido en una de las revistas científicas más reconocidas. Jacques me había dicho que pronto presentaría mi artículo para su publicación, y si bien mis experimentos eran buenos y mis hallazgos sólidos, esos factores no son suficientes para publicar en la tan competitiva *Acta Crystallographica*.

—¿Pensó que el artículo ya estaba listo para presentarlo? —pregunto.

Aunque me había dicho que quería hacerlo, nunca me informó que ya lo había hecho.

—Sabía que lo estaba y los editores de *Acta Crystallographica* también lo sabían. —Está muy satisfecho consigo mismo y, como si fuera posible, su sonrisa se ensancha más—. Y entiendo que será el primero de una serie.

Quiero saltar de alegría. Quiero rodearlo con mis brazos y besarlo con fuerza en los labios. Pero veo que las miradas de todos los *chercheurs* están sobre nosotros, así que debo contener mis instintos y simplemente inclinar la cabeza hacia el hombre al que he llegado a amar.

—Gracias por su apoyo, señor Mering.

—Es lo mínimo que se merece —responde con una enorme sonrisa.

En ese momento pienso en algo. Bajo la mirada hacia el artículo y luego volteo a verlo.

—Aparezco como la única autora.

—Porque es la única autora.

—Pero usted me supervisó y es tradicional incluir el nombre del supervisor junto al del autor.

—No esta vez —dice con una sonrisa de placer. Luego baja la voz hasta hablar en un murmullo y agrega—: Mira el sobre.

Sólo yo puedo escucharlo. Él da media vuelta para regresar a su oficina y se detiene en el escritorio de Alain para hacerle una pregunta.

Recorro la sala con la mirada; recibo varios gestos de reconocimiento y un grito de felicitaciones de Vittorio, pero sé que cualquier celebración tendrá que aguardar hasta el almuerzo. Espero que todos los *chercheurs* vuelvan a su trabajo y le doy vuelta al sobre. Ahí, con la caligrafía de Jacques, están las palabras: «Champaña. Bistrot des Amis. 8:00 p.m.».

Las burbujas de la champaña me hacen cosquillas en la nariz.

—No más —protesto sin mucha convicción cuando Jacques trata de servirme la tercera copa de Taittinger hasta el borde.

Me asombra que esta deliciosa champaña de 1942 haya escapado a la atención del *weinführer* nazi, Otto Klaebisch, cuyo trabajo consistía en evitar que los soldados saquearan, y reservar las mejores botellas para los altos oficiales nazis. «¿Cómo Jacques puede pagar esta botella?», me pregunto. Nuestros puestos son elevados, pero no nuestro salario.

—No podré ir a trabajar mañana por el dolor de cabeza —agrego.

—Creo que tus colegas entenderán.

Río.

—No conoces a tus *chercheurs*. Quizá me perdonaran si hubiera festejado el artículo de la revista con ellos, pero ¿si supieran que rechacé su invitación por tener un *tête-à-tête* contigo? No creo que la reacción sería tan agradable.

—¿Por qué no? Sé que eres muy reservada, algunos incluso dirían que mojigata —dice con una sonrisa burlona y le doy una palmadita en el brazo—. Pero los encuentros románticos abundan entre los *chercheurs*. Coqueteos y amoríos, eso es seguro, pero también se han dado varias parejas efímeras o incluso relaciones permanentes por el tiempo que pasan juntos en el *labo*. ¿Por qué no deberíamos disfrutar de la compañía del otro? ¿Por qué tenemos que andar a hurtadillas?

—No quisiera que los otros *chercheurs* creyeran que me das preferencia. ¿Y si pensaran que estamos haciendo equipo para el artículo de *Acta Crystallographica* y que incides en su publicación por lo que sientes por mí?

—Nadie pensaría eso, Rosalind. *Ma chère*, todos reconocen tu inteligencia y dedicación. Ningún otro *chercheur* va al *labo* los fines de semana más que tú.

—No sólo es cuestión de mi intelecto o mi dedicación, también se trata de la manera en que asignas tu tiempo y recursos entre los *chercheurs*. No sólo son colegas de confianza, también son mis amigos.

—Ya deberías saber que puedo apoyarte por ser una científica brillante y, al mismo tiempo, sentirme atraído hacia ti. Ambas cosas no son necesariamente causales. —Hace una pausa—. ¿Esa es la única razón por la que no has querido que nadie sepa de nosotros?

La manera en la que dice nosotros casi me hace estar de acuerdo con cualquier cosa, como anunciar nuestra relación al mundo, como seguirlo a la cama como ya lo ha sugerido. Casi.

—Es complicado, Jacques. Tengo que considerar a mi familia y también está mi trabajo como científica.

—¿Por qué estamos hablando de tu familia y de la ciencia cuando el contexto es nosotros? Nada de eso tiene que ver con nosotros. —Su dedo recorre lento e indolente mi antebrazo desnudo hasta hacerme estremecer—. Eso no tiene nada que ver ahora.

De nuevo ese nosotros con su irresistible francés grave, como si «nosotros» fuera un material real y tangible que puede analizarse bajo un potente microscopio; un tono que me hace desear mandar al demonio las buenas formas y la precaución, y besarlo ahí mismo, en el Bistrot des Amis, así como hicimos hace ocho meses en el *bouchon* de Lyon. Pero si bien en estos ocho meses ha habido caricias robadas en el *labo*, cenas secretas en bistrós alejados y besos apasionados en callejones, también transcurren fines de semana largos y vacíos sin una palabra y todo el mes de agosto que pasé en familia, en el que no recibí ni una sola carta. ¿A qué se refiere Jacques cuando habla de «nosotros»?

No me atrevo a preguntar. No es sólo la arrogancia de la cuestión, sino también que no sé cómo me siento yo con la idea de nosotros. ¿Cómo puedo desear a este hombre y seguir creyendo que la ciencia y el compromiso no están hechos el uno para el otro?

Su dedo sigue su sinuoso progreso de un extremo a otro de mi antebrazo.

—Esta noche estaré solo en mi departamento. Por favor ven conmigo.

Ya antes ha hecho insinuaciones, pero nada tan directo o específico. Y nada tan peculiar.

—¿No estás siempre solo en tu departamento?

Me mira de manera inquisitiva.

—No, de lo contrario te habría invitado más veces. Sobre todo porque sé que no hay una pizca de privacidad en tu recámara en el departamento de la viuda, con Vittorio y su esposa justo al otro lado del pasillo. Tampoco es que alguna vez me hayas invitado…

Sigo confundida.

—¿Tienes compañero de departamento?

—¿Qué quieres decir? —pregunta apartando la mano.

Siento un malestar repentino. Tengo que hacer la pregunta, pero me aterra la respuesta.

—¿Quién está normalmente en tu departamento?

—El departamento está vacío casi siempre.

Incluso con mi limitada capacidad de descifrar a la gente me doy cuenta de que está ocultando algo.

—¿Quién está ahí cuando no estás solo?

—Oh, Rosalind, pensé que lo sabías.

Suena afligido y avergonzado.

—¿Quién está ahí cuando no estás solo?

Mi voz tiembla. Necesito que lo diga en voz alta.

—Mi esposa.

Capítulo 12

24 de junio de 1949
París, Francia

Mis padres y Colin llegarán esta tarde y yo aún no he terminado de hacer los cálculos necesarios para concluir el experimento. El siguiente paso de mi análisis de la estructura del carbono está casi completo, salvo por las medidas de la difracción de los rayos X del último lote de muestras. Si quiero cumplir con los tiempos de los estudios y la subsecuente publicación que establecí con Jacques hace varios meses —y entregar cinco artículos sobre el tema en uno o dos años, no sólo en *Acta Crystallographica*, sino también en el *Journal de Chimie Physique*—, entonces tengo que apresurarme. «Imagina la huella que dejaré en la ciencia si cumplo este objetivo», pienso. Es estimulante.

Jacques —el señor Mering; tengo que pensarlo y decirlo— pasa junto a mí en el *labo* en su camino de vuelta a su oficina, con un rápido «*bonjour*»; sin alzar la mirada, le devuelvo el saludo. Este intercambio cordial y formal ha sido nuestra pauta desde esa noche en el Bistrot des Amis. Recuerdo poco del final de esa velada; sólo algunas cosas: empujar las manos de Jacques cuando quiso tocarme al salir del restaurante; caminar a tropezones sola por las calles hasta el departamento de la viuda; subir la escalera hasta mi recámara, en donde los escalones prácticamente nadaban a través de mis lágrimas.

Vittorio me dice que estaba histérica y lo atribuyo a su acostumbrada exageración italiana, salvo que Denise estaba de acuerdo.

—Rosalind, *mon petit chou*, no sabíamos qué hacer contigo —dijo unos días después—. Llegaste al departamento bañada en lágrimas, pero no quisiste hablar con nosotros. Cuando te escuchamos llorar en tu habitación, insistimos para que nos dejaras entrar, pero no querías decirnos qué había pasado. La mañana siguiente te levantaste con el sol y te preparaste para ir a trabajar como si nada hubiera sucedido, ni entonces ni desde ese día.

—Aunque puedo suponer qué pasó —agregó Vittorio con voz tensa.

Nunca dijo más y yo jamás expliqué nada.

Aunque no hemos vuelto a tocar el tema desde entonces, he notado que Vittorio me mira constantemente en el *labo*. Todo su cuerpo se tensa si en algún momento ve a Jacques cerca de mí, y la relación cálida que alguna vez compartieron los dos hombres ya no existe. Durante varias semanas después de esa última cita desastrosa, Jacques me interpelaba en el pasillo vacío afuera del *labo* para suplicarme que reconsiderara.

—Rosalind, no puedes vivir tu vida como si fuera un problema científico que hay que resolver, eliminando sin emoción las partes que no se ajustan a tus teorías y estándares. Debes permitirte sentir y experimentar —decía.

Pero ahora fingimos que todo es normal y me he dado cuenta de que si no permito que me invadan emociones como el amor o el arrepentimiento, si me mantengo ocupada, puedo continuar con mi vida agradable con mis amigos *chercheurs* y con mi trabajo. Pero la vigilancia constante se ha convertido en el sello distintivo de mi vida cotidiana.

Miro el reloj del *labo* y, al hacerlo, capto la mirada de Vittorio.

—Menos de tres horas para la Operación Franklin —exclama, usando el apodo militar que otorgamos a la visita de mis padres. A él y a Denise les he informado bien sobre la dinámica de la familia Franklin, y les agradezco mucho su ayuda. «Son unos amigos maravillosos», pienso. «Casi como una familia elegida».

—No hay vuelta atrás —respondo, sin que me importe si otros *chercheurs* escuchan nuestra charla.

Vittorio y su esposa me ofrecieron sus servicios como escudo ante los ataques que espero recibir de papá.

—Estaremos a tu lado en la cena, no te preocupes —promete.

Aunque lo diga en broma, la presencia de la caballería Luzzati esta noche será un gran alivio. Puesto que no hay duda de que Colin no necesitaba que mis padres lo escoltaran a París para poder viajar conmigo en las vacaciones, sospecho que su presencia aquí es una guerra en potencia. Aunque no estoy del todo segura de qué tipo de batalla enfrentaré.

En el momento en el que vuelvo a concentrarme en mi trabajo, unas voces que no reconozco hacen eco en el pasillo que lleva al *labo*. Al igual que todos los otros *chercheurs*, miro hacia la entrada y veo a un hombre y a una mujer que caminan directo hacia Jacques; este los saluda con la mano extendida en bienvenida. ¿Quiénes son estas personas? Por su atuendo, él de traje negro y ella con un vestido de falda recta, sé que no son franceses, pero tampoco parecen ingleses. En general, al *labo* no entran visitas que no nos hayan informado con anticipación, ni siquiera las que vienen de parte del gobierno.

Regreso a mis cálculos, o al menos finjo hacerlo, sin dejar de observar a los desconocidos por el rabillo del ojo. Jacques los lleva a recorrer la sala y los presenta a los *chercheurs* a su paso. Tanto el hombre como la mujer entablan conversaciones animadas con mis amigos del *labo* y me pregunto si están pensando trabajar aquí.

—¿Doctora Franklin? —dice Jacques cuando llega hasta donde estoy.

Como siempre, mi corazón da un vuelco por lo cerca que está y el sonido de mi nombre en sus labios. Me siento tan diferente cuando estoy frente a él, que me pregunto si es posible que las moléculas que nos rodean se alteren con estas variables. «Qué tontería siquiera especular que esa emoción pueda afectar las leyes de la química y la física», pienso.

—¿Sí, señor Mering? —respondo volteando hacia él como si acabara de advertir su presencia y la de los recién llegados.

Quizá esta es mi mejor actuación; algo que, en general, me cuesta mucho trabajo. Pero he tenido que perfeccionar esta capacidad en los últimos seis meses en el *labo* con Jacques; he tenido muchas ocasiones para practicar. Ha sido muy difícil sentirme atraída hacia él y, al mismo tiempo, saber que debo resistirme.

—Me gustaría presentarle a David y Anne Sayre. El señor Sayre es un físico estadounidense y está haciendo un recorrido por nuestras instalaciones, así como por otros laboratorios europeos que trabajan en cristalografía de rayos X en su camino a Oxford, donde completará sus estudios con Dorothy Hodgkin —dice Jacques con su marcado acento inglés.

—Un placer conocerlos —saludo estrechando la mano de cada uno—. Con gusto responderé a cualquier pregunta que puedan tener sobre nuestro laboratorio. Vine aquí a aprender cristalografía y…

—La doctora Franklin es muy modesta —interrumpe Jacques—. Vino aquí como estudiante de cristalografía y en poco tiempo se convirtió en toda una experta. Está publicando una serie de artículos en *Acta Crystallographica* sobre su trabajo —agrega sin apartar su vista de la mía.

Hago un esfuerzo por permanecer impasible ante el elogio de Jacques, pero asiento con amabilidad como muestra de agradecimiento. Aunque comprendo sus palabras por lo que en realidad significan: un esfuerzo por congraciarse de nuevo conmigo, aunque no entiendo con qué fin, en el fondo sigo vulnerable ante él. En los últimos seis meses ha hecho varios intentos en el *labo*, pero el ojo vigilante de Vittorio ha tenido un efecto disuasivo para Jacques y ha sido un recordatorio para mí.

Los ojos de David Sayre se abren como platos al escuchar la prestigiosa *Acta Crystallographica*, pero yo no quiero ser presa de las súplicas de Jacques. Cambio el tema de conversación a ellos.

—El señor Mering es muy amable. Como dije, me encantaría responder a cualquier pregunta que…

—Qué alivio es hablar en inglés —interrumpe Anne Sayre esta vez, con una gran sonrisa—. Hemos estado tratando de usar el francés que aprendimos en la universidad, pero es muy difícil.

Lanzo una risita.

—¿Usted también es científica, señora Sayre? —pregunto.

—No, no lo soy —responde—. Por favor, llámame Anne. No poseo ninguna capacitación formal; aunque David siempre dice que con los años que he pasado con científicos y en instituciones científicas, deberían darme el título honorario.

Todos reímos.

—Anne es una escritora talentosa y exitosa —dice el señor Sayre mirando a su esposa con evidente orgullo.

—¿Qué tipo de textos escribe? —pregunto.

—Cuentos, principalmente —responde—. Y seré editora para la Oxford University Press cuando nos instalemos ahí.

—¡Fascinante! —exclamo con sinceridad. Siempre he sentido curiosidad por el esfuerzo que requiere la creación literaria; me parece casi mágico el acto de creación aunque, por supuesto, sé que la magia no existe—. Me gustaría saber más de sus escritos.

Empezamos a platicar sobre sus temas, pero en ese momento Jacques exclama:

—Quizá la doctora Franklin y yo podríamos invitarlos a cenar.

No me mira; mantiene los ojos fijos en los Sayre. Pero yo sé que es un tímido intento de su parte para tener una relación conmigo fuera del *labo*, una manera de atraerme después de que yo dejé perfectamente claro que quería que dejara de hacerlo. Aunque sea mi superior, me parece que su propuesta es muy presuntuosa; no tiene derecho a disponer de mi tiempo fuera de la oficina.

La propuesta de Jacques es desafortunada porque Anne Sayre me cae bien y me hubiera gustado disfrutar una cena con ella y su marido. Su actitud franca y su trabajo interesante me atraen, y podría imaginar una amistad con esta mujer. Pero no puedo permitir que Jacques me manipule. De cualquier modo, mi familia es la excusa perfecta para esta noche.

—Lo siento mucho; me encantaría cenar con ustedes pero mi familia llega esta tarde de Londres, así que les ofrezco una disculpa —explico. Luego me dirijo a Anne—. Pero si usted y su marido necesitan ayuda para pasear por París durante su estancia, me encantaría ser su guía.

Capítulo 13

24 de junio de 1949
París, Francia

—¿Dónde obtienen los franceses sus provisiones? —pregunta mamá, limpiándose las comisuras de los labios con la servilleta de tela—. El racionamiento en Inglaterra hace casi imposible conseguir lo básico, como huevo, leche o mantequilla. Pero aquí puedo probar crema fresca y queso en el *gratin dauphinois* y en esta exquisita tarte tatin.

—Los franceses son magos para preparar un platillo con ingredientes limitados —dice Denise.

—Sí, mamá. La sirvienta de la viuda, Albertine, nos ha dado a Denise y a mí clases de cocina, y es asombroso lo que puede crear con sólo tres ingredientes —agrego.

Mi madre asiente de manera perceptible.

—Nunca pensé que vería el día en que te interesaras en la cocina, Rosalind.

Río y trato de ignorar la crítica implícita en sus palabras: que hace mucho tiempo debí tener una inclinación por el ámbito doméstico, que la vida que elegí es una decepción porque es diferente a la suya y a la de todas las mujeres Franklin y Waley antes que ella.

—En realidad no es muy distinto a la ciencia.

Vittorio interviene; se da cuenta del rumbo al que se dirige esta conversación y trata de interceder por mí.

—Hablando de ciencia, señor y señora Franklin, deberían ver a Rosalind en pleno trabajo. Puede calificarse de inspirador.

Es la primera vez que el tema de mi trabajo se habla en la mesa y puedo ver que Colin se encoge en su silla. Sin duda ha escuchado las diatribas de papá sobre mi exilio voluntario en París, sobre mi rebelión como científica.

—Eso hemos escuchado —dice papá con una firmeza cada vez mayor en su voz—. Pero la vida es más que la ciencia; también está la familia.

Vittorio no se desanima ante el intento de papá por minimizar mi talento, aunque puede advertirse cierto orgullo en su mirada por mi éxito. De alguna manera, Vittorio mantiene su sentido del humor.

—Nadie entiende la importancia de la familia más que yo; después de todo, soy italiano —afirma ofreciendo a mis padres su enorme sonrisa contagiosa, que poco a poco desaparece mientras continúa—. Por supuesto, el legado científico que Rosalind puede ofrecer al mundo podría afectar a toda la familia humana, no a una sola.

Mis padres permanecen en silencio mientras toman café expreso y comen tarte tatin; veo que Vittorio se queda perplejo. No está acostumbrado a que las personas sean indiferentes a su franco encanto.

—Rosalind es demasiado modesta como para presumir —agrega en un renovado intento—, ¿me permiten compartir con ustedes un poco de su éxito?

Mi madre inclina la cabeza en dirección de Vittorio, una suerte de asentimiento a medias. Pero mi padre no se mueve, sigue con el ceño fruncido.

—Saben, por supuesto, que hace poco publicó un artículo en *Acta Crystallographica*, la revista más prestigiosa en nuestro campo. Pero probablemente ella no les ha dicho que será el primero de cinco artículos, y que cuando publique sus hallazgos el mundo contará con un método completamente nuevo para determinar la estructura molecular de todo tipo de materiales, no sólo del carbono. En efecto, les ofrecerá a los científicos las llaves para descubrir de qué está conformada casi cualquier sustancia. Esa es la mayor de la filantropías.

—Qué manera tan hermosa de decirlo, señor Luzzati —comenta mamá mirando a papá—. Por supuesto, estamos muy orgullosos de Rosalind.

Pero su expresión no se ha suavizado y puedo ver que estas son las palabras de una anfitriona y criatura social consumada, no son sinceras. Papá no dice nada y su actitud sigue siendo glacial.

—Lograr este objetivo me permitiría dejar una huella significativa en la ciencia —agrego—, una que trascienda el conocimiento humano de los bloques de materiales inorgánicos más diminutos y quizá algún día incluso de la materia orgánica. Lo vivo y lo inerte por igual.

Sin responder, papá se pone de pie abruptamente. Supongo que se disculpará para ir al *toilette*, ya que Denise y Colin no han terminado aún el postre.

—¿Caminamos al hotel? —pregunta.

Les lanzo a Vittorio y a Denise una mirada avergonzada mientras papá coloca un fajo de francos sobre la mesa, ignorando la insistencia de Vittorio de que le gustaría contribuir con la cuenta. Papá se dirige a la puerta del Café Louise y nosotros nos levantamos rápidamente para seguirlo. Cuando mis amigos se despiden en la entrada del hotel, papá les sugiere a mamá y a Colin que se retiren a la habitación. Me preparo para la conversación por venir, consciente de que los esfuerzos de los Luzzati por mantener la paz en la Operación Franklin fallaron.

—Rosalind. —Su expresión y tono son más amables de lo que esperaba—. Por favor comprende que estamos contentos con el éxito que has tenido aquí en París como científica. Desde que declaraste cuál sería tu profesión, a los doce años, no esperé nada menos de ti, dados tus dones y tu determinación.

—Gracias, papá.

Esto es lo más cercano a una aprobación de mi elección profesional; la ciencia era su pasión en la universidad antes de que el deber lo llamara al negocio familiar. Al parecer, mi bisabuelo Jacob era tan brillante en matemáticas y ciencia que lo becaron para la universidad a la edad de trece años, algo que siempre me ha dado curiosidad sobre los orígenes de mi propia pasión. Pero sé que este es sólo el prefacio de la conversación menos agradable que va a seguir, la calma antes de la tormenta.

—Pero sin duda puedes hacer un trabajo científico significativo en Londres. Llevas tres años en París, es hora de volver a casa. Nuestro pueblo fue diezmado en la guerra y debemos permanecer juntos, ahora más que nunca.

Al hacer referencia al intento de aniquilación del pueblo judío por parte de los nazis, papá utiliza su arma más poderosa. Ah, cuánto odia que me quede en Francia. Pero no puedo permitir que la culpa desvíe mi camino, así como no he permitido que mi decepción o sufrimiento por Jacques me aparten de este puesto científico que, de otro modo, es idílico.

Inhalo profundamente antes de hablar. Papá más que nadie me ha enseñado a defender mis creencias, me ha instruido en el arte del debate y la argumentación mediante una práctica regular. Aun así, un temor conocido me invade cada vez que adopto una posición que lo desalienta; la última, la más significativa, fue cuando me negué a trabajar en el Ejército de Mujeres de la Tierra durante la guerra e insistí en seguir mi educación en Cambridge y hacer trabajo científico que ayudara en el esfuerzo bélico. Y lo que estoy a punto de decirle sin duda lo decepcionará; quizá más que esa decisión.

—Papá, no estoy segura de poder reproducir en Londres el entorno de trabajo con el que cuento aquí. Me permiten investigar cualquier tema que me interese hasta su conclusión natural. Es muy raro que se apoye la búsqueda de la ciencia pura, así como el impulso a las mujeres científicas como abunda aquí en París.

—¿Qué quieres decir, Rosalind?

—Papá, quiero decir algo que sé que para ti es difícil escuchar, e incluso más difícil para mí expresarlo por lo mucho que amo a nuestra familia.

—¿Qué es? —Su mirada es fría y su postura cerrada.

Su aspecto debería desanimarme, pero sé que esta es su manera de prepararse. Papá es una de las pocas personas que he aprendido a interpretar.

—No estoy segura de querer regresar a Inglaterra. Nunca.

Capítulo 14

1 de julio de 1949
Calvi, Córcega

—¡Vamos! —le grito a *la bande de Solange*, rezagada muy atrás de mí.

«Qué lentos son», pienso, «y qué cansados están». Incluso el expreso antes del amanecer que preparamos sobre la hoguera en la sección sin techo de la pensión parcialmente bombardeada no ha podido estimular su estado de alerta ni disminuir sus quejas esta mañana. Ignoro sus protestas; sé que me lo agradecerán cuando lleguemos a la cima.

Veinte minutos después nos acercamos a la cumbre de la colina más alta de Calvi, donde se alza la capilla de Nuestra Señora de la Serra frente a un vívido amanecer. Tenemos una vista de casi trescientos sesenta grados sobre una región impresionante de la costa noroeste de la isla de Córcega. Gracias a la exploración que hice ayer en la mañana, antes del amanecer, mucho antes de que los demás se levantaran, sé que más adelante el camino se vuelve un poco rocoso e irregular, por lo que volteo para informar a los demás. Casi tropiezo con Colin, el único que puede seguirme el ritmo. Los veranos de mi infancia que pasábamos con papá con la mochila al hombro en Francia e Inglaterra lo prepararon bien para esta excursión relativamente corta. Lanzo en voz alta las instrucciones al resto del grupo rezagado: Alain, Gabriel y Michel, seguidos de dos *chercheuses* que llegaron al laboratorio en los últimos seis meses, Rachel y Agnes. Jacques, el último en salir y el más difícil de despertar, es el último.

Me molesté, incluso me enojé, cuando supe que Jacques vendría. Sin duda lo invitaron como cortesía, porque el grupo está compuesto por completo de *chercheurs*, aparte de Colin. Nadie pensó que aceptaría; nunca antes había asistido a nuestras vacaciones o paseos de fin de semana. ¿Qué hizo que viniera esta vez? No creo que ningún deseo real por restablecer su relación romántica conmigo sea lo que motive su presencia aquí, sin importar sus astutos esfuerzos en los últimos meses por verme fuera del *labo*, de los cuales el más reciente fue su proposición para cenar con los Sayre. Dejé claras mis intenciones y quizá por fin las ha aceptado; por otra parte, no ha hecho ninguna insinuación en este viaje.

Me detengo para ayudar a quien necesite un empujón por la saliente rocosa en la cumbre. Uno por uno, los *chercheurs*, más a gusto en una bata de laboratorio bajo las luces fluorescentes que en shorts y botas de escalar bajo el implacable sol corso, pasan el último obstáculo hasta la cima.

Tras Colin, Alain y Gabriel viene Michel, con el rostro enrojecido y sudoroso.

—Rosalind… tú… —dice jadeando— eres incansable. Esto es un castigo, no una vacación… —Hace una pausa para recobrar el aliento mientras le ayudo a franquear el último obstáculo—. Sobre todo a esta hora.

Río porque sé que la aparente actitud remilgosa de Michel esconde un fondo amable. Desde el día en que aceptó guardar el secreto sobre las lecturas de radiación, el vínculo entre nosotros se ha fortalecido; ambos nos sentimos más cómodos y auténticos en la presencia del otro. Sin duda no soy la única en ignorar los resultados del dosímetro; he visto algunas veces a varios *chercheurs* tirarlos a la basura; claro que nadie habla de eso.

—Me lo agradecerás cuando estés parado en la cima de la colina y veas cómo Calvi se despliega a tus pies, con los rayos dorados del sol a tu alrededor.

Cuando sugirieron Calvi como destino de nuestras vacaciones de verano no estaba muy convencida. Todo lo que sabía de Córcega era que ahí había nacido Napoleón. No esperaba que sus playas de arena blanca, rodeadas por agua azul celeste, fueran encantadoras, ni que su centro histórico, coronado por la tristemente célebre ciudadela, fuera tan cautivador. Es extraño que los muros del antiguo Calvi, plagados de agujeros de bala de los hombres de Mussolini y las innumerables refriegas anteriores, sean tan reconfortantes; envían el mensaje de que el ser humano prevalecerá contra lo peor de nuestra especie, como lo hicimos antes.

Ayudo a Agnes y a Rachel hasta la cumbre y escucho que Michel me llama.

—¡Rosalind! ¡Sí te lo agradezco! Es tan hermoso como dijiste.

—Sí, Rosalind, ¡valió la pena que nos despertaras antes del amanecer! —agrega Alain.

Escucho las risas al tiempo que extiendo la mano para ayudar al último escalador: Jacques. Unimos nuestras manos y nuestras miradas, y me doy cuenta de que es la primera vez que estamos solos fuera del *labo*, desde aquella noche en el Bistrot des Amis, aunque nuestros colegas estén tan cerca como para escucharnos. Permanezco un momento inmóvil y luego lo ayudo a subir al sendero.

Antes de alcanzar a nuestros colegas, hace una pausa y dice en voz baja:

—Hace meses que quiero tener un momento sólo contigo, Rosalind, pero tú siempre te me escapas. Hay algo que quiero decirte.

Jadea y se interrumpe para tomar aire; en ese momento, mi estómago da un vuelco. ¿Qué dirá? ¿Qué quiero que diga? Lo imposible de nuestra situación ha significado que no permita imaginarlo.

—Nunca me perdonaré el malentendido, Rosalind, y entiendo que no hayas querido aceptar mis disculpas —dijo por fin—. Pero siempre estaré agradecido de haber tenido el honor de conocerte de manera un poco más íntima que la mayoría, y de ser testigo de tu mente brillante. Pase lo que pase.

Salgo del cerúleo Mediterráneo y alzo el rosto al último rastro de sol para permitir que los rayos sequen mi piel. Los diez días que pasamos en Calvi fueron una estimulante experiencia de senderismo, natación, risas y sol brillante. Mi intercambio con Jacques, por breve que fuera, me ha ofrecido un sentimiento de paz que espero dure más que estas vacaciones, aunque quizá malinterpreté sus esfuerzos anteriores para verme fuera del *labo*. Con este tipo de entendimiento y respeto tal vez sí pueda quedarme en París a largo plazo, incluso en el Laboratorio Central de Servicios Químicos, donde me siento tan productiva, tan apoyada en mi trabajo y con mis amistades.

—Rosalind, ¡ven a la hoguera! —exclama Alain al tiempo que una ráfaga proveniente del mar recorre mi piel aún húmeda.

Se me pone la carne de gallina en brazos, piernas y el vientre desnudo; en este viaje uso bikini por primera vez, y corro para ponerme los shorts y la camiseta sobre el traje de baño mojado.

Me envuelvo con la toalla, me cuelgo el bolso de playa en el hombro derecho y camino hacia la hoguera ardiente que hicieron mis amigos en la playa. Extiendo la toalla junto a Colin y Alain y acepto la botella de vino que se están turnando. El borgoña me recorre el cuerpo y me hace entrar en calor casi al instante; se lo paso a Gabriel, que está al otro lado. Michel llega con pescado fresco que obtuvo de un pescador local que arroja sus carnadas al borde de la playa; cuando se prepara a asarlas sobre el fuego, me recuesto sobre la toalla. Veo el atardecer al tiempo que disfruto el debate científico entre mis amigos *chercheurs*.

El sol comienza su rápido descenso y, más pronto de lo que creí posible, la playa queda a oscuras. Decidimos no regresar al hostal para cenar. Si bien el hotel di Fango, propiedad de un amigo de Adrienne y que sigue intentando salir del estado ruinoso en el que lo dejaron los alemanes e italianos después de la guerra, ha servido a su propósito, no es un rincón acogedor para una cena deliciosa. En su lugar, Michel se ofrece a conseguir más pescado, Alain accede a comprar varias botellas de vino y Colin y yo proponemos ir a la *boulangerie* y a la *fromagerie* que vimos esta mañana para ir a comprar pan, queso y fruta; eso si siguen abiertas.

Cuando regresamos con los brazos cargados de baguetes y una bolsa de uvas y quesos aromáticos, el grupo parece haber disminuido considerablemente; sólo quedan cuatro de los ocho que éramos. Aunque parece que Michel hizo su trabajo y trajo una canasta de pescado fresco, veo su silueta junto a la de Agnes, caminando por la playa. Somos sólo seis: Agnes, Michel, Colin, Gabriel, Alain y yo, pero no somos todos.

—¿Dónde están Jacques y Rachel? —pregunto.

Alain resopla conteniendo una risa y Gabriel prácticamente escupe el vino que acaba de beber.

—¿Dónde crees que están? —pregunta Gabriel.

Me encojo de hombros. ¿Colin y yo nos habremos cruzado con ellos sin darnos cuenta? Miro a mi hermano, quien parece tan desconcertado como yo me siento.

—Regresaron al hostal —dice Alain—. Para disfrutar de su cuarto de hotel en nuestra ausencia, supongo.

—¿Su cuarto de hotel?

Estoy confundida; pensé que Jacques y Alain compartían la habitación. ¿Acaso Rachel y Jacques empezaron un romance en este viaje? ¿Es por eso que Jacques sintió la necesidad de ofrecerme su admiración como símbolo de paz? ¿Para suavizar la ira o el dolor que pudiera causarme?

—¿Dónde has estado, Rosalind? —Gabriel trata de explicar—. Jacques y Rachel están juntos desde la primera semana que ella empezó a trabajar en el *labo*.

—No se espera mucho tiempo, ¿sabes? —agrega Alain con una carcajada—. ¿Cómo es posible que no lo hayas notado, Rosalind?

La idea me da náuseas, pero me doy cuenta de que, por la forma tan franca de hablar, nunca advirtieron mi antigua relación con Jacques. Agradezco en silencio a Dios, en quien no creo.

Gabriel y Alain ríen.

—Esa es nuestra Rosalind —le dice Gabriel a Colin—. Brillante en cuanto al átomo, pero ajena a las cosas del mundo.

Hago mis cálculos. Rachel empezó su trabajo como *chercheuse* justo después del Año Nuevo. Mi última noche con Jacques fue la semana después de eso. Soy una tonta.

SEGUNDA PARTE

Capítulo 15

8 de enero de 1951
Londres, Inglaterra

«¡Cómo me gustaría que el Strand se pareciera más a las avenidas que bordean el Sena!», pienso mientras bajo la concurrida calle que da a mi nuevo laboratorio en King's College. El estruendo de vehículos que tocan el claxon y los tranvías que rechinan es tan fuerte que casi me cubro los oídos. Hago una pausa, pensando que puedo ver el Támesis si llego al edificio por la parte trasera, puesto que bordea el río por el norte. Pero entonces tendría que rodear el cráter de casi veinte metros en el patio interior de King's College, resultado de una bomba que cayó durante la guerra. Montones de escombros siguen formando una cicatriz en el terraplén del Támesis y tengo que caminar alrededor del equipo de construcción que trabaja en el nuevo Departamento de Física, del cual es parte la Unidad de Investigación Biofísica. «No», decido. «Eso sólo me haría recordar cuánto palidece Londres comparado con París, en lo vacío que puede ser sin mis amigos *chercheurs*, Vittorio, Adrienne y, en cierto sentido, Jacques». Sólo espero que mi nuevo trabajo no palidezca o me parezca vacío también.

¿No me equivoco al tomar este puesto en King's College como becaria de Turner and Newall? ¿En regresar a Londres? Esta es la pregunta que le he formulado una y otra vez a mi hermano menor,

Colin, a mi prima Ursula y a mis amigos parisinos de confianza desde que supe lo de Jacques y Rachel, y la idea de quedarme en el *labo* se hizo imposible. Podía soportar una vida sin Jacques; después de todo, siempre imaginé una existencia solitaria para mí. Pero toda una vida de ver a Jacques con alguien más, un día tras otro, era imposible.

En mi vulnerabilidad al descubrir el romance, sucumbí a la doble presión de la obsesión de huir y la constante insistencia de mis padres de volver a casa. Y cuando por fin se presentó una oportunidad en King's College como becaria, utilizando mi experiencia en cristalografía de rayos X —sentía que había trabajo en abundancia para todos menos para mí—, me pareció una decisión predeterminada. Pero ahora, de cara a la realidad de un laboratorio improvisado en el Strand en lugar de un *labo* con vista al Sena, me preocupa haber tomado una mala decisión.

Dejo el Strand atrás y paso bajo la arcada hacia el patio interior de King's College, en dirección de mi nuevo laboratorio. Supongo que los materiales con los que está construido el edificio —piedra blanca de Portland y Yorkshire emparejada con granito escocés manchado de gris oscuro— tienen algo de encantador. «¿Serán tan atractivas bajo el escrutinio de mi equipo de cristalografía?», me pregunto. Divididos en sus componentes cristalinos, ¿perderían la belleza cohesiva que presentan bajo la pálida luz de esta mañana invernal?

Echo un vistazo al patio y advierto la puerta que da a la unidad temporal de Investigación Biofísica. Cuando vine para mi entrevista me sentí confundida por su ubicación; ocupa un revoltijo de salones, pero he aprendido que el departamento, que antes se alojaba en un sótano debajo del patio principal, fue destruido totalmente por la misma bomba alemana que dejó el enorme cráter. Lo que salvó a los científicos fue que ya habían salido para dejar pasar al servicio auxiliar de bomberos que vivía en el patio durante la guerra, y nadie salió herido.

Abro la puerta. Si bien no es ni Oxford ni Cambridge —donde no se peleaban exactamente por mí—, King's College tiene una reputación sólida en ciencias, y es única en su creación del primer laboratorio interdisciplinario de biofísica en Inglaterra, un paso importante conforme los científicos han empezado a reconocer la importancia de abordar las preguntas entre distintas disciplinas. Cuando entro en el área de la recepción trato de ignorar a los clérigos con los que me encuentro y olvido el otro lado de su reputación: su anglicanismo virulento que surgió como respuesta directa a la decisión de su vecino colegiado, más tolerante, el University College de Londres, al que asistió mi bisabuelo, por admitir no sólo a católicos romanos sino también a judíos. Esta es la razón por la que papá palideció cuando le platiqué sobre mi nuevo puesto, a pesar de su emoción por mi regreso a Londres. Yo tenía mis propias reservas sobre los antecedentes anglicanos de King's College: la verdadera virilidad de su institución.

Antes siquiera de presentarme con la recepcionista, el jefe de la unidad, el profesor John Turton Randall, entra en la habitación. Está vestido con una camisa blanca almidonada, inmaculada, un traje planchado, pajarita y una flor blanca en el ojal. Este hombre bajo, amable y anguloso —codos sobresalientes y pómulos marcados— me mira a través de sus lentes circulares y exclama con jovialidad.

—¡Señorita Franklin!

—Profesor Randall —respondo—. Qué gusto verlo de nuevo.

Nos estrechamos la mano y espero que mis palabras suenen más optimistas de lo que me siento.

—Hemos estado esperando su llegada —continúa con cierto acento del norte, algo que me sorprende, puesto que durante años vivió en diferentes universidades en Inglaterra, incluido un periodo en Escocia. Me ofrece una sonrisa y empieza a caminar para salir de la habitación—. ¡Venga a dar un vistazo a nuestra nueva guarida! La equipamos con esa larga lista de dispositivos que usted pidió.

Randall es como se rumora: enérgico, brillante y carismático, cualidades indispensables, puesto que él reúne los fondos para esta nueva empresa.

Le sigo el paso, un poco asombrada por este vigoroso héroe de guerra. Él y su colega científico, H. A. H. Boot, crearon el magnetrón de cavidad durante la guerra, y mediante el uso de un haz electromagnético, este instrumento ayudó a nuestro país de manera inconmensurable para que los militares encontraran submarinos alemanes y ubicaran bombas en la noche. Sin embargo, para mí su acto más heroico consiste en formar a su equipo con mujeres, en una Inglaterra de hombres y en un King's College centrado en la masculinidad. De sus treintaiún biofísicos profesionales, ha contratado a ocho mujeres, un acto notable para un físico hombre y una de las razones por las que decidí trabajar para él.

Continuamos por el laberinto de pasillos y oficinas hasta que llegamos al laboratorio. El profesor Randall hace un gesto con el brazo para mostrar el espacio, que es bastante grande pero parece apretado porque el techo es bajo.

—Esto será suyo. Los instrumentos que usted solicitó están aquí, a excepción de su cámara fotográfica, construida especialmente en una cámara de vacío. —Chasquea la lengua y agrega—: Una jugada ingeniosa, mantener la muestra fuera del vacío y la cámara dentro, para controlar la temperatura.

—Y la humedad. En ocasiones eso es más importante que la temperatura.

Asiente rápidamente, satisfecho.

—Claro. Excelente idea. Usted sabe lo que hace.

—Tal vez por eso me contrató —respondo sin hacer mi pausa habitual.

Me mira brevemente, confundido. En el *labo* de París, mis colegas *chercheurs* se habrían reído ante esta ingeniosa réplica y la reconocerían como parte de mis modos torpes, pero bien intencionados. Sin embargo, aquí me he excedido y deberé tener más cuidado en el mundo inglés, más exigente y reprimido. Parece que me he convertido en una científica de talla parisina que intenta volver a adaptarse al hueco estrecho de los ingleses, y sólo espero que el esfuerzo no me encoja demasiado.

Por fortuna, el profesor Randall, siempre tan ocupado, deja pasar el comentario; se pasea por la habitación, señalando varios objetos que consiguió para mí. Sus movimientos son rápidos y desarticulados, casi como los de un pájaro, y parece deseoso de pasar a su siguiente tarea.

—Venga, venga. No quiero que piense que esta es una emboscada, pero reuní a un pequeño grupo de bienvenida. Por una vez casi todos están en la oficina y disponibles, así que tomaremos té en su honor para hablar un poco sobre la unidad y su misión.

De nuevo, lo sigo por el corredor hasta que llegamos a una oficina grande donde hay tres personas sentadas en un semicírculo de sillas, frente a un ancho escritorio de caoba. Por los diplomas enmarcados, certificados y premios que cuelgan de la pared detrás del escritorio, advierto que esta es la oficina de Randall. Una silla, la más cercana a la puerta, está vacía; el profesor hace una seña para que me siente. Esta reunión se organizó con mucho cuidado; es tan distinto a la calidez improvisada del *labo*… ¿Por qué sacrifiqué esa camaradería excepcional?

Me siento en la silla y mi nuevo jefe empieza las presentaciones.

—Señorita Franklin —dice—, bienvenida a la Unidad de Investigación Biofísica, la primera en su tipo. Como usted sabe, este enfoque interdisciplinario representa el futuro de la ciencia. O eso es lo que creo, y así pude convencer al Consejo de Investigación Médica de financiarnos.

De inmediato todos lanzan risitas ante el pequeño alarde humorístico de Randall; imagino que ya escucharon esto antes y me doy cuenta de que la incertidumbre del financiamiento será un tema velado durante mi estancia aquí. Por supuesto, también advierto que me llama «señorita» en lugar de «doctora», como hacían en Francia en situaciones formales, pero no digo nada.

—Cada uno de los científicos aquí tiene su propio puesto específico, el que yo considero que producirá descubrimientos cruciales. Y su misión es la más importante de todas. —Junta las palmas con tanta fuerza que el sonido me hace dar un salto—. Vamos a conocer a la gente talentosa que la ayudará durante su beca de investigación Turner and Newall. —Señala al colega regordete que está sentado a mi lado; tiene cabello rubio y las cejas son tan claras que parecen invisibles. Luego exclama—. ¡Le presento a su asistente, el señor Raymond Gosling! Este brillante joven, estudiante de doctorado, será su brazo derecho.

El joven de aspecto amigable me sonríe y dice:

—Un placer, señorita Franklin. He escuchado maravillas de usted y del tiempo que pasó en Francia, y no puedo esperar a empezar…

—Aquí tenemos a Alec Stokes —lo interrumpe Randall, señalando a la siguiente persona en el semicírculo—, talentoso físico y matemático. Sabe manejar el equipo de cristalografía de rayos X; pero, sobre todo, es el encargado de los problemas teóricos que presentan los patrones en la película de difracción de rayos X. No dude en consultarlo cada vez que su trabajo lo requiera.

El aparentemente tímido señor Stokes, quien hasta ahora ha mantenido la mirada fija en la alfombra bajo sus pies, alza la cabeza en mi dirección y asiente, pero antes de que pueda hablar, el profesor Randall interrumpe de nuevo.

—Por último, aunque no menos importante, le presento a la señora Louise Heller. Se graduó de la Universidad de Siracusa y está aquí mientras su esposo estudia en Londres, con la beca Fullbright. Ella es el vínculo entre los laboratorios, en caso de que usted lo necesite.

La señora Heller, de cabello castaño y rostro agradable, sonríe y lanza un modesto «Gusto en conocerla, señorita Franklin», antes de que Randall empiece a hablar de nuevo. Voy a tener que aprender cómo lidiar con estas maneras que, aunque encantadoras, son muy autoritarias.

—Estas personas le ayudarán —continúa al tiempo que me sirve una taza de té—, como un grupo de pioneros, mientras usted usa su conocimiento en cristalografía de rayos X para ayudar a hacer un mapa de la parte fundamental de una célula viva —anuncia de manera un poco teatral y luego se sienta, sonriendo a cada uno de nosotros.

Parecería que espera una ronda de aplausos.

—¿Perdón? —pregunto.

Creo que escuché mal. Seguramente no acaba de decir que voy a estudiar materia biológica, sustancias vivas, no los cristales inanimados en los que me he vuelto una experta. Le doy un sorbo al té aguado, un brebaje empalagoso que me hace añorar el café tonificante que preparaban sobre los mecheros Bunsen en el *labo*.

—Sí. Pensé que ya lo habíamos hablado. —Me mira perplejo, y cuando niego con la cabeza, agrega—: Usará su talento en materiales biológicos.

—¿No en sustancias cristalinas?

—Fuimos muy afortunados al recibir material biológico del profesor Rudolf Signer de Berna, Suiza —continuó ignorando mi pregunta—. Estas fibras de ácido desoxirribonucleico, que colocó en un gel preparado ex profeso, tienen un peso molecular increíblemente concentrado que las vuelve excelentes para su estudio y para determinar si contienen algún secreto sobre los genes. Aquí, Gosling ha estado trabajando, con cierto éxito, para crear imágenes, una tarea que su experiencia e intelecto ampliarán. —Vuelve a aparecer la sonrisa de oreja a oreja—. Sólo piénselo, con su capacidad para ver de cerca los micromundos de las células y con este material podríamos descubrir la estructura del ADN y ganar la gran carrera.

¿Carrera? ¿En qué está metido Randall? Mi cabeza sigue girando con la noticia de que estudiaré algún aspecto de la célula.

—El ADN es el ácido desoxirribonucleico, ¿correcto? ¿Con eso es con lo que trabajaré?

—Sí, con la hermosa preparación de ADN de Signer, para ser más exactos. Es verdaderamente única, muy distinta a cualquier otra preparación de ADN que hayamos encontrado.

Si bien odiaría decir algo que pareciera que soy menos que una experta en mi campo, necesito desesperadamente algunas aclaraciones. Sobre todo porque Randall acaba de cambiar de manera drástica mis expectativas en cuanto a mi puesto. Es cierto que conozco en general la historia y los avances en el ámbito de la investigación sobre las células, los genes y el ADN, empezando con la primera identificación de Gregor Mendel sobre la herencia genética mediante su estudio con chícharos, en la década de 1800; hasta la relación de esa investigación con la teoría de la evolución de Charles Darwin y el debate más reciente sobre dónde pueden encontrarse los genes; a saber, la ubicación física real de los genes dentro de la célula. Pero existen muchas áreas de investigación en las que podría centrarme, aunque no estoy muy familiarizada con ninguna de ellas. ¿Cuál es la que interesa a Randall en particular?

Formulo una pregunta que, espero, me dará las respuestas que necesito sin mostrar mi ignorancia.

—Disculpe, ¿le molestaría detallar un poco esta gran carrera de los genes? Desde su privilegiado punto de vista, por supuesto.

—¡Ah! —Randall se recarga en el respaldo de su silla, forma un triángulo con las manos y se lanza en lo que parece una conferencia bien preparada. Quizá su esfuerzo por recabar fondos para el departamento le ha dado muchas oportunidades para dar este mismo discurso—. Sí, la gran carrera para descubrir los secretos del gen, con sus escurridizas preguntas sobre cómo los seres humanos transmiten sus características e instrucciones sobre la vida de una generación a otra. La respuesta, por supuesto, es una de las incógnitas más centrales de la ciencia. Esta investigación sobre cómo la información genética se transfiere de un cromosoma a otro se ha discutido durante casi cincuenta años. Empezó, como seguramente sabe, con el conocimiento de que el núcleo de la célula contiene cromosomas, esas estructuras que contienen genes conformados por dos tipos de sustancias: proteínas y ácido nucleico. Hasta hace poco, los científicos estaban seguros de que las proteínas más complejas, que tienen veinte tipos de aminoácidos y realizan todo tipo de funciones celulares, eran las encargadas de compartir información del viejo al nuevo cromosoma y, por lo tanto, ahí se ubicaban los genes. Pero los cromosomas también contienen ácidos nucleicos, cadenas químicas de bases que, previamente, la mayoría de los científicos descartaron sólo como agentes de enlace para las proteínas y demasiado simples como para transmitir información genética, comparado con las proteínas más complejas. Así, cuando en 1944 el microbiólogo estadounidense Oswald Avery publicó un artículo en el que proponía que el ADN, y no la proteína, era el que transmitía la información genética… bueno, puede imaginar la reacción de la comunidad científica. —Hace una pausa; deja de mirar el techo para ver nuestros rostros y se asombra. ¿Acaso se perdió tanto en su pequeña presentación que olvidó que estaba hablando en una habitación llena de científicos, que éramos, de hecho, parte de la comunidad científica?—. Discúlpenme. No quería dar una conferencia.

Stokes, Gosling y Heller me miran evaluando mi reacción. Por su expresión, supongo que ya han escuchado antes esta plática, pero no se atreven a oponerse. Pero ¿cómo puedo objetar cuando mi nuevo supervisor está claramente entrando al centro de su discurso? Aunque su tono me parece bastante condescendiente.

Me muerdo la lengua y digo lo que se espera de mí:

—Continúe por favor, profesor.

—El artículo de Avery dejó a los científicos con más preguntas que respuestas. ¿Cómo es posible que el ADN almacene grandes cantidades de información genética, y cómo puede transmitirla y crear más información genética? Hubo confusión y cierta

109

oposición de la comunidad científica más tradicional; pero para aquellos de nosotros que tenemos un punto de vista más amplio, la emoción aumentó. Qué gran oportunidad sería aprovechar este descubrimiento. Nos lanzamos al ruedo para entender esta sustancia y sus cualidades como portadora de vida, y desde entonces estamos decididos a desentrañar la arquitectura del ADN con la idea de que encontraremos ahí esos genes escurridizos. Comprender la estructura del ADN resolverá el rompecabezas de cómo el ADN lleva a cabo esta tarea formidable, puesto que asumimos que lo hace, y demostrará, de una vez por todas, la ubicación exacta de nuestro material genético. Una vez que identifiquemos su posición y estructura, entonces, ¿acaso esa estructura no nos ayudará a responder las preguntas sobre la naturaleza y la función de los genes? Y su tarea consistirá en descubrir esta estructura.

«¿A qué accedí a participar?».

—Esa será su tarea, señorita Franklin; no sólo elaborar el mapa de la estructura molecular del ADN con vistas a descubrir la ubicación de los genes, gracias a sus brillantes capacidades como cristalógrafa de rayos X, sino ganarles a todos los demás que participan en la carrera. Juntos, seremos los investigadores del secreto de la vida misma. —Su sonrisa rebasa su pequeño rostro—. Bienvenida al ruedo.

Capítulo 16

—¡Tu nueva guarida está de primera! —exclama Ursula, siempre dispuesta a usar el argot de moda.

Recorre las cuatro habitaciones de techo alto: una recámara espaciosa, cocina y sala comedor amplias, que a mí me parecen un palacio después de tantos años de vivir en una sola recámara en el departamento de la viuda. Decoré el lugar con cuidado, con algunos objetos elegantes que traje de París: una pintura que representa unos árboles en una colina, curvados por el viento; fotografías enmarcadas que tomé durante mis expediciones de senderismo; un jarrón de metal que compré en una tienda de segunda mano y llené con flores fragantes, y me digo que la frugalidad es intencional, incluso sofisticada. Sé que si me equivocara, Ursula lo diría francamente. Pero en lugar de hablar de la decoración y el mobiliario —un cómodo sofá y un sillón que hace juego, así como una mesa y sillas de comedor victorianas— pregunta:

—¿Cómo conseguiste este lugar? En estos días es más difícil encontrar buenos departamentos que azúcar.

Siento que me sonrojo. De alguna manera, Ursula siempre da con mis áreas sensibles, aunque no lo haga intencionalmente; ella

111

jamás trataría de lastimarme. Me avergüenza la manera en la que conseguí este lugar.

—Bueno, al principio busqué uno que, en otoño, escuché que mencionaban dos personas, mientras viajaba con los Luzzati en Alta Saboya. Pero cuando resultó ser una porquería, me vi obligada a recurrir…

—¡Déjame adivinar! La familia —interrumpe Ursula.

—Diste en el clavo —señalo.

—¿La tía Mamie hizo su magia? —pregunta.

Como parte del Consejo del Condado de Londres, nuestra tía tiene cierta influencia en estos asuntos y varios Franklin han recurrido a ella en momentos de necesidad.

—Me avergüenza admitir que así fue —respondo.

No tiene sentido negarlo. ¿De qué otra manera hubiera conseguido un departamento tan grande, con la increíble vista a Thistle Grove, en la excelente ubicación de Drayton Gardens, en Chelsea, cerca de Fulham Road? Aunque me siento conflictuada por la manera en la que obtuve este lugar, me encanta la zona y el departamento en sí.

—No hay nada de qué avergonzarse, *miss* Rosalind. Todo el mundo recurre a todos los medios a su disposición para encontrar departamentos y te hubieras quedado fuera si no hubieras hecho lo mismo.

—Agradezco su esfuerzo por hacerme sentir mejor, *miss* Ursula —digo, haciendo girar mi falda New Look verde esmeralda que sólo Ursula, entre todos mis conocidos ingleses, aprecia. Me aprieta el brazo. Una de las grandes recompensas de volver a Inglaterra es la proximidad con mi querida prima y amiga, quien puede ayudar a aliviar la herida que Jacques dejó, creo. Las vacaciones habituales que pasamos juntas no se comparan con las visitas frecuentes que disfrutaremos ahora. También espero volver a ponerme en contacto con mis viejos amigos de escuela y cimentar mi amistad con Anne Sayre, que ahora vive en Oxford;

eso ayudará a llenar el vacío que dejaron mis maravillosos amigos del *labo*.

—Pero odio pedir favores —agrego.

En ese momento, la puerta se estremece con los golpes distintivos de mi padre.

—¿Ya? —pregunta Ursula—. Esperaba que tuviéramos un poco más de tiempo juntas.

—Les pedí que vinieran a las ocho —explico echando un vistazo al reloj de latón que está sobre la chimenea del comedor, en el que leo las 7:30—, pero ya conoces a mis padres...

—Siempre ridículamente adelantados —Ursula termina mi frase; esboza una amplia sonrisa y abre la puerta—. ¡Tía Muriel! ¡Tío Ellis! Qué gusto. Los esperábamos con ansias.

—¿Qué demonios es este sabor, Rosalind? —pregunta papá con una mueca de disgusto.

Miro su tenedor, donde quedan los restos de un bocado de lapin à la cocotte, estofado de conejo.

—Supongo que es ajo.

—Ajo. —Casi escupe la palabra—. ¿Por qué no me dijiste que cocinarías esta noche con ajo?

—Bueno, sí te dije que prepararía una de mis especialidades francesas, y supongo que sabes, por las muchas vacaciones que pasamos en Francia durante mi infancia, que los franceses aman el ajo.

Mamá chasquea la lengua.

—Oh, Rosalind, sabes que tu padre no soporta el ajo —dice, siempre protectora de papá.

—Sí, soy tu padre, y no me gusta...

—Bueno —interrumpe Charlotte, la esposa de Colin—, a mí me parece maravilloso. Con todo ese racionamiento de la comida, todos los platillos contienen carne misteriosa con dos verduras sosas y sin sabor. Esto está muy sabroso.

Come otro bocado del conejo de su plato y lo sigue con un trocito de alcachofa que preparé como guarnición.

—Estoy de acuerdo, Ros —coincide Colin.

Esto sucede con mayor frecuencia estos días, ya que se siente tranquilo en su matrimonio y en su puesto en Routledge, la empresa editorial familiar, en lugar de trabajar en la banca, que tanto odiaba. Le gusta ponerse del lado de su esposa, quien ahora es un poco más franca.

«Gracias a Dios que esta noche somos un grupo pequeño», pienso. Mis otros hermanos casados no pudieron venir; Jenifer tenía un evento escolar, el nuevo prometido banquero de Ursula tenía un compromiso de trabajo, y aunque tenía ganas de invitar a la tía Alice a la primera comida familiar que ofrezco en mi nuevo departamento, Ursula me aconsejó no hacerlo. Papá y su hermana mayor, la socialista, no están en buenos términos en este momento. Y eso significaba que no podía invitar a los otros hermanos de papá. Ahora veo que una pequeña celebración para cenar probablemente era lo mejor; no agradecería un torrente de quejas por mi lapin à la cocotte, que preparé tan metódicamente.

Ursula toma las riendas, esperando desviar el rumbo de la conversación de la comida y el desdén de mi padre por mi cocina francesa.

—He tratado de hacer que Rosalind me cuente sobre su nuevo puesto en King's College, pero la preparación de este festín la distrajo.

—Sí, Rosalind —dice mamá, aunque no esté muy interesada en los detalles de mi trabajo; sólo sabe que es amable preguntar—. ¿Qué nos puedes decir de este nuevo empleo?

Cuando empiezo a explicar me doy cuenta de que mi padre es quien en realidad está poniendo atención. Siempre ha sido el único Franklin al que le interesa mi trabajo y es capaz de comprenderlo; aunque afirma que no acepta por completo el camino que elegí, algo que a veces dudo. Después de todo, hubo un momento en sus primeros años adultos en que jugó con la idea de ser él mismo científico. No es que su pasión de juventud por la ciencia impida que siga tratando de convencerme de que cambie mi profesión para hacerme cargo de la filantropía familiar o que empiece a pensar en tener un marido y una familia propia, lo que sólo me hace pensar en Jacques. Al llegar a mi departamento se quejó amargamente de la distancia a pie hasta cualquier sinagoga, aunque sabe a la perfección que no creo en Dios, sólo en la ciencia.

—Voy a encabezar a un equipo bajo la dirección del profesor J. T. Randall. Quizá escucharon hablar de él. Él y otro científico, el doctor Boot, inventaron el magnetrón, que fue increíblemente útil para detectar submarinos y bombarderos en la noche, durante la guerra.

—¿Eso es lo que harás, Rosalind? —pregunta mamá, horrorizada a medias—. ¿Hacer armas? Pensé que te oponías con vehemencia a esta escalada armamentista en Inglaterra, Estados Unidos y Rusia.

—Me opongo, mamá —respondo sorprendida de que lo recuerde—. Mi trabajo no tendrá nada que ver con la milicia. Utilizaré todo el conocimiento que adquirí en Francia sobre cristalografía de rayos X y lo aplicaré a material biológico.

Papá arquea una ceja de la manera tan familiar en la que muestra incredulidad y desafío.

—Suena como si cambiaras de ámbito, de fisicoquímico a biológico. ¿No te has dedicado lo suficiente a la fisicoquímica como para cambiar ahora de rumbo? —pregunta, medio curioso, medio escéptico—. ¿Con qué finalidad, Rosalind? La ciencia no te dará una familia y no te dará fe. Esto es lo que importa, lo que permanece.

Por el rabillo del ojo veo que Ursula pone los ojos en blanco de manera cómica al escuchar esta diatriba tan repetida, y su humor suaviza mi enojo. En lugar de enfrentar a mi padre con temas de ciencia, familia y fe por millonésima vez, decido compartir una anécdota con él.

—Con qué finalidad, en efecto, papá. ¿Has oído hablar de Schrödinger? —pregunto. Niega con la cabeza y yo continúo—. Erwin Schrödinger es un físico que ganó el Premio Nobel, pero te hablaré de un libro que publicó, llamado *¿Qué es la vida?* Schrödinger escribió que era hora de terminar con esta visión de las ciencias como disciplinas separadas, que entendiéramos que estas se superponen, por ejemplo, observar a los sujetos biológicos a través de la lente de los físicos. Después de todo, los organismos biológicos se construyen a partir de moléculas y átomos, y todo tipo de materia que no podemos ver. Al comprender su estructura, ¿no deberíamos entender mejor a nuestros sujetos biológicos? Desde esta perspectiva la vida, en tanto está encarnada por organismos biológicos como los humanos, es materia física que realiza cierto tipo de actividad: comer, beber, respirar, vivir según las reglas establecidas por la física. Y es interesante que la vida también se trata de transferir información genética que de alguna manera está impresa en nosotros como organismos biológicos. Mira alrededor de la mesa. —Hago un gesto para señalar a mamá, a papá, a Colin, a Ursula y a mí—. De alguna manera, Colin recibió la nariz de los Franklin; Ursula, los ojos; y yo, tu tendencia a argumentar y debatir. —Todos ríen ante esta verdad tantas veces repetida.

El rostro de papá se relaja conforme yo hablo, y si bien puedo ver que mis palabras lo conmueven y se dirigen a la parte joven de él que consideraba a la ciencia como una búsqueda sagrada, no renunciará a su papel como figura paterna crítica.

—Suena muy místico y muy francés.

Ignoro este comentario; conforme hablo, me siento más atraída por la investigación científica que me han encomendado.

—Así que, para responder a tu pregunta, papá, de con qué finalidad hago mi trabajo, investigaré cómo se replica la vida en transformaciones interminables y observables; cómo sigue en lugar de terminar con el organismo biológico cuando muere. La ciencia que voy a hacer es el estudio de la vida misma.

Capítulo 17

30 de enero de 1951
Londres, Inglaterra

Después de una capacitación obligatoria sobre seguridad, cuando regreso a mi laboratorio los débiles rayos de sol entran por las ventanas, proporcionando una sorprendente cantidad de iluminación natural. Sin embargo, mi espacio de trabajo en King's College no es el espacioso *labo* con sus techos altos, una sala de trabajo muy iluminada, suficiente para que veinte *chercheurs* realizaran proyectos independientes de manera simultánea, con Jacques como supervisor de todo. «Basta», me digo. Si alguna vez quiero asumir el llamado que le anuncié a mi papá y esta nueva vida en Londres, en King's College, entonces tengo que dejar de comparar mi nueva situación, tan prometedora, con la antigua, ahora imposible. No puedo buscar un futuro que se muestra constantemente insuficiente, debo abrirme un nuevo camino.

¿Qué puede ser más novelesco que la aplicación de mi conocimiento y habilidades como fisicoquímica a la materia biológica por antonomasia?, me pregunto. ¿Qué podría ser más original que aceptar la invitación de Schrödinger? Incluso en las pocas semanas que llevo en King's College puedo entender por qué Randall desea enfocarse en esta investigación tan embriagadora, sin importar la manera en que la haya concebido. Sólo desearía que no fuera una carrera. La ciencia que se hace con prisas, con el objetivo de superar a otros, no se emprende por las buenas razones.

Meto el dosímetro que me dieron durante la capacitación en el bolsillo de mi bata de laboratorio; volteo hacia Ray Gosling, mi asistente, quien está ocupado revisando el boceto de una microcámara de plano vertical que acabo de dibujar. Espero que este enfoque nos permita tomar ángulos poco comunes y, en consecuencia, imágenes sin precedentes.

—¿Qué piensas?

—¡Carajo, me parece fabuloso! —me dice, mirándome boquiabierto.

Mis ojos debieron abrirse como platos al escuchar sus palabras, porque de inmediato exclamó:

—¡Perdón!

—Por favor, no te disculpes, Ray. Estoy acostumbrada a laboratorios llenos de científicos franceses que se la pasan maldiciendo. No se contienen en presencia de las mujeres —explico con una risa que espero lo tranquilice.

No deseo tener un trato ceremonioso con Ray, quiero que viva un poco de la camaradería que llegué a apreciar y recibir a cambio. Y no quiero que la diferencia de sexos se interponga.

—No es porque seas mujer —dice sonrojándose al decir esta palabra.

Es divertido cómo un científico, también capacitado formalmente como médico, pueda ser tan quisquilloso cuando habla de las diferencias biológicas básicas; yo entre ellas.

—¿No? —pregunto con una risita.

—Es porque eres de la alta sociedad.

—¿Qué? —exclamo realmente sorprendida.

¿De qué diablos habla Ray? Yo nunca dije nada sobre mi familia o nuestros antecedentes; si bien nos han enseñado a sentirnos orgullosos de nuestra herencia judía y del éxito de la familia Franklin, también nos enseñaron a no hablar de ello.

—La manera como hablas, donde creciste. Quiero decir, incluso fuiste a St. Paul —explica—. Prácticamente eres una aristócrata. Eso sólo me hace más consciente de la manera en la que hablo, eso es todo.

No sé bien cómo sentirme. En Francia, mi posición social se atenuaba por mi calidad de extranjera, por lo que hace mucho tiempo que no pienso en la diferencia de clases que impregnan la vida inglesa. Pero estoy segura de que no quiero esas distinciones en mi laboratorio. Deseo que haya libertad de expresión, un cómodo intercambio de ideas y trabajo duro.

Por una vez en mi vida, se me ocurre bromear, algo que quizá pueda distender la tensión y evitar que esta situación ocurra en el futuro.

—Carajo, pues entonces no quiero que te sientas así —digo con una sonrisa.

Ray parece sorprendido, luego estalla en una risa histérica.

—¡Dios!, suena graciosísimo en tu boca. Nunca pensé que te escucharía decir esa palabra.

—Y tal vez no lo haga nunca más —digo riendo con él—. Pero no quiero que te reprimas por tonterías como esa. Estamos buscando algo mucho más grande que nosotros mismos, mucho más importante que esa tonta distinción de clases, ya sean verdaderas o imaginadas. ¿Es un trato?

—Es un trato —responde con esa sonrisa contagiosa tan suya.

—Así que, a trabajar, ¿sin restricciones? —pregunto.

—Sin restricciones —responde asintiendo.

—Antes de que hablemos del diseño de la microcámara, detengámonos un momento, ¿sí?

—Por supuesto.

—Hasta ahora has podido obtener la mejor imagen de ADN, aunque incompleta y borrosa, y te felicito por ello. Fue emocionante ver los rastros de una estructura cristalina en el material de ADN. —Señalo la fotografía de rayos X que tomó hace meses, una que no había podido reproducir. Sus habilidades de cristalografía de rayos X son limitadas, puesto que aprendió solo, pero mi objetivo es enseñarle—. Pero para afinar la verdadera tridimensionalidad, o de hecho cualquier estructura real, necesitamos más datos. Muchos más datos. Y eso significa muchas imágenes, más claras, y luego muchos, muchos cálculos, para ver si podemos derivar una estructura tridimensional de la imagen bidimensional.

—Exactamente. Me emociona aprender de ti. —Asiente entusiasmado y me impresiona la falta de ego de Ray. Muchos científicos están menos preocupados por hacer descubrimientos que beneficien a grandes sectores de la población que por proteger su reputación—. Conoces tanto de estas técnicas. Es imposible pensar que las aprendieras sola en los últimos años.

—Míralo así, Ray: cualquiera que sea el problema que enfrente, usaré cualquier técnica necesaria que me dé la respuesta. Y puesto que la cristalografía es la mejor manera de obtener la naturaleza del ADN, nos haremos expertos en esa técnica. —Hago una pausa y le ofrezco una leve sonrisa antes de volver a mi trabajo—. A mí me parece que las barreras para recopilar los datos son dos: primero, debemos explorar muchos más ángulos de ADN que, espero, el diseño de mi cámara ayudará a hacer. En segundo lugar, tenemos que abordar el complicado problema de estabilizar la humedad en la cámara para obtener imágenes más nítidas. Le he dado vueltas a ese tema, pero hablemos primero de la cámara. ¿Qué piensas del diseño que esbocé? —Hago una pausa y luego agrego—: Sé honesto, como acabamos de acordar.

—Este mecanismo permitirá que la cámara capture los ángulos que antes estaban fuera de alcance —dice señalando el boceto—. Planos que no pude obtener cuando trabajé antes con el ADN.

—Bien. Eso es lo que esperaba. Has trabajado con estas muestras y este equipo de primera mano. No he tenido la oportunidad de hacerlo aún, así que agradeceré tus comentarios.

—¿El rey John te mantiene demasiado ocupada con su agenda social? —pregunta con una sonrisa.

Con la intención de reír siempre, Ray tiene toda una gama de apodos para nuestro líder: el «viejo» o «rey John», aunque nunca se los ha dicho a Randall en su cara. A menos que estén en el *pub* local y hayan tomado varias cervezas.

—Es cierto que le gusta mantener ocupada a su gente, y no necesariamente con trabajo —admito.

Desde que llegué a King's College, hace casi tres semanas, Randall ha organizado varias fiestas que siempre empiezan en la tarde, más que en la noche: una salida al Royal Albert Hall para un concierto de Sibelius y almuerzos casi diarios en el restaurante mixto de King's College, donde tanto hombres como mujeres almuerzan juntos. Si bien no es algo tan emocionante como los almuerzos en París que tanto adoraba con mis compañeros *chercheurs* en Chez Solange, en ningún sentido es la bolsa de papel de estraza de mi época en la BCURA y en el laboratorio Norrish en Cambridge. Por ello, me siento tan sorprendida como agradecida.

—Tienes suerte de haberte salvado hasta ahora del críquet —agrega Ray sin dejar de reír—. Ya lo enfrentarás cuando llegue la primavera.

—Haré mi mejor esfuerzo por evitar el críquet.

Es difícil no reír con mi buen asistente y disfruto tanto su compañía que ya los invité a él y a su encantadora esposa, Mary, a una cena con unos amigos el fin de semana pasado.

—En serio —continúo—, ¿le harías algunos cambios al diseño o debería presentarlo ya a los talleres de la universidad para que lo construyan?

—Es perfecto, Rosalind —responde con seriedad.

—Gracias, Ray. —Asiento—. Con mucho trabajo y poco de suerte, le ofreceremos al profesor Randall su tan escurridizo Santo Grial.

—En efecto, el Santo Grial —repite sonriendo de nuevo.

En ese momento la puerta del laboratorio se abre de par en par. Casi salto al escuchar que se azota contra la pared. Un hombre alto y delgado, de cabello castaño claro echado hacia atrás, entra a la habitación. No es que sea feo, pero su porte y expresiones faciales de alguna manera son muy poco atractivos.

—Holaaa. ¿Escuché mencionar al rey Arturo y los caballeros de la mesa redonda? —pregunta jovial. Sin esperar una respuesta, agrega—: Sé qué papel debo jugar: ¡yo seré su rey Arturo, escudero y damisela! Después de todo, ya me has servido como escudero diligente antes, ¿cierto, Ray? Y no podemos aceptar que nuestras damiselas queden sin protección, ¿o sí? —pregunta, mirándome con una sonrisa, como si acabara de hacerme un enorme favor.

¿En verdad este desconocido espera que le sonría por su comentario?

Ray se levanta de un salto y estrecha la mano del hombre.

—Es bueno verte de vuelta. ¿Pasaste buenas vacaciones?

—Las mejores. —Voltea y me mira, pero no puedo ver sus ojos detrás del brillo de los gruesos cristales de sus lentes—. Qué gusto conocerla al fin, señorita Franklin. He escuchado hablar mucho de usted.

Aunque me he acostumbrado porque el profesor Randall se dirige a mí como «señorita» en lugar de «doctora», por alguna razón me desagrada que este hombre lo haga. ¿Quién es? ¿Y qué se piensa al entrar así en mi laboratorio, dándole órdenes a mi asistente e informándome que está a punto de encargarse de todo como si fuera el rey Arturo? Sin hablar de que yo no soy la doncella de nadie.

—Temo que estoy en desventaja, señor —digo, haciendo un gran esfuerzo por conservar el buen humor y usando los buenos modales con los que me crio la nana Griffiths hace ya tanto tiempo.

Retrocede un paso y permanece callado durante un buen momento. Luego, después de una deliberación inusualmente larga, dice:

—Qué extraño. —Arquea las cejas sobre el armazón de sus lentes y frunce el entrecejo, confundido—. Bueno, arreglaremos eso. No puedo dejar al nuevo miembro de mi equipo en la ignorancia, ¿o sí? —Extiende la mano para estrechar la mía y agrega—: Soy Maurice Wilkins.

Capítulo 18

8 de febrero de 1951
Londres, Inglaterra

—¿Te interrumpo? —pregunta Ray al entrar a mi pequeña oficina.

Como nunca antes había tenido una oficina propia, estoy feliz organizando el lugar a mi gusto. El único espacio que no puedo reclamar es un estante sobre una de las paredes, que contiene revistas científicas que compartimos. Aparte de que hojeo las revistas para leer con detenimiento artículos recientes sobre la creación de medicamentos para combatir la leucemia, el descubrimiento de una nube de planetas en órbita al extremo del sistema solar por parte del astrónomo neerlandés Jan Oort y los esfuerzos del doctor Jonas Salk para desarrollar una vacuna contra la polio, hay otra razón por la que me gustan estas publicaciones: brindan a mis colegas una razón para entrar a mi oficina. Disfruto mucho las pláticas espontáneas cuando los miembros del personal que aún no conozco entran a buscar una revista y me ofrecen la oportunidad de conocer a otras mujeres del equipo de Randall, incluidas la doctora Honor Fell, la doctora Marjorie M'Ewen, la doctora Jean Hanson y la fotógrafa del laboratorio, Freda Ticehurst.

—Nunca —respondo, alzando la vista del artículo que estaba escribiendo para *Proceedings of the Royal Society* sobre mi trabajo en París.

Randall insistió en que mientras me establecía e instalaba mi nuevo laboratorio, escribiera los resultados de mi investigación anterior con la finalidad de publicar al menos un artículo en esa revista tan reconocida. «Cimentará tu posición como una de las expertas en la comunidad científica sobre la estructura de los carbonos», dijo. Aunque odio que mi atención se desvíe del trabajo tan interesante que tengo entre las manos, sé que para avanzar necesito dejar en paz el pasado. «Por completo», me esfuerzo en recordar cuando llega a mi mente una imagen de Jacques Mering. Justo en el momento en el que pienso que logré apartarlo de mi mente y mi corazón, sale a la luz.

—Mientras están fabricando la microcámara en el taller, pensé que podríamos empezar con el problema de la humedad —dice Ray, acercando la silla a mi escritorio.

—Eso pienso exactamente —digo, forzando mis pensamientos a la tarea que tengo por delante—. En particular porque el equipo de rayos X está limpio y ensamblado, y casi estamos listos para empezar.

La semana anterior Ray y yo armamos el equipo de rayos X con el prototipo del tubo Ehrenberg-Spear, que permite un enfoque fino del haz de rayos X. Una vez ajustado a la nueva microcámara y después de preparar la muestra de ADN, estaremos listos para el verdadero experimento.

—Hablémoslo en detalle, ¿sí? Cuando sacamos la fibra de ADN, la adherimos a un pequeño marco de metal para estirarla mejor para su análisis.

Sonrío.

—Por marco de metal, te refieres al clip para papeles, ¿correcto?

Me divierte que haya readaptado un objeto común de oficina para un objetivo tan importante y de forma tan ingeniosa.

Siempre listo para sonreír, Ray me devuelve la sonrisa.

—Exactamente. Una vez que alargamos la muestra con ese clip para su estudio, supimos que teníamos que mantenerla húmeda. Pero seguimos encontrando problemas.

—Tengo una idea para solucionarlo, pero me pregunto si podría ver tus notas o registros sobre el problema de la humedad. Las tuyas y las de todos los que trabajaron contigo en esto… ¿Dijiste «seguimos»?

—Ah, pensé que lo sabías. Trabajé con Wilkins en esto.

—¿Maurice Wilkins?

El desconocido alto que entró abalanzándose en mi oficina la semana pasada, después de pasar unas largas vacaciones esquiando, y que ahora es una presencia constante en las oficinas del departamento. Randall por fin lo presentó como el director adjunto de la Unidad de Biofísica, para mi vergüenza, y supe que Wilkins estudió Ciencias Naturales y Física en Cambridge y que luego pasó gran parte de la guerra en Estados Unidos, trabajando en el Proyecto Manhattan. Él y Randall se hicieron muy amigos en trabajos universitarios anteriores. Por esta razón, decidí ignorar el comportamiento presuntuoso y demasiado familiar de Wilkins y su atrevido comentario de que yo era su «damisela» y él el rey Arturo. Todo esto como parte de mi decisión de morderme la lengua en este entorno inglés, menos tolerante.

Pero la información de Ray de que Wilkins trabajó en el ADN es una novedad. Randall nunca lo mencionó cuando convocó en su oficina a todos para tomar té y darme la bienvenida, sin hablar de que Wilkins no estaba presente. Por el contrario, dejó claro que el ADN era un proyecto únicamente mío, que él sería el único en supervisarme y que Ray, y en cierta medida Stokes y Heller, me ayudarían si lo necesitaba.

—Sí —responde—. Necesitamos sacar parte de la humedad de la cámara para obtener las imágenes que queremos, pero no estoy seguro de cómo hacerlo sin que la muestra conserve la humedad necesaria. Nos quedamos sin propuestas. ¿Tú tienes alguna?

—Tengo una idea de por qué salió mal, aunque tendría que confirmarlo con tus notas. Pero supongo que si usáramos una solución salina y algunos agentes secantes podríamos obtener un éxito duradero.

—¿Qué quieres decir?

Saco una hoja de papel y esbozo un diagrama del experimento en el que muestro el espécimen y la nueva microcámara en el tubo.

—Primero podríamos tratar de quitar humedad tanto de la muestra como de la cámara de vacío con una bomba de vacío y un agente secante, o ambos. Luego podríamos controlar con cuidado la humedad dentro de la cámara y el espécimen al crear una serie de soluciones salinas mediante las cuales podríamos bombear hidrógeno.

—Ingenioso. Eso nos permitiría controlar los niveles de humedad. ¿Cómo supiste resolver este problema si ni siquiera hemos empezado los experimentos?

—Usé estas técnicas en París. La mayoría de los científicos cuenta con varios trucos para hidratar las fibras. Me sorprende que el profesor Wilkins no haya probado algunos de ellos. Hubiera pensado que estos métodos le son muy familiares. O para alguien aquí en King's College.

Al decir esto, me siento más desilusionada de Wilkins. Y más enojada también. Un hombre con su experiencia debería poder resolver el problema de la humedad. Si no pudo lidiar con eso, seguramente no habrá llegado muy lejos con dilemas y cuestiones mayores. Qué bueno que Randall me asignó a mí el proyecto.

Conforme empiezo a describir los tipos de soluciones salinas que podríamos utilizar, explicando que se trataría de un experimento de ensayo y error hasta obtener una imagen verdaderamente tridimensional, Wilkins asoma la cabeza por la puerta, como últimamente hace con frecuencia. Permanece así un buen rato, sin entrar. Supongo que está aquí para buscar una revista en el estante, por lo que hago una seña hacia él para indicarle que puede entrar. En su lugar, permanece en el umbral y escucha.

—Parece que están hablando de la famosa imagen del ADN. ¿Necesitan ayuda? Cruza los brazos y sus labios delgados dibujan una sonrisa engreída, como si nos estuviera haciendo un favor, cuando menciona la única imagen respetable de ADN que se ha obtenido durante el tiempo que él ha estado a cargo del material; e incluso esa la tomó Ray.

Su «famosa» imagen, claro. No pudo hacerlo bien la primera vez, salvo por esa fotografía más bien mediocre, ¿y ahora está aquí para ofrecernos ayuda?

Pienso en la nana Griffiths y fuerzo una sonrisa.

—Agradezco su oferta, pero creo que lo tenemos bajo control —respondo.

Wilkins retrocede como si lo hubiera abofeteado. ¿Por qué reacciona de manera tan violenta ante una colega que amablemente rechaza su ayuda? No fue como si me hubiera negado rotundamente. Me pregunto con quién estoy lidiando.

Una hora después, Ray y yo seguimos planeando nuestro primer experimento y advierto que su mirada se distrae con frecuencia hacia su reloj.

—¿Vamos a almorzar?

Envueltos en nuestros abrigos, caminamos por el largo pasillo hasta la oficina de Randall; esperamos verlo reuniendo a su tropa para la comida, como hace muchos días de la semana. He aprendido a disfrutar de la compañía de Freda Ticehurst, quien está a cargo del laboratorio fotográfico, y espero que venga con nosotros. Pero el corredor frente a la oficina de Randall está inusitadamente vacío y silencioso.

—El profesor Randall tuvo una reunión en Birkbeck —explica su secretaria—. Fue con la señora Heller y el señor Stokes, pero regresarán para el té de la tarde.

El té es otro de los rituales diarios de Randall con su equipo.

Ray y yo decidimos comer solos. Al salir del edificio pasamos frente a varios de los clérigos vestidos de negro, omnipresentes en King's, y me topo directamente con Wilkins, quien camina con un grupo de cinco hombres bulliciosos. Estos individuos en particular también trabajan en la Unidad de Biofísica, pero casi como un equipo separado a cargo de su propio proyecto. Por lo que Ray me explicó, son exmilitares que aprovecharon un curso universitario intensivo para antiguos soldados y aceptaros sus puestos con Randall casi como si fuera un cargo militar.

Los hombres saludan a Ray con varios golpes amistosos en el hombro, pero a mí no me hacen mucho caso, salvo algunos «buenos días» sin entusiasmo. La conversación se centra en los planes para esa noche en un *pub* llamado Finch's y yo me siento por completo fuera de contexto con este grupo atlético. Me siento aliviada cuando llegamos al edificio donde están los comedores. Camino hacia la derecha, al comedor comunitario que también da servicio al estudiantado, y advierto que los hombres avanzan hacia la izquierda, hacia el comedor exclusivamente de hombres. Es el tipo de división que garantiza que las mujeres no participen de la conversación y de las relaciones informales que fomentan el tipo de ambiente laboral social y productivo que viví en París.

Ray se congela a medio camino. Wilkins me mira y se encoge de hombros.

—Perdón, los caballeros y yo teníamos planes para comer juntos —me dice.

Ya no queda nada de la ayuda amistosa y engreída que ofreció esta mañana. Permanezco quieta y Wilkins también. Es evidente que no va a cambiar sus planes para incluirme y que yo no puedo unirme a los suyos. Está obligando a Ray a escoger entre ambos. ¿Esto es un castigo por mi anterior falta de docilidad? ¿Es una venganza por haber rechazado su oferta?

—Adelante —digo asintiendo hacia Ray—, vayan a reunirse con los demás. De cualquier manera tengo que terminar ese artículo para el profesor Randall.

—¿Estás segura? —pregunta Ray en voz baja.

Es evidente que está conflictuado. Puedo imaginar cómo debe sentirse: arrastrado en un sentido hacia su superiora actual, su directora de tesis, y en otro hacia su antiguo jefe y director adjunto del departamento. No envidio la posición de Ray y no quiero hacer que este momento sea más difícil para él de lo que ya es.

—Por supuesto. —Me obligo a sonreír, aunque lo que quiero es gritar—. Nos vemos a la hora del té.

Reticente, sigue a Wilkins, quien alcanza ya a sus compañeros. A mí me dejan sola.

Capítulo 19

23 y 24 de marzo de 1951
Londres, Inglaterra

—¿Ves eso? —pregunto.

Ray y yo estamos revisando las imágenes de dos series de fibras de ADN: una que hidraté y otra que coloqué sobre un agente secante. En mi opinión, la fibra húmeda de ADN es visiblemente más larga y delgada que la seca, la cual es más corta y cristalina. ¿Cómo es posible que ambas fibras sean tan diferentes? Estudio otra serie de imágenes y observo lo mismo.

Él estudia con cuidado cada imagen.

—Sí. Pero me cuesta trabajo creer lo que estoy viendo.

—¡Lo sé! —exclamo emocionada—. Es difícil comprenderlo.

—Casi imposible.

—Existen dos tipos de ADN. —Junto las palmas de las manos, asombrada.

—Uno húmedo y otro seco. —La voz de Ray es un murmullo incrédulo—. Por completo distintos.

—Esto podría ser revolucionario.

—Eso es un eufemismo —dice Ray lanzando una carcajada—. ¿Los nombramos?

Río, exaltada ante este descubrimiento.

—Supongo que deberíamos hacerlo. ¿Qué tal Rosalind y Raymond?

Estalla en carcajadas.

—¡Una declaración de posteridad! Me parece que esta es la segunda broma que haces.

Lo miro con una sonrisa deslumbrante.

—Me gustaría que pudiéramos llamar a tipos de ADN con nuestros nombres, pero por desgracia creo que debemos ser más profesionales. ¿Te parece si usamos el clásico tipo A y tipo B?

—Sea, pues: tipo A y tipo B —accede, agitando su melena de cabello rubio—. Cuando pienso que antes de que llegaras sólo podíamos obtener imágenes borrosas de estas fibras…

—Me alegra haber podido ayudar a mejorarlo.

—Otro eufemismo —interrumpe Ray.

—Tienes que venir mañana en la noche a mi casa, a una cena francesa que voy a hacer para algunos amigos. Celebremos.

Escucho pasos detrás de mí.

—¿Qué celebran? —alguien pregunta.

Por supuesto, es Wilkins. Su tono es suspicaz. ¿Cuánto tiempo lleva ahí parado? Aparece de repente con tanta frecuencia cuando estamos juntos Ray y yo, que incluso cuando no está presente puedo sentirlo cuestionando y juzgando.

La mesa está engalanada con la vajilla de porcelana que mamá ya no usa, los cubiertos de plata de la tía Alice y el florero de cristal lleno de campanillas de invierno y azafranes. El aroma a pollo, champiñones, ajo, vino y tocino flota en el aire mientras el coq au vin se cuece en la cocina. El reloj casi marca las siete y los invitados no tardarán en llegar.

Este es el momento exacto que me encanta de ser anfitriona: la anticipación de la velada que me espera. Es la misma expectación que siento cuando me aventuro en una nueva iniciativa científica.

Suena el timbre, abro la puerta y encuentro a Freda, mi colega favorita de la Unidad de Biofísica, aparte de Ray. Lanza un gritito al ver mi vestido aguamarina New Look, en lugar de mi acostumbrada blusa blanca, falda negra y bata de laboratorio. Ray llega cuando le estoy sirviendo a ella una copa de vino de Borgoña; es la segunda vez que viene. Unos minutos después, Alec Stokes toca la puerta, seguido de mis amigos Simon y Bocha Altmann, de Argentina, que son, respectivamente, estudiantes de posgrado en Física en King's y Bioquímica en el University College. Les llevo de beber al salón al tímido Alec y a Simon y Bocha, quienes de entre todos los invitados son externos al círculo de King's College; muy pronto todos platican y ríen. Cuando presento a David y Anne Sayre, quienes llegaron de Oxford para pasar tres días en Londres, el grupo es alegre y acogedor. La reunión carece de la comodidad, franqueza y calidez de mis compañeros *chercheurs*, pero he aceptado que eso no volverá a suceder.

Cuando nos sentamos a cenar todos estamos de muy buen humor. Freda y Ray intercambian bromas sobre el partido departamental de críquet que organizó Randall la primavera pasada y me lanzan una advertencia sobre la próxima temporada. Simon se anima compartiendo consejos sobre qué entradas no pedir en el comedor mixto e incluso Alec participa cuando hablamos del espacio improvisado del laboratorio y de los planes para nuestra nueva ala departamental que están construyendo donde se encontraba el cráter de la bomba. Anne y su esposo comparten algunas anécdotas divertidas sobre estadounidenses que viven en Oxford. Todos me felicitan por la cena.

Un poco inestable cuando se pone de pie, Ray dice:

—Un brindis por nuestra anfitriona. Muchas gracias por esta hermosa velada con una de las cenas más deliciosas que cualquiera de nosotros haya disfrutado.

Estalla un coro de «¡Por la anfitriona!», junto con un «No más cenas comunes y corrientes», una referencia no muy sutil a las comidas insípidas que generalmente ofrecen los restaurantes en esta época de racionamiento. Río junto con mis invitados; me pregunto cómo puedo reunir a gente tan afable y encantadora como los que están hoy aquí, y al mismo tiempo sentirme desconectada del resto de los científicos en King's. ¿Podría atribuirlo a Wilkins y su influencia, o hay algo diferente en mí cuando estoy trabajando?

Ray permanece de pie.

—Y otro brindis por nuestro descubrimiento de ayer. —Levanta su copa—. ¡Por Rosalind Franklin y el secreto de la vida!

—«¡Por Rosalind Franklin y el secreto de la vida!» —exclama Freda.

Alec nos mira inquisitivamente. Aunque las palabras de Ray son vagas, me pregunto si ha dicho demasiado.

Freda se ofrece a ayudarme a recoger los platos para poder servir la tarte tatin que preparé para el postre. Esta mujer brillante me cae bien; me gustaría que nuestro trabajo nos juntara más seguido. Cuando la puerta de la cocina se cierra detrás de nosotras, empezamos a apilar los platos y ella murmura:

—Necesito decirte algo.

No estoy acostumbrada a ser la confidente de nadie, salvo de Ursula y de mi hermana, cuando éramos mucho más jóvenes.

—Está bien —respondo, esperando que la información que quiere compartir conmigo no sea demasiado íntima.

—¿Ray y tú hicieron su gran descubrimiento ayer en la tarde?

—Sí —respondo con cautela; no quiero revelar mucho en estas etapas tempranas.

—No pretendo curiosear sobre ese descubrimiento, sé que me lo dirás cuando estés lista, pero ¿es posible que Wilkins esté al tanto de lo que Ray y tú descubrieron?

—Posiblemente. Tiene la costumbre de sorprendernos en el laboratorio. ¿Por qué?

Pienso en las muchas veces en las que he sentido que alguien me mira y al voltear encuentro a Wilkins de pie en el umbral, con esa insoportable sonrisa sarcástica en su rostro. He hecho mis mejores esfuerzos por ser correcta, sin dejar de marcar claramente los límites, pero ya antes me han acusado de descortesía involuntaria. ¿Qué reacción, intencional o no, podrían haber desencadenado estos intercambios en Wilkins?

—Bueno, como a las cuatro de la tarde entró echando humo a la oficina de Randall, donde yo le estaba entregando unas imágenes. Empezó a despotricar como si yo no estuviera ahí.

Mi corazón empieza a latir con fuerza y no quiero pensar en lo que pudo haber dicho Wilkins, pero necesito saberlo.

—¿Qué dijo?

—Wilkins quería saber por qué lo dejaban fuera de la investigación que estaban haciendo con las muestras de ADN preparadas por el doctor Signer. También pidió explicaciones de por qué tú parecías tener el control de todo, en particular porque él pensaba que te habían contratado para ser su asistente.

—¿Qué respondió Randall?

¿Explicó que desde el principio me prometió a mí darme la investigación del ADN? Quisiera preguntarle esto a Freda, pero no puedo ser tan directa. Si Randall fuera claro sobre la división del trabajo eso podría disminuir la fricción entre Wilkins y yo, y terminaría con sus repetidos esfuerzos por supervisar mi trabajo. Pero quizá eso jamás sería posible si Wilkins pensara que me trajeron aquí para ayudarlo, algo inimaginable. ¿Por qué una científica de mi experiencia y conocimiento quisiera tener un puesto de «asistente» de alguien que trabaja a mi mismo nivel, salvo por el título? ¿Por qué dejaría el *labo* parisino, con la autonomía, el apoyo y la productividad que viví ahí al lado de un grupo de queridos amigos? Sin importar mis problemas con Jacques.

—Le dijo a Wilkins que dejara de quejarse y que siguiera con su propio trabajo, que al final todo saldría bien.

—Gracias por decirme, Freda —digo dándole una palmadita en el hombro.

Pero pienso en las palabras de Randall y en por qué no le explicó a Wilkins que él me había asignado el trabajo del ADN a mí; por qué no le dijo que no me llamaron para ser su asistente. Me preocupa la ira de Wilkins y no me gusta nada.

Capítulo 20

30 de junio de 1951
Uppsala, Suecia

Sigo el sendero a lo largo del río Fyris que divide el pintoresco pueblo de Uppsala a la mitad. La luz del sol se refleja en el agua y me calienta en esta fría tarde de junio; extiendo los brazos y me baño de sol. Qué contenta estoy de haber decidido liberarme por un día del programa del Segundo Congreso y Asamblea General de la Unión Internacional de Cristalografía y viajar en tren desde Estocolmo hasta este pueblo universitario, con su catedral medieval y su castillo del siglo XVI. Después de meses de trabajo agobiante en el laboratorio de King's College, cargado de tensión debido al comportamiento cada vez más acaparador de Wilkins, esta escapada con mis queridos amigos, los Luzzati y los Sayre, con quienes planeé asistir a la conferencia, es bienvenida.

—¿Qué tal King's College? —pregunta Vittorio cuando el sendero se ensancha y podemos caminar en parejas.

No es lo suficientemente amplio como para que quepa Anne, con quien también he estado caminando, así que ella avanza frente a nosotros y se une al resto del grupo. Si bien en este viaje he disfrutado de la compañía de Anne —ambas nos fuimos de paseo por las pastelerías de Estocolmo, donde encontré pasteles y postres almibarados en abundancia, a diferencia de los de Inglaterra, donde el azúcar está racionada, y nos detuvimos en una recepción literaria organizada por el editor de una revista para la que Anne escribió—, es un regalo contar con estos momentos raros y escasos sola con mi querido amigo Vittorio, quien me entiende muy bien.

—¿Bastaría si te digo que no es París? —respondo con una risita.

Él ríe.

—Más que suficiente. Te extrañamos muchísimo en el *labo*.

—¿Todos me extrañan? —pregunto.

Puedo percibir cómo arquea una ceja, inquisitivo. No es que nunca haya escuchado mentir a Vittorio, pero puede amoldar la verdad por su enorme interés por complacer, y me parece difícil creer que Jacques me extrañe.

—Sí —insiste—, incluso él. No dice mucho, pero a quienes te conocemos nos habla de ti y de tus cualidades con frecuencia. —Ninguno de los dos tiene que nombrar a Jacques en voz alta para saber de quién hablamos; Jacques ronda en nuestras conversaciones—. Definitivamente tomaste la decisión correcta, Rosalind, aunque Londres no sea París.

En el lenguaje en clave de Vittorio, esto significa que irme fue lo mejor para mí porque Jacques y Rachel Glaeser siguen juntos.

—¿Sigue con ella? —murmuro a medias.

—¡Así es! Poco importa la esposa misteriosa a quien nadie ha visto nunca, pero que sin duda existe —responde tranquilo y suspira. Luego, en un tono más alegre y voz más alta, agrega—: Espero que, al menos, la investigación en Londres vaya bien.

—Increíblemente bien —respondo en el mismo tono animado, dejando de lado cualquier malestar que pueda provocarme la relación de Jacques y Rachel. No permitiré que Jacques Mering eche a perder este maravilloso paisaje con mis queridos amigos—. ¿Recuerdas que estoy trabajando ahora con ADN, en lugar de carbonos?

—Por supuesto —responde Vittorio, acercándose un poco a mí en el camino para poder escuchar cada una de mis palabras—. Es un maravilloso mundo nuevo para ti.

—Cierto, pero la ciencia es la ciencia, sin importar el mundo en el que se haga. Afiné las técnicas de alta humedad que aprendí en el *labo* y las apliqué a este nuevo material; hice un descubrimiento increíble.

—¿Qué? —pregunta Vittorio con los ojos enormes.

He estado ansiosa por contarle a alguien mi enorme hallazgo, pero le aconsejé a Ray que lo mantuviera en silencio hasta que estuviéramos absolutamente seguros. Pero sé que puedo confiar en Vittorio.

—Descubrí que, en realidad, existen dos tipos de ADN.

—¡No!

—¡Sí!

—Eso es revolucionario.

—Lo sé. Pero hay más.

—¿Más? ¡Cómo si un hallazgo que innova la ciencia no fuera suficiente!

Las palabras salen de mi boca en desorden por la emoción de compartir estas noticias.

—Las imágenes que obtuve son de tal claridad y detalle que puedo ver la estructura frente a mis ojos; antes incluso de realizar el análisis matemático.

—¿Qué ves?

—Tiene una forma cristalina…

En su emoción, Vittorio no puede evitar interrumpir.

—¡Tan familiar para ti!

—Lo sé. —Le devuelvo su entusiasmo con una amplia sonrisa—. Creo que es una hélice.

—Dios mío. —Sacude la cabeza, asombrado—. ¿Ya compartiste tus hallazgos con alguien? ¿En el laboratorio o algún otro lado?

Niego con la cabeza.

—Sólo con mi asistente. Una vez que finalice las imágenes haré todos los cálculos para confirmarlas. Pero no quiero compartir mis sospechas con nadie más hasta que lo haga.

—Puedo entender que ocultes tu descubrimiento de la comunidad científica hasta que estés absolutamente segura; mira la atención y la prensa que Linus Pauling está teniendo por haber anunciado la naturaleza helicoidal de las proteínas. Y ni siquiera ha verificado sus hallazgos con las imágenes de cristalografía de rayos X necesarias, como señaló tímidamente el profesor Bernal, de Birkbeck, justo en esta conferencia. Imagina lo que dirían de tu trabajo; saldría en los titulares porque tienes la prueba de tus imágenes y ya no es mera especulación.

Vittorio deja de hablar y sus espesas cejas se fruncen en confusión. Hace un par de días asistimos juntos a la conferencia de Pauling y la presentación del químico de Caltech abundó en datos muy interesantes para mi propio trabajo.

—Pero ¿por qué no lo compartes con tus colegas? —continúa Vittorio—. En el *labo* siempre comentábamos nuestros primeros hallazgos.

—King's College no es el *labo* —espeto. Luego me doy cuenta de que mi voz es inesperadamente dura—. Lo siento, Vittorio. No pretendo hacerte el blanco de mis frustraciones.

Vittorio se detiene.

—¿Qué pasa, Rosalind? Habla conmigo.

Aparte de Anne, con quien he hablado mucho de esto y a quien le pareció que la situación era bastante preocupante con respecto a mí, pero que no comprendió bien la magnitud total de la traición científica, no he tocado este tema con nadie más en detalle. Contra todos mis esfuerzos por evitarlo, mis ojos se llenan de lágrimas.

Respiro profundamente y empiezo mi relato.

—Con el jefe de mi unidad, el profesor Randall, no hay problema; de hecho ha contratado a otras científicas en su equipo. Pero no puedo llevarme bien con el director adjunto, Maurice Wilkins.

Me margina tanto como esperaba que lo hiciera un científico inglés tradicional: me excluye de las comidas del equipo porque las organiza en el comedor exclusivo para hombres y cosas por el estilo. Pero lo peor es que insiste en meterse en mi área designada, la del análisis de rayos X del ADN, que Randall me prometió que sería mía exclusivamente. No me preocupa tanto exigir un territorio científico…

—Nunca te ha importado el ego, como a tantos otros científicos —interrumpe Vittorio.

Asiento ante su cumplido y continúo:

—… Sino el lío que haría en mi trabajo si le pusiera las manos encima. Cuando en un principio él trabajó con las pruebas de ADN ni siquiera usó algunas técnicas básicas.

—Dios, lo siento, Rosalind.

Toma mi mano y le da un rápido apretón. El efusivo Vittorio probablemente preferiría darme un fuerte abrazo, pero me conoce lo suficiente como para contenerse.

—Hay más —hago una pausa—. Una amiga mía me dijo que Randall y Wilkins tuvieron una especie de pelea por la autoría de esta investigación sobre el ADN. Espero que Randall defienda mi área y no le deje ninguna duda a Wilkins de que el trabajo es mío, según sus propias órdenes. Eso acabaría con las interferencias de Wilkins; siempre interroga a mi asistente, Ray Gosling, para saber en qué estamos trabajando, y podría jurar que cuando yo no estoy ahí esculca mi oficina. Pero Randall no dijo nada en concreto y aparentemente cambió el tema cuando Wilkins alzó la voz.

—No me sorprende que este hombre, Wilkins, quiera abrirse un camino en tu área. Este tipo de descubrimientos son grandes noticias en ciencia y…

—Además no pudo hacer ningún progreso significativo cuando estuvo a cargo del análisis de ADN —interrumpo cuando creo que debo agregar algo importante—, y es claro que siempre se topa con una pared…

—Ahí está —ahora es Vittorio quien interrumpe—. Está resentido de que una mujer tenga éxito donde él falló, y lo más probable es que siga invadiendo tu territorio o que trate de adjudicarse el crédito por tu trabajo. Ten cuidado.

Para un hombre tan incansablemente optimista, me asombra esta advertencia tan sombría. Presto atención, pero no estoy segura de qué hacer.

—No creo poder acudir a Randall con mis preocupaciones. No me defendió cuando Wilkins lanzó directamente su ataque sobre este mismo asunto, y dijo específicamente que no le gustan los quejosos.

—Entonces, querida Rosalind, sólo te queda una opción: protege tu ciencia, cueste lo que cueste.

Capítulo 21

24 de julio de 1951
Londres, Inglaterra

«Qué triste excusa para una conferencia», pienso. Se supone que la conferencia de verano se organiza para brindar tanto un respiro de nuestros laboratorios como una manera fácil de relacionarnos con científicos afines, atrayéndonos con la promesa de lugares exóticos. Pero aunque el Laboratorio Cavendish de Cambridge —fundado, entre otros, por el estimado profesor James Maxwell como un centro de física experimental al inicio y ahora también de biología— es sin duda impresionante, con sus altos techos y el antiguo edificio en la avenida Free School, no es para nada Suecia. Echo un vistazo a la sala de conferencias abarrotada y húmeda; reconozco a varios otros científicos y asiento en su dirección, pero permanezco sola en espera de la primera ponencia. Dado el programa tan extenso y la naturaleza informal de esta «conferencia», los ponentes no se han anunciado oficialmente, pero espero enterarme de los hallazgos de la investigación de Cavendish sobre la estructura de las proteínas, que puedan ayudar en mi propio trabajo. No importa la relativa desolación del recinto.

Un hombre de calva incipiente con una barbilla larga y lentes de armazón oscuro se pone de pie y se aclara la garganta.

—Buenos días, gracias a todos por hacer el largo y arduo viaje a Cambridge para estar conmigo y mi cofundador de la Unidad Cavendish para el Estudio de la Estructura Molecular de Sistemas Biológicos, John Kendrew, para escuchar acerca de nuestro trabajo en la estructura de la proteína —dice el hombre.

La audiencia, en su mayoría ingleses, ríe de su pequeña broma sobre la conferencia local. Habla con voz gruesa, con un acento que suena alemán, y me doy cuenta de que debe ser Max Perutz, el biólogo molecular austriaco contratado por Cambridge en la década de los treinta. Su actitud es notablemente alegre, a pesar de los rumores de que lo exiliaron a Terranova por órdenes de Churchill durante parte de la guerra debido a sus antecedentes germánicos. Fue una desgracia que tuviera que sufrir la deportación aunque él es judío y, claramente, no un simpatizante nazi.

—Yo seré el primer ponente hoy y compartiré los resultados más recientes de nuestro estudio en hemoglobina, la proteína que se encuentra en los glóbulos rojos que transportan oxígeno. Como sin duda saben, desde hace un tiempo hemos estado estudiando la proteína más significativa en los glóbulos rojos con difracción de rayos X...

Mientras sigue hablando, en silencio saco un cuaderno de mi bolso y empiezo a tomar notas sobre sus métodos de cristalografía.

Después de una hora de discurso ininterrumpido, seguido por un periodo de media hora para preguntas, tengo la mano acalambrada de tanto escribir. Por último, Perutz llega a esta conclusión:

—De este modo, confío que en los próximos días transformaremos definitivamente los patrones claros que hemos obtenido en nuestras imágenes en una estructura tridimensional, para respaldar nuestra hipótesis inicial sobre la forma. Y con suerte, en el proceso identificaremos la ubicación del material genético.

Siento la frustración en sus palabras, así como su defensiva. Gracias a mi propio trabajo, sé bien la tediosa labor que implica evaluar y comprender el patrón de difracción de rayos X de una imagen que se forma cuando estos pasan a través de los cristales, desviando los átomos e interactuando unos con otros. Perutz y sus colegas enfrentan un desafío aún mayor con las proteínas con las que trabajan, que son más grandes, que yo con el ADN, porque la cantidad de deflexiones e interacciones con cristales de ese tamaño es tan vasta que la interpretación de los patrones de rayos X requiere mucho más conocimiento y tiempo.

Los miembros del público se ponen de pie y se estiran para el receso de media mañana, donde sirven té y pastelillos; platican mientras hacen fila para salir del auditorio. Veo a un viejo amigo de la BCURA, Samuel Kent, y caminamos para encontrarnos al tiempo que nos dirigimos a la salida; platicamos sobre el té aguado que generalmente sirven en la conferencia, que ninguna cantidad de leche, azúcar o limón puede mejorar.

Al otro lado del vestíbulo veo a Wilkins; gesticula con demasiado ímpetu. Está absorto en una conversación con un hombre que no conozco, parecido a él en lo desgarbado, la altura, los rasgos angulosos y la manera de gesticular con las manos y las expresiones faciales, aunque el otro hombre es más rubio. Sigo mi plática con Samuel y me coloco de tal manera en que puedo ver a Wilkins por el rabillo del ojo. Nunca antes lo había visto tan animado y me pregunto por qué. ¿Podría ser que lo que provoca esa reacción es la persona con quien está hablando o el tema que están discutiendo?

Suena suavemente una campana y hacemos fila para regresar al auditorio. Me siento y veo que John Kendrew, el cofundador de Perutz, se dirige al podio. El hombre de espesa melena, que lleva lentes como casi todos en esta sala salvo yo, parece un poco nervioso; cuando habla, su voz es más tranquila y baja que la de Perutz.

—Bienvenidos. Antes de hablar de los resultados que hemos obtenido este año sobre el estudio de una proteína más pequeña, la mioglobina, mediante la cristalografía de rayos X, quiero decir unas palabras. Estamos entrando a una fase única de descubrimiento científico, una que bien puede volverse competitiva, e incluso polémica, en los días por venir, conforme los hallazgos salgan a la luz. Pero recordemos que somos más parecidos que diferentes, y que todos compartimos un objetivo común: el conocimiento científico. Como muchos de ustedes, me siento atraído por el estudio de la estructura molecular a través de otro campo, y supongo que ustedes cambiaron por la misma razón que yo, porque presintieron que las respuestas a esas grandes preguntas científicas no residían en un sólo departamento, sino en la interacción de muchos. Después de todo, mi formación es química, pero trabajo en un tema biológico en un laboratorio de física…

«Qué perspicaz es su punto de vista en cuanto a nuestros esfuerzos científicos», pienso. «Incluso es entusiasta». Su perspectiva hace eco a la opinión tanto de Schrödinger como a la mía sobre la importancia de compartir investigaciones con otros científicos, al tiempo en que se respetan el tiempo y espacio necesarios para que cada quien termine sus informes sobre su propio proyecto sin adelantarse, y garantizar que se respetan y se reconocen las contribuciones de todos. En lugar de escribir cada palabra de Kendrew, dejo el lápiz y me dejo llevar por sus ideas.

Mi estado contemplativo se interrumpe de manera abrupta cuando otro colega se levanta de un salto y corre hasta el podio en el momento en el que Kendrew concluye. Es el mismo hombre con quien hablaba Wilkins en el receso. ¿Quién es esta persona, tan exageradamente entusiasta?

—Parece que nuestro más reciente investigador está extremadamente ansioso de compartir su artículo —dice Kendrew con media sonrisa tolerante.

—Para el cual usted, muy amablemente, proporcionó el título —agrega el hombre.

—Bueno —dice Kendrew con una risa avergonzada—, en un momento creo que comprenderán por qué sugerí que esta ponencia se llamara «Qué locura de búsqueda». —El público ríe con él y

Kendrew agrega—: Permítanme presentarles a uno de los miembros más recientes de Cavendish, Francis Crick.

Este hombre tan lleno de vida se lanza en su presentación con confianza y sin titubear, aunque me parece que este público es el más prestigioso frente al que se ha presentado. Conforme su cuerpo largo y desgarbado se retuerce en una serie de posturas para hacer énfasis y gesticula con las manos, arroja primero un montón de datos y después, al ahondar en el meollo de su ponencia, surge su tesis. Sugiere que la cristalografía de rayos X nunca podrá resolver la pregunta de la estructura de la proteína. Me quedo desconcertada. ¿Este científico de Cavendish en realidad está aquí para decir que los años que sus superiores, Perutz y Kendrew, le han dedicado a su investigación no han servido de nada porque jamás descubrirán la estructura de la proteína con los medios que eligieron? ¿Que su objetivo es como la piedra de Sísifo?

«Qué audacia», pienso. ¿Cómo se atreve este tipo, Crick, a asegurar que los cristalógrafos de rayos X nunca lograrán su objetivo en el reino de las proteínas? Sobre todo aquí, de todos los lugares. Lawrence Bragg, jefe de la unidad de Cavendish, es uno de los fundadores de la cristalografía de rayos X.

En el momento en que considero marcharme en señal de protesta se anuncia el receso para el almuerzo. Mi amigo se acerca a mi lado en la fila para el bufete.

—¿Puedes creerle a Crick? —murmura.

—Sólo puedo imaginar lo que Perutz debe estarle diciendo en este momento.

—Ni pienses en Perutz, ¿qué hay de Bragg?

—¿Estaba ahí?

No puedo creer que el famoso científico asistiera a la pequeña ponencia de hoy.

—Apareció sólo un momento y se quedó parado hasta atrás, aunque no estoy seguro de que haya escuchado la pequeña diatriba de Crick. Debió partir antes.

—Bueno, es seguro que en algún momento escuchará hablar de ello.

Reflexionamos sobre la situación hasta que vuelven a llamar para iniciar la sesión. Conforme avanza el día, el auditorio se vuelve cada vez más caliente e incómodo; me abanico en espera del siguiente ponente. Para mi asombro y consternación, veo que Wilkins se levanta de su asiento en la primera fila del auditorio y se acerca al podio.

¿De qué demonios va a hablar? Esta conferencia está enfocada en la difracción de rayos X y yo soy la encargada de esa área de estudio sobre el ADN en King's College.

Titubea un poco con el proyector; por último, se las arregla para iluminar una gráfica de cifras que debe ser incomprensible para todos en el público, salvo para mí.

Son mis datos. Por lo menos muchos de ellos.

Wilkins señala que cada serie de números proviene de muestras de ADN de diferentes animales que, al final, llegan a los cálculos que yo realicé en el ADN de Signer. En ese momento dice que todos ellos muestran patrones de rayos X con una X central clara. Luego, citando a Alec Stokes, anuncia que este patrón es consistente y que los resultados indican una hélice. El público estalla en aplausos ante esta declaración, pero yo estoy que echo humo.

Cómo se atreve.

Estoy tan furiosa que no puedo escuchar el final de su ponencia. Todo lo que puedo oír, ver, pensar y sentir son mis resultados en esa pantalla. Los resultados que están en sus etapas incipientes. Los resultados que deben reproducirse y redefinirse una y otra vez hasta que sean definitivos. Los resultados que deben someterse a un escrutinio riguroso para encontrar el patrón. Los resultados que, sólo hasta ese momento, se pueden imprimir en un artículo y presentar a los colegas.

La ponencia de Wilkins es la última del día. Espero hasta que todos los otros miembros del público salgan del auditorio y sólo quedan Wilkins, Crick y Kendrew cerca del podio. Fulmino a Wilkins con la mirada pero permanezco sentada mientras los demás lo felicitan por «sus» hallazgos y hacen planes para reunirse en el *pub* local. Cuando al fin Crick y Kendrew salen del auditorio, Wilkins junta sus papeles y diapositivas en el podio y me acerco. La advertencia de Vittorio de proteger mi ciencia hace eco en mi mente.

—No tiene ningún derecho a hablar de esos resultados. Son preliminares, en el mejor de los casos.

Aunque estoy tratando de conservar bajo el volumen de mi voz, hace eco en este espacio cavernoso que ahora está vacío.

Abre los ojos como platos detrás de sus lentes y retrocede un par de pasos.

—Yo... yo sólo estaba dando un informe regular de los proyectos de Kin... King's College; de una institución académica a otra institución académica —tartamudea—. Así se hacen las cosas aquí —agrega, como si mi tiempo en Francia me hubiera vuelto francesa y hasta ahora aprendiera la manera misteriosa de proceder de los ingleses.

—No es que sea exageradamente territorial con mi investigación; pero sé que los datos no están listos ni siquiera para informar a este nivel.

Con mucho trabajo trato de contener una oleada de furia.

—El suyo es sólo uno de los proyectos de King's.

No puedo retenerme más.

—La cristalografía de rayos X es mi trabajo y cuando esté listo se lo haré saber. Hasta entonces, por favor regrese a sus microscopios.

Capítulo 22

13 de agosto de 1951
Londres, Inglaterra

Con cada paso que doy por el Strand y que me acerca a King's College me pongo más tensa. Durante mis vacaciones estas últimas semanas he llegado a alcanzar cierta calma y claridad mental que esperaba conservar a mi regreso. Sin duda duró el fin de semana que pasé en Oxford con los Sayre. Pero cuando paso debajo de la arcada puntiaguda hacia la Unidad de Biofísica siento una repentina agitación porque anticipo mi encuentro con Wilkins por primera vez desde la conferencia de Cavendish. Trato de combatirlo, quiero infundirle a mi vida cotidiana la misma paz que sentí en Bretaña.

Ah, Bretaña. Cuando escuché que una vieja amiga de París, Margaret Nance, planeaba hacer un viaje a la isla de Batz, una isla frente a la costa bretona, le pedí reunirme con ella. Junto con otra mujer, Norma Sutherland, llegamos después que Margaret porque tuvimos problemas para encontrar hospedaje debido a la conferencia de Cavendish, pero con una pequeña negociación en mi excelente francés logramos conseguir habitaciones. Una vez instaladas, nuestro pequeño grupo de mujeres gozó de las playas de arena blanca, del claro océano azul para nadar y de los impresionantes paseos por la costa que bordean la isla. No todo el mundo aprecia las excursiones extenuantes, así que satisfice sola mis ganas de subir montañas en *le trou du serpent*, el agujero de la serpiente, que es relativamente sencillo, donde el terreno estaba delineado por vastos peñascos de granito; de acuerdo con la leyenda, San Pol de León venció al dragón que atormentaba la isla. La concentración pura de patrones de lectura en las rocas, donde colocaba manos y pies en las grietas correctas, es al mismo tiempo la actividad más intensa y relajante que conozco, e incluso ahora anhelo su efecto pacificador en mi mente inquieta.

Me paro en seco al acercarme a mi edificio, pensando en algo que Norma me dijo la última tarde de nuestras vacaciones. Después de verme regatear con un comerciante de fruta, comentó que yo podía ser sorprendentemente brusca. Cuando me defendí señalando que había vivido en París durante muchos años y que me había acostumbrado a la manera amable, aunque beligerante, de negociar que se acostumbra en los mercados, ella dijo que no se refería a eso. Lo que quería decir era que podía ser sorprendentemente directa y antagonista para alguien tan afable como yo, y no sólo con los comerciantes. Al principio, sus palabras me molestaron y me sorprendieron, puesto que su punto de vista no coincidía con lo que yo pensaba de mí. ¿Podría ser que me considerara desde su carácter inglés, ya que mis amigas francesas nunca resintieron mi actitud? Pero ahora me lo pregunto. ¿Habría podido comportarme en el mismo tono combativo con Wilkins sin ser consciente? ¿Habré sido muy brusca en mi respuesta a su comportamiento arrogante? Sobre todo para un inglés.

Estoy dispuesta a asumir mi responsabilidad en la relación hostil con Wilkins, y si doy el primer paso hacia la reconciliación, quizá él dé el segundo. Aunque no creo necesariamente que se lo merezca. Sé que nunca tendré la camaradería y confianza que tuve en el *labo*, pero ¿podría tener alguna apariencia de compañerismo en King's College, más allá de los almuerzos y eventos organizados por Randall, y de mi tutoría y amistad, si puedo llamarla así, con Ray? ¿Posiblemente incluso con Wilkins, y quizá con el alegre grupo de hombres que lo siguen? Proteger la pureza de mi ciencia, como lo llama Vittorio, ¿significa crear un muro con púas, impenetrable, alrededor de mí y de mi trabajo?

Bajo las escaleras hasta los laboratorios del sótano con las llaves en la mano. Ser la primera en llegar a la oficina es un consuelo, puesto que quiero pensar en este problema en la quieta y limpia blancura del laboratorio. Empujo la puerta abierta a mi oficina y no me sorprende ver una pila de correo sobre el escritorio. Reviso rápidamente la correspondencia más tediosa y enciendo el dosímetro, ya que pienso hacer unos experimentos más tarde; veo una nota de Wilkins que está pegada a una serie de cálculos que hizo Stokes y una copia de la carta que le envió a Crick.

¿Qué demonios es esto?

Despejo mi escritorio de todo lo demás para poder concentrarme en estas cartas sin distracción; primero leo la nota escrita a mano:

Le pedí a Stokes que buscara en los patrones de cristalografía de rayos X si aparecía algún tipo de hélice. En abstracto, por supuesto. Y parece coincidir con sus conceptos. Asimismo, he estado experimentando con las fibras de ADN y tuve varias ideas en cuanto a las cadenas. Espero que hayas tenido buenas vacaciones…

¿Cómo pudo hacer exactamente lo que le pedí que no hiciera y luego escribirme esta nota despreocupada? Respiro profundo tratando de recordar mi deseo de trabajar en armonía y reviso los cálculos de Stokes. Utilizo la elegancia matemática conocida como función de Bessel, y veo que sus cálculos podrían ser útiles para respaldar mis imágenes, cuando acabe de tomarlas, no antes; pero Wilkins quiere saltarse mi proceso por completo y sacar conclusiones sin la infraestructura necesaria de la cristalografía definitiva para probarlos. «Quizá estoy exagerando», me digo. Quizá el intercambio con Crick tiene un motivo por completo distinto. El beneficio de la duda debe ser mi máxima cuando se trata de Wilkins; así que leo la carta de Crick con eso en mente.

Cuando termino, hago una bola con la carta escrita a máquina y la aviento al suelo. Wilkins compartió todo lo que había hecho con Crick, incluidos los detalles sobre la claridad de mis nuevas imágenes, todo en un intento por impresionarlo sobre la importancia del estudio del ADN en lugar de la investigación de la proteína, que Crick insiste que es primordial. Pero esa no fue toda la afrenta; también escribió a mano un mensaje al final de la página: «¿Colaboramos en esto, Rosalind? ¿Yo, tú y Stokes?».

Qué descaro de hombre, invitarme a colaborar en mi propio trabajo. Y luego compartirlo con demasiada anticipación fuera de mi propio laboratorio.

Camino en mi oficina, pasando los dedos por mi cabello peinado con cuidado. ¿Qué voy a hacer? Cualquier intención que tuve esta mañana de dejar de lado mi descortesía e iniciar una relación más agradable con Wilkins la ha echado por la borda por completo. Tengo ganas de gritar, y casi cedo al impulso, pero en ese momento escucho que el pasillo fuera de mi oficina cobra vida con el sonido de pasos y pláticas.

Alguien toca a mi puerta y, antes de poder responder, Ray asoma la cabeza.

—Déjame adivinar: ¿Bretaña fue genial? —pregunta a medias con una amplia sonrisa.

—Lo fue, Ray. Gracias por preguntar.

Sin olvidar las advertencias de la nana Griffiths, trato de forzar una sonrisa, pero mis emociones son un torrente; no quiero ni imaginar qué expresión tengo.

—¿Todo bien? —pregunta.

—Discúlpame. Es sólo que regresé para toparme con algo… —Dudo, no quiero involucrar de nuevo al siempre afable Ray en la pelea entre Wilkins y yo— … inesperado.

Permanece en el umbral, como si tuviera miedo de acercarse.

—¿Se trata de Pauling?

—¿Pauling?

Estoy por completo confundida. Aunque no quiero mencionar la fuente de mi enojo, supongo que Ray sabe que echo chispas con Wilkins. ¿Qué tiene que ver el bioquímico de Caltech, Linus Pauling, con esto? Sé que esta primavera publicó un artículo revolucionario en el que propone que la estructura primaria de las proteínas es la hélice alfa, una afirmación que hizo sin contar con evidencia cristalográfica de rayos X, sino mediante un modelo especulativo. Pero nosotros trabajamos con ADN, no con proteínas; sólo el espectro de la naturaleza helicoidal del ADN es una verdadera coincidencia con nuestro trabajo. Entonces, ¿qué tiene que ver Pauling con nosotros? ¿Por qué Pauling me molestaría?

—Sí. ¿No has oído?

Cuando niego con la cabeza, me explica:

—Pauling le escribió a Randall para pedirle que le enviara copias de las imágenes de cristalografía de rayos X del ADN, ya que Pauling supo por Wilkins que él no iba a interpretarlas. Pauling sintió que la ciencia merecía ser interpretada. Imagínate el descaro.

—¿Quería nuestras imágenes porque Wilkins le dijo que él no iba a descifrarlas? Y si Wilkins no las iba a interpretar, ¿nadie más lo haría?

No lo puedo creer. No sólo el atrevimiento de Pauling al pedir el trabajo científico de otra institución, sino la sugerencia de Wilkins de que como él no estaba a cargo de evaluar nuestras imágenes, no se interpretarían bien o incluso que nadie lo haría.

—Sí —responde Ray. Y por primera vez veo que su plácido rostro muestra indignación—. Pero —agrega y el optimismo poco a poco surge de nuevo en su expresión— Randall se negó por completo. Estaba furioso ante la arrogancia de Pauling y le dijo que sus científicos se ocupaban de todo.

—Al menos eso es algo —digo aliviada por la respuesta de Randall.

Sin embargo, nada de esto atenúa mi indignación contra Wilkins; en todo caso, la hace más intensa.

—Es algo.

Me mira, esperando que le explique la verdadera razón de mi enojo, pero como no digo nada, agrega:

—Bueno, ¿seguimos la investigación en un rato?

—Sí —respondo.

Me siento agradecida de tener a Ray por asistente. Su amabilidad y empatía en ese momento, y su inteligencia en otros.

Se marcha, pero antes de que pueda recuperarme y sentarme frente al escritorio, escucho que tocan de nuevo a la puerta. Supongo que es mi asistente que regresa para hacerme alguna pregunta.

—Adelante —digo.

Pero no es Ray, es Wilkins.

Se detiene en el umbral como si yo hubiera erigido una barricada invisible que le impide entrar a mi oficina.

—¿Estuvieron bien las vacaciones en Bretaña? —pregunta.

¿Cómo puede quedarse ahí y preguntarme sobre mis vacaciones, como si no me hubiera engañado tantas veces? Su hipocresía es legendaria.

No puedo hablar. Apenas puedo mirarlo. No me parece un hombre particularmente perceptivo, pero debe advertir mi estado de ánimo porque retrocede y ahora está prácticamente en el pasillo.

—Está preocupada, lo veo. Es natural cuando se regresa de vacaciones. —Ríe nervioso—. Cuando se haya instalado, quizá pueda echarle un vistazo a la nota que le dejé.

Camino hacia él y veo que retrocede visiblemente. Por un segundo casi lo disfruto.

—Ya lo hice.

—Ah, ya veo. ¿Qué piensa? —Retrocede un paso más.

—¿Quiere colaborar?

—¿Sí?

Su respuesta es más una pregunta para sí mismo que otra cosa.

—¿Qué significa colaborar para usted? ¿Colaborar implica decirle a gente como Linus Pauling que no voy a hacer mi trabajo?, ¿que no voy a interpretar los datos que estoy recopilando? ¿O colaborar significa usar mis resultados mientras yo estoy de vacaciones y decirle a Stokes que los examine, y luego enviar todo a un científico de otra institución? Quizá, en su opinión, colaborar quiere decir tratar de usurpar el trabajo que me asignaron a mí y en el que estoy haciendo progresos, después de que usted no le encontró ni pies ni cabeza cuando era suyo y sólo hizo un lío.

Wilkins tiene los ojos desorbitados.

—Usted está aferrado a una competencia invisible con rivales desconocidos por la estructura del ADN —continúo—, pero olvida que esto es ciencia, no una carrera.

Luego, azoto la puerta en su cara.

Capítulo 23

13 de agosto de 1951
Londres, Inglaterra

De alguna manera mantengo la compostura en el tren que va hacia el norte, a Hampstead. Una anciana remilgada está sentada frente a mí; está tejiendo y me mira con frecuencia. Su apariencia adusta, así como el cárdigan que la cubre, me recuerdan tanto a una bibliotecaria estricta de St. Paul que no puedo comprender la emoción que empieza a inundarme.

Logro permanecer tranquila mientras camino de la estación hasta la casa de Colin y Charlotte, cerca de Hampstead Heath. La brillante luz del día de agosto ha menguado, lanza un brillo dorado y difuso sobre el parque; a pesar de mi desesperación, soy capaz de advertir su encanto excepcional. Cuando toco el timbre, imagino que seré capaz de reivindicar este autocontrol durante toda la cena familiar, pero cuando Colin abre la puerta de su casa de ladrillo rojo y múltiples pisos para recibirme, la mirada cariñosa de mi hermano debilita mi determinación y estallo en lágrimas. Me parece que nunca había llorado frente a un miembro de mi familia, al menos no en historia reciente, y me sorprendo. Colin permanece helado porque no tiene idea de cómo responder y yo me quedo sollozando en el umbral. Después de un largo minuto, llama a Charlotte para dejarme a su cuidado.

161

Me hace pasar y me lleva por el comedor, donde está puesta la mesa con una vajilla de porcelana y cubiertos de plata para la cena familiar, hasta la biblioteca de mi hermano. Tenemos que serpentear entre las pilas de libros, la mayoría viejos y algunos muy valiosos, que están en el suelo y sobre todas las superficies. Aunque Colin ha estado trabajando para la empresa editorial de la familia, Routledge, desde hace algunos años su verdadera pasión reside en los incunables: manuscritos y libros raros, publicados al inicio de la imprenta; anhela ser anticuario. Si alguna vez abandono la ciencia para casarme y tener una familia, este lugar tan amado y caótico es el tipo de refugio doméstico que me gustaría tener.

Una vez que Charlotte me instala en el sofá de la biblioteca de Colin, pregunta:

—¿Qué pasó, Rosalind?

Jadeo y mi respiración es entrecortada. No puedo hablar entre sollozos.

Charlotte extiende los brazos y los pasa a mi alrededor. Mi hermano entra a la habitación y se para detrás de ella, como si me abrazara en su representación. Dada la crianza Franklin, estoica y poco cariñosa, estoy segura de que se siente extremadamente incómodo en presencia de este manantial de emociones. El hecho de que pueda quedarse aquí es muestra de la lealtad y el amor que siente por mí.

Mis sollozos disminuyen y empiezo a respirar con mayor normalidad. Sólo en ese momento Charlotte se aparta un poco para mirarme.

—¿Estás bien? ¿Quieres que llame al médico o a una ambulancia? ¿Necesitas hielo?

Casi río. Como la joven madre que es, atribuye todas las lágrimas a cortadas y moretones, y supone que un buen vendaje me curará.

Me libero de su abrazo, saco un pañuelo de mi bolsillo y me enjugo los ojos.

—No, creo que mi acceso de llanto ya pasó.

—¿Qué es lo que sucede, Rosalind? —pregunta.

—¿Cuánto tiempo tienen? —pregunto riendo a medias.

—¿Es ese tipo, Wilkins? —interviene Colin.

La voz de mi hermano, de modales apacibles, suena ecuánime, pero puedo ver que aprieta los puños. En ocasiones he mencionado mi enojo contra Wilkins, pero decidí ahorrarle a mi familia sus actos más indignantes. No necesito ofrecerle a papá más municiones para sus argumentos de que debería dejar la ciencia para trabajar en algún negocio de la familia u obras altruistas.

—Sí, él. Pero también toda la comunidad científica que permite que alguien como él ascienda, y son muchos.

Un surco profundo se marca en el terso ceño de Colin.

—¿Está abusando del poder que tiene sobre ti?

—Sin duda lo está intentando. Pero no como te imaginas —respondo.

Colin sigue con los puños apretados. Siempre he imaginado que Colin debió presenciar horrores durante su servicio en la guerra, sobre los cuales nunca ha hablado en voz alta, y supongo que mi melodrama desencadenó esos recuerdos.

—No físicamente —explico—. Está tratando de socavar mi trabajo, pero de una manera en la que no puedo quejarme oficialmente.

Colin afloja un poco las manos; Charlotte se inclina hacia mí.

—¿Cómo? —pregunta.

Sin duda está más acostumbrada a los abusos cotidianos que sufren las mujeres, ahora que su primer instinto para sanar mi herida con un vendaje demostró ser inapropiada.

—Aprovechó mi ausencia para meterse en mi trabajo, aunque antes de irme le pedí explícitamente que no lo hiciera.

—¿Con qué fin? —pregunta Colin.

—Lo llama colaboración, pero la verdad es que quiere darme un golpe de Estado. Desea recuperar el área que me dieron a mí expresamente cuando llegué; un área por la que me siento moralmente obligada a sacar adelante porque él hizo un caos cuando estuvo bajo su dirección. Está aferrado con toda esa carrera científica para ser los primeros en crear un mapa de la estructura del ADN. Pero no sé contra quién compite. —Respiro profundo para tranquilizarme—. En cualquier caso, yo no me inscribí a esa carrera.

—Bastardo —murmura Charlotte.

—¡Charlotte! —exclama Colin.

Dudo que alguna vez haya escuchado a su encantadora esposa proferir esa palabra. Pero ella no da marcha atrás.

—Este tipo, Wilkins, se lo merece, Colin.

—Supongo que así es —acepta Colin.

Ella vuelve a poner su atención en mí.

—¿Hay alguna forma en que podamos ayudarte?

Sonrío ante la asombrosa virulencia de mi cuñada.

—Me gustaría poder dejar que te le echaras encima, Charlotte. Eso lo pondría en su lugar.

Todos reímos con la idea.

—No —continúo—, pero tengo que idear un plan. Quizá voy a renunciar a King's College. No puedo lidiar con Wilkins.

—¿Adónde irás? —cuestiona Colin.

Al parecer, mi hermano ha estado escuchando y está pendiente de mí.

—Todavía no estoy segura. —Trato de levantarme de las profundidades del sofá de piel de cordobán—. Debo tener un aspecto para dar miedo. Tengo que reponerme antes de que lleguen nuestros padres.

Toco el contorno de mis ojos para saber qué tan hinchados están. Con sólo verme así, mamá y papá tomarán la ofensiva y no puedo arriesgarme, no esta noche. No podría soportar otro sermón para que abandone la ciencia, con sus largas horas de trabajo y sus exigencias, por una vida de filantropía y de familia, después de que ya hice el sacrificio de venir a Londres. Estoy demasiado vulnerable. Lo haría.

—Hay un espejo en la pared del vestíbulo —dice Charlotte.

—Rosalind —interviene Colin antes de que yo salga de la biblioteca—. Mereces terminar tu trabajo. No dejes que ese Wilkins te obligue a terminarlo de forma prematura o que te corra de King's College.

Estoy asombrada. Mi hermano pequeño, tan bueno y tranquilo, está tomando una postura firme, casi combativa, por mí. Es tan inusual en él que me quedo sin palabras.

—Lo que quiero decir es esto —explica—. Estás trabajando en algo importante, lo puedo ver cuando hablas de tus descubrimientos sobre el ADN. No dejes que el deseo de Wilkins por compartir tu gloria te desvíe de tu tarea. Mantente firme y lucha por tu ciencia si es necesario.

Capítulo 24

25 de octubre de 1951
Londres, Inglaterra

—Esperaba que esta reunión no fuera necesaria —dice Randall quitándose los lentes y limpiándolos con vigor con un pañuelo.

Me pregunto si escogió este momento preciso para hacerlo y así no vernos con claridad. Dada su aversión por la confrontación, estoy segura de que esta reunión es dolorosamente desagradable para él, y evitar nuestra mirada es una manera de lidiar con su incomodidad. Pero no puede aplazarse más tiempo. Este enfrentamiento lleva casi dos meses gestándose, si no más. Desde la infortunada invitación a «colaborar» de Wilkins he utilizado todos los medios a mi alcance para evitar esta situación: lo ignoro, trato de tener pláticas agradables con él, incluso almuerzo con él en el comedor de estudiantes, donde sí admiten a mujeres, algo que insisto en reiterar. Pero una y otra vez me encontraba con que había hecho algo artero para socavar mi trabajo o husmear en mi investigación, y no puedo soportarlo más.

«Protege tu ciencia. Lucha por tu ciencia». Dos advertencias casi idénticas de dos personas que valoro mucho, Vittorio y Colin, me han preparado para esta ocasión en los momentos en que he flaqueado. No por miedo a una discusión, sino porque me preocupa parecer una persona quejumbrosa. Repasaba esas palabras en mi cabeza cuando dudaba y pienso en ellas ahora.

167

—Igual que yo, señor —interviene Wilkins.

La sangre me hierve. Wilkins sólo llama señor a Randall cuando intenta manipularlo o para que se ponga de su lado. Si bien admiro a nuestro jefe de departamento y me cae bien, es innegable que tiene una debilidad ante los cumplidos.

—No corresponde a mi puesto —agrega Wilkins.

Respiro profundamente, esperando que no se escuche, para calmarme y darme ese pequeño momento que en general necesito para formular una respuesta apropiada.

—No parece que sea una cuestión de puesto, sino de áreas de investigación asignadas —digo con voz mesurada.

—¿En verdad? —Wilkins hace una pregunta que en realidad no quiere que yo responda—. Cuando se niega a compartir conmigo su investigación en una conferencia en la que participo como representante de nuestro departamento y deseo informar sobre el trabajo de nuestra unidad, entonces sin duda es una cuestión de puesto.

Sé que está haciendo referencia, de forma artera, a mi arrebato tras la conferencia de Cavendish para confundir el asunto en cuestión. Casi puedo escucharlo pensar: «Quizá si mantengo a Randall concentrado en la falta de respeto que Rosalind ha mostrado con sus superiores en King's, entonces no tendremos que enfocarnos en lo que hago para afectar su trabajo».

Por una vez me las arreglo para morderme la lengua. Si hablo antes de que Randall tenga tiempo de reflexionar, sólo caeré en el juego de Wilkins. Espero que Randall termine de limpiar sus lentes de forma tan meticulosa y los ponga sobre su nariz.

Randall se endereza la corbata, forma un triángulo con las manos y suspira.

—Qué desafortunado. Me parece que toda esta disputa está por debajo de nosotros como científicos y como personas.

Tanto Wilkins como yo asentimos sin replicar nada.

—Pero la acritud entre ustedes dos está envenenando la unidad y el trabajo —continúa—. Sin hablar de la manera en que afecta al pobre Ray Gosling. Por eso estoy interviniendo.

—Sí, señor —murmura Wilkins.

—Lamento que haya tenido que intervenir, profesor Randall —agrego. Tengo cuidado de no disculparme por algo que yo haya hecho.

—Maurice, tienes razón en que, en la medida en que informas sobre el progreso general de la unidad y actúas en mi nombre como representante del departamento, Rosalind no debería oponerse a que hables de su investigación —dice por Randall por último.

Wilkins me lanza una mirada de triunfo que yo ignoro a propósito. Es tan infantil. Mantengo la vista fija en Randall, quien sigue hablando.

—Pero, Maurice, sólo porque eres director adjunto de la unidad eso no significa que puedes sobrepasar tus límites en la investigación de ella, como parece que haces reiteradamente. Como sabes, cuando la traje le prometí el trabajo de cristalografía de rayos X en el ADN que nos proporcionó el profesor Signer.

—¿Qu… qué? —balbuceó Wilkins—. Usted nunca…

Parece sincero.

Randall arquea una ceja en ademán orgulloso.

—No estarás sugiriendo que digo mentiras, ¿o sí?

No ha alzado la voz en toda la reunión, pero estas palabras están impregnadas de tanta animosidad que me parece que está gritando. Wilkins también lo percibió.

—No, no, señor —se apresura a mascullar—. No es eso lo que quise decir.

—Bien. Sin duda espero que tú, de todas las personas, te abstengas de hacer esas acusaciones.

—Por supuesto, señor. Pero ¿por qué «de todas las personas»?

—No he olvidado la treta a la que recurriste con Linus Pauling al decirle que no íbamos a interpretar las magníficas imágenes de

Rosalind, cuando era evidente que lo haríamos. O al menos Rosalind planea evaluarlas en su totalidad. Y todavía estoy tratando de comprender por qué dijiste esa mentira tan descarada y qué esperas obtener de ella.

—Se… señor, como le mencioné antes, yo no le dije eso a Pauling. Él malinterpretó algo que yo hablé con otra personas en cuanto a que si yo iba o no, personalmente, a…

—Ya hemos hablado de esto, Maurice. Quizá no se lo dijiste a Pauling directamente, pero se lo dijiste a alguien—. Respira profundamente—. No puedo permitir eso.

Wilkins permanece en silencio y Randall toma el papel protagónico.

—Aunque estoy seguro de que el ámbito de trabajo de Rosalind estaba claro desde el principio, parece que ahora debo distribuir territorios como si fuera un señor feudal. Créanme, no tengo ganas de tratar a dos científicos brillantes como si fueran mis súbditos.

Mi corazón late con fuerza. Hasta ahora, Randall ha tomado partido por mí; pero ¿al final se decidirá por tomar el lado de Wilkins? Después de todo ellos han trabajado juntos en varias instituciones desde antes de la guerra y Randall sólo me conoce desde hace más o menos un año. ¿Prevalecerán las viejas alianzas o cumplirá sus promesas?

—Rosalind —dice Randall dirigiéndose a mí—, tú te concentrarás en la investigación para la que desde un inicio fuiste contratada en King's College: el estudio del ADN por cristalografía de rayos X. Usarás el ADN de Signer, como lo hablamos desde el principio.

No puedo creerlo. Randall me defendió a mí, garantizando el derecho que siempre pensé que era mío. Mi alivio es tan evidente que me pregunto si tiene una estructura molecular propia. Pero ¿qué le tocará a Wilkins? ¿Lo mantendrá lo suficientemente ocupado para que permanezca alejado sin pisarme los talones?

—Pero el ADN de Signer… —protesta Wilkins.

No necesito escuchar toda su queja para comprender su significado. Todos sabemos que el ADN de Signer es especial en la claridad de las imágenes que produce y no quiere cedérmelo.

—Maurice —interrumpe Randall, desestimando las objeciones de Wilkins—, quiero que uses tu considerable talento en ese excelente ADN de timo de cerdo que nos proporcionó Erwin Chargaff. Tengo grandes expectativas.

Las mejillas de Wilkins se encienden al rojo vivo y puedo ver que está furioso con esta división del trabajo. Los halagos de Randall no sirvieron de nada para calmarlo. Dado el trabajo prometedor que yo ya demostré, a Wilkins sólo le tocan las migajas, y lo sabe.

Siento que acaban de darme alas.

Capítulo 25

21 de noviembre de 1951
Londres, Inglaterra

La orden de Randall provoca una nueva dinámica en nuestra unidad. Wilkins alza una barricada, reuniendo en sus filas a científicos que le son leales y asegurando que no pase ningún tipo de comunicación directa entre nosotros. Me parece que lo hace como una suerte de castigo por haber llevado nuestra desavenencia hasta Randall. Pero lo que no puede comprender es que el aislamiento me va muy bien.

Sin la distracción y el agotamiento que me provocan Wilkins y sus interferencias, reales y anticipadas, puedo abocarme a mi investigación. Con Ray a mi lado, obtengo imágenes cada vez más nítidas e impresionantes del ADN tipo B, y empezamos el arduo trabajo de los cálculos para transformar los patrones de los tipos A y B en formas tridimensionales. No dejo de pensar en puntos negros dispersos sobre un fondo blanco y me doy cuenta de que, incluso en mis sueños, trato de resolver la cuestión de la estructura de la vida. Sé que está al alcance de mi mano; sólo necesito avanzar un poco más.

Incluso cuando Wilkins despliega su última arma en mi contra, su nuevo compañero de oficina, eso sólo me enfada al principio. Este especialista en microscopios, un irlandés llamado Bill Seeds, se considera un comediante y le encanta hacer chistes y bromear. A todos en la unidad les pone un apodo, pero sé que Wilkins está detrás del mote que me da a mí: Rosy. Es el diminutivo de mi nombre, por supuesto; ya antes le había advertido a Wilkins, de manera muy clara, que no me gustaba. También sé que está detrás de la mayor broma de Seeds: cuando enciendo la luz de mi laboratorio una mañana temprano, encuentro que las telas que cubren mi equipo de cristalografía de rayos X están decoradas con una gran cantidad de letreros que dicen «El salón de Rosy».

Si bien esto me molesta, mi principal preocupación es Ray. Wilkins utiliza cada vez más como peón al pobre científico novato que aparentemente es mi asistente y que está bajo mi tutela para su tesis. Wilkins lo llama a su oficina a todas horas, con frecuencia para solicitarle información sobre su trabajo anterior en ADN, a veces para que ayude en la investigación actual sobre las muestras del timo de cerdo y en ocasiones para enviarme mensajes sobre alguna reunión. Wilkins desborda su rabia de manera pasiva a través de mi asistente hasta que, una vez más, la tensión llega al paroxismo.

Mientras doy la bienvenida a los científicos que llegan al coloquio de King's College sobre las estructuras del ácido nucleico, me paro a propósito junto a Randall en lugar de hacerlo junto a Wilkins. Quiero que este día sea un éxito, lo que en parte significa no darle a Randall causa alguna de excesiva preocupación. Por lo tanto, planeo evitar a Wilkins hasta subir al podio, después de que él haya dado su ponencia.

Tras saludar a un bien acicalado biofísico del University College, me pregunto si debí cambiar mi acostumbrada vestimenta de trabajo que consiste en una blusa blanca, falda oscura y bata de laboratorio, por uno de mis cuatro vestidos New Look. Ray me da un ligero codazo.

—¿Ese es el tipo Crick de quien el profesor Wilkins habla todo el tiempo? —murmura Ray.

—¿Qué quieres decir? —pregunto mirando adonde Ray tiene fijos los ojos.

Estoy tratando de ocultar mi sorpresa, ya que en general se empeña en evitar el tema de Wilkins.

—Últimamente, Wilkins ha pasado mucho tiempo en Cavendish, aunque ellos sólo trabajan con proteínas; incluso mencionó que pasó el fin de semana en casa de un amigo suyo de Cavendish; supongo que se refería a Crick. A menos que sea el otro tipo que empezó a trabajar ahí, Watson, creo que se llama. Wilkins también se lleva muy bien con él —responde.

Estoy segura de que obtiene mucha información de Wilkins durante las visitas regulares que este organiza con miembros de su personal al *pub* Finch's. A mí nunca me han invitado; sólo me incluyen en las salidas oficiales que organiza el mismo Randall.

Wilkins habla con un hombre alto y delgado a quien reconozco al instante por la conferencia de Cavendish, el que habló tan mal del análisis de difracción de rayos X en proteínas cuando no era su turno. Y ahora está aquí, en King's College, platicando con Wilkins de nuevo como si fueran viejos amigos.

—Creo que ese es Crick. Lo reconozco de este verano.

—¿Por qué estaría interesado en un coloquio sobre la estructura del ADN? Por lo que entiendo, él cree que las proteínas son lo máximo, no el ADN —dice Ray.

—No lo sé. ¿Quizá vino para mostrar su apoyo institucional? ¿O para ver si hay avances en el trabajo de King's que puedan usarse en las proteínas? Vinieron bastantes miembros de Cavendish, y yo fui a su conferencia en verano.

Antes de que Ray pueda comentar algo más, Randall nos hace una seña para que dirijamos al grupo al auditorio, donde están reunidos unos veinte científicos. Después de la agradable presentación de Randall, Wilkins comienza su ponencia. Da una conferencia que, esencialmente, es la misma que dio en Cavendish; esta vez sé que no puedo objetar nada, Randall ha dado su bendición.

Nos cruzamos sin incidentes cuando tomo su lugar en el podio para dar mi plática. Bajo los ojos hacia mis notas y luego miro a la audiencia. A pesar de que nunca he tenido problemas para hablar en público, me paralizo.

Trabajé muchas horas en mi ponencia, pero aun así me siento nerviosa de compartir con mis pares incluso estos resultados iniciales de mi estudio del ADN con cristalografía de rayos X. ¿No he escuchado al estimable J. D. Bernal decir que un buen científico especula hasta que está por completo seguro de sus resultados? ¿He tomado suficientes imágenes y hecho suficientes cálculos como para hacer las afirmaciones que pienso hacer hoy? Me enferma la idea de decir mucho, muy pronto. Randall se aclara la garganta y me doy cuenta de que no tengo otra opción más que comenzar.

—Gracias por haber venido hoy a escuchar lo que estamos haciendo aquí. Como muchos de ustedes saben, desde que llegué a King's me concentro en el estudio de fibras de ADN mediante cristalografía de rayos X.

Paso a paso describo cómo hidraté las fibras de ADN y documenté con imágenes los cambios entre los estados húmedos y secos del cristal. Sé que esta explicación metódica dejará clara la capacidad y experiencia que aporto tanto en la preparación de las muestras como en la misma cristalografía, en particular comparadas con las descripciones de alto nivel de Wilkins.

Luego, llego a uno de los puntos culminantes de mi ponencia.

—Fue gracias a estos métodos que mi asistente, Raymond Gosling, y yo nos dimos cuenta de que existen dos tipos distintos de ADN, los llamamos tipo A y tipo B. Apenas estamos empezando a profundizar en las cualidades y estructuras que los distinguen. Por último, esperamos descubrir también sus funciones.

Los miembros del público lanzan un «¡Oh!» al unísono y luego empiezan a hablar entre ellos. Sé que este descubrimiento sorprende y emociona a muchos de ellos, pero necesito continuar.

—Con mucho gusto responderé sus preguntas sobre estos dos tipos de ADN al final de mi ponencia.

¿Me atreveré a decir lo que sigue? ¿Aunque la científica en mí ansía contar con datos más duros antes de revelar lo que la evidencia cristalográfica ya me está diciendo?

Respiro profundo para tomar fuerza y miro mi discurso escrito. Hojeo las notas sobre los métodos que utilicé para inyectar varios niveles de humedad en las muestras para examinarlas con rayos X y las observaciones que hice cuando las fibras de ADN estaban a niveles diferentes de hidratación. Después reviso mi conclusión: que los resultados indican claramente una estructura helicoidal de dos a cuatro cadenas y que los grupos de fosfato se encuentran en o cerca del exterior. Dudo. ¿En verdad puedo compartir los tres elementos de mi conclusión; a saber, la hélice, el número de cadenas y la ubicación de los fosfatos? ¿Es demasiado, muy pronto? Estas conclusiones son revolucionarias.

Tomo una decisión y luego miro a los ojos de los científicos que están en el público.

—Aunque es un poco prematuro, a partir de los resultados iniciales de mis experimentos parece que al menos un tipo de ADN tiene estructura helicoidal.

Capítulo 26

4 y 5 de diciembre de 1951
Cambridge, Inglaterra

—Parece que Kendrew quiere que todos ustedes vayan a Cavendish *tout de suite* —exclama Randall durante la reunión obligatoria de la tarde para el té—. Mañana, si es posible.

Normalmente, Wilkins y yo nos sentamos en lados opuestos de la habitación en estos eventos obligados. Él se junta con su grupo de exmilitares y yo me siento con Freda, mientras el pobre Ray va y viene entre ambos grupos. Hoy, por casualidad y debido a que Wilkins llegó tarde, estamos prácticamente hombro con hombro.

¿Por qué demonios John Kendrew, el director del Laboratorio Cavendish en Cambridge junto con Max Perutz, quiere que vayamos a visitar sus instalaciones con tanta urgencia?

Conforme Randall termina de dar la orden, Wilkins y yo nos volteamos a ver de inmediato y luego desviamos la mirada.

—¿Todos nosotros? —pregunta Wilkins haciendo un gesto a la sala donde estamos unas doce personas—. No puedo imaginar que Kendrew quiera verse invadido por todos.

Su grupo ríe, pero lo que para mí sobresale no es su broma sino no haber preguntado la razón por la que Kendrew nos convoca. ¿No le da curiosidad?

—Bueno. —Randall se aclara la garganta—. Ahora que lo preguntas, Kendrew sólo mencionó a Rosalind y a Maurice por nombre. Pero me parece correcto y adecuado que Raymond Gosling y Bill Seeds vayan también.

—¿Dijo para qué nos quería? ¿Y con tanta urgencia? —formulo la pregunta que todos se están haciendo.

No puedo imaginar en qué están trabajando Kendrew y su equipo en Cavendish que pueda ameritar una visita de emergencia. Por lo que recuerdo de la conferencia del verano, Kendrew lleva muchos años trabajando, de manera adecuada aunque laboriosa, en la estructura de las proteínas. ¿Qué pudo haber pasado para que tengamos que estar en su laboratorio en Cambridge mañana?

—No, no lo dijo. Sólo lo describió como un asunto urgente de cortesía profesional, y un caballero no puede declinar una convocatoria de ese tipo. ¡Así que en marcha!

La mañana siguiente nos reunimos en la estación de la calle Liverpool para tomar el tren a Cambridge. Aunque es muy temprano, sólo las 8:00, pensé en tomar un tren antes para evitar el viaje con Wilkins y el odioso Seeds durante dos horas. Pero no quería iniciar una reacción en cadena de situaciones desagradables entre Wilkins y yo que pudiera hacer quedar mal a Randall. Así que aquí estoy.

Abordo el tren primero para evitar la extraña cuestión de qué tan cerca debería sentarme de Wilkins y Seeds. Ellos eligen asientos seis hileras más delante de mí, enviando así un mensaje claro que me ahorra tener que descifrarlo. Ray se sienta a mi lado, pero como siempre, queda en la desagradable situación de lidiar entre ambos durante todo el trayecto.

Tomamos un taxi de la estación de tren hasta Cavendish, donde Kendrew nos da la bienvenida en el área de recepción.

—Qué bueno que el profesor Randall los envió a todos a Cavendish con tan poca antelación.

—Un gusto colaborar, como siempre —responde Wilkins lanzándome una mirada furtiva.

Sé que eligió esa palabra con mucho cuidado.

—Yo no le llamaría a esto una colaboración. Es más por cortesía. —Kendrew se dirige hacia la puerta que está al final del vestíbulo—. Si me siguen al ala Austin, creo que esto se aclarará.

Los cuatro formamos una fila y avanzamos por un laberinto de corredores hasta que llegamos a una puerta negra al final de un largo pasillo con el número 103 esmaltado en color brillante. Kendrew la abre y nos guía hasta una habitación de paredes de ladrillo blanco decorada sólo con algunos pizarrones y una mesa larga con sillas alrededor. Pero ahí, en el centro de la sala, se encuentra Crick y el tipo que Ray identificó como otro científico de Cavendish, el desaliñado Watson de cabello rizado.

Sin que Kendrew nos presente formalmente, Wilkins avanza a grandes zancadas directo a cada uno. Estrecha su mano de manera familiar y cordial y ellos le dan una palmada en el hombro. Parece que Ray tenía razón al decir que Wilkins tiene una relación de algún tipo con estos dos científicos.

—Ah, doctor Wilkins, ya conoce a Francis Crick y a James Watson, por supuesto. Ya me lo habían dicho. Pero ¿quizá sus colegas no están tan familiarizados? —pregunta asintiendo hacia Ray, Seeds y yo.

—No, en efecto —respondo—, pero encantada de conocerlos.

Nos nombra a cada uno junto con nuestro título y luego agrega:

—Por favor, quiero presentarles a Francis Crick, biofísico de Cavendish, a quien quizá vieron exponer en nuestra conferencia de verano, y al miembro más reciente de nuestro equipo, el biólogo James Watson.

Intercambiamos cumplidos, pero seguimos aún sin explicación de por qué estamos aquí. Ray me mira de reojo y sé que se está haciendo las mismas preguntas que yo. Sin embargo, es extraño que Wilkins no parezca perplejo. ¿Qué sabe?

Como si intuyera mis pensamientos, Kendrew habla:

—Estoy seguro de que tienen curiosidad sobre las razones por las que les pedí venir a Cavendish con tanta premura. No lo habría hecho de no ser porque me parece necesario. —Se aclara la garganta para señalar su incomodidad por lo que debe decir—. La misión de nuestro equipo en Cavendish es desentrañar la estructura molecular de la proteína; por un acuerdo tácito, a ustedes en King's College les toca hacer lo mismo con el ADN.

Este tipo de acuerdo verbal sobre las áreas de investigación delimitadas entre King's y Cavendish, entre el jefe del Laboratorio Cavendish, Lawrence Bragg, y el jefe de nuestra unidad en King's, Randall, es muy común en el ámbito científico. Acordaron que Cavendish trabajaría en el material genético de la proteína en tanto que King's sólo se enfocaría en el ADN. Puesto que el fomento del progreso y pensamiento científicos requiere que los investigadores compartan información hasta cierto punto, operamos mediante un conjunto de convenciones tácitas que incluyen respetar los límites alrededor del tema de los estudios de un científico o una institución y dar un reconocimiento adecuado por cualquier ayuda que estos aporten entre sí.

—Por casualidad —continúa Kendrew mirando a Crick y a Watson con una expresión muy lejos de ser agradable— descubrí en qué han estado pasando el tiempo últimamente los doctores Crick y Watson, y confieso que se han apartado mucho de la misión de Cavendish y del acuerdo entre Cavendish y King's College. Tan alejados que considero que deberían estar informados.

Los hombres parecen todo salvo avergonzados, algo que yo hubiera esperado dada la reprimenda que acaban de recibir. Crick, alto y delgado, tiene una sonrisa arrogante en el rostro, y Watson, demasiado joven, parece extrañamente orgulloso bajo la mata de rizos hirsutos. No puedo imaginar qué se traen entre manos estos dos como para que prácticamente estallen de alegría frente al evidente disgusto de su superior.

Kendrew señala al rincón de la habitación, donde construyeron una desvencijada estructura hecha de cacharros.

—En lugar de trabajar en los proyectos que tenían asignados de la proteína —dice para dejar claro que no ha perdonado a Crick las palabras bruscas que profirió en la conferencia de verano—, improvisaron un modelo del ADN. Aparentemente, sus últimas ponencias en King's College los motivaron. —Camina hacia el extraño diseño y continúa—. Pero, por supuesto, la estructura del ADN compete al ámbito de King's.

De nuevo se refiere al pacto de caballeros entre Randall y Bragg. Kendrew voltea hacia nosotros.

—Pensé que tenían que saberlo de inmediato. Y quiero darles la oportunidad de revisar el trabajo de Crick y de Watson, en caso de que pueda beneficiar al suyo, como aseguran que lo hará.

Sin esperar un segundo, Crick se lanza en una miniponencia sobre la teoría de difracción debida a una estructura helicoidal, de la que sabe mucho. Pero su tono didáctico me molesta. ¿Es posible que no conozca mi experiencia como cristalógrafa de rayos X? Yo nunca le hablaría a otro colega científico como si yo fuera una sabelotodo, en particular si me estoy entrometiendo en su área de especialización.

Crick culmina con un gesto amplio en dirección de su estructura improvisada.

—Pueden ver que construimos un modelo de tres cadenas de una hélice. Esto sigue la misma línea de pensamiento general que tienen ustedes en King's College.

Si bien aprecio el reconocimiento que hace de King's, me pregunto por qué no se dirigió a mí cuando hizo la comparación. De hecho, le habló a Wilkins en lugar de a mí.

Decido evaluar el modelo con atención antes de reflexionar en ese detalle. Camino alrededor de pedazos de cable, cartón y plástico pegados para formar la vaga aproximación de una escalera de caracol, tan desvencijada que me daría terror subir.

—Aquí pueden ver que reproducimos los fosfatos al interior, con las bases, iones de sodio, al exterior —explica Crick.

Mi corazón late con fuerza de emoción al ver que todo está mal, en particular respecto a la ubicación de los fosfatos, algo que deberían saber. Cualquier químico sabe que las sustancias hidrofóbicas como las bases van al interior, donde están protegidas; pero que las sustancias hidrofílicas como los fosfatos van al exterior; y aunque ni Crick ni Watson son expertos en química, sin duda pudieron consultar a uno. Incluso dejando eso de lado, supongo que no es una sorpresa que tantas cosas estén mal, dada la falta de investigación independiente y científica que utilizaron al armar este modelo. De hecho, hubiera sido desalentador que llegaran a la conclusión correcta. Pero utilizo esa importante derrota y me abstengo de exclamar cuál es el error evidente. Desde luego, cualquier crítica haría que se cerraran y yo quiero saber todo lo que pueda sobre ellos y su modelo antes de tomar la ofensiva.

—¿Cómo llegaron a este modelo? —pregunto tranquilamente.

Ahora es Watson quien interviene.

—Bueno, como dijo el profesor Kendrew, la plática en King's College en verdad me emocionó…

—¿Empezó a trabajar en su teoría y en este modelo hace poco más de una semana? —No puedo evitar interrumpirlo.

¿Una semana? ¿Estos dos piensan que pueden resolver el misterio de la ubicación y estructura de los genes, y básicamente la función, en una semana? La soberbia es difícil de comprender. ¿Dónde quedan la perseverancia y la dedicación en el esfuerzo de la experimentación que es el sello distintivo de los buenos científicos?

—Es buen trabajo —dice Watson con un poco de desdén, como si le sorprendiera que yo sea capaz de hacer mis propios cálculos—. Sí, después de la ponencia. Empezamos con la hipótesis de que la estructura del ADN era una hélice…

—Entonces, ¿empezaron con el final en mente? —vuelvo a interrumpir.

—Exactamente —responde de nuevo con una sonrisa condescendiente.

La manera en la que Watson aborda la ciencia contiene un defecto esencial que casi me deja sin aliento. ¿Cómo puede uno llamarse científico y empezar una investigación con una conclusión en lugar de trabajar con miras a un objetivo al que se llega tras una búsqueda exhaustiva? Sin hablar de que está en conflicto con su propia filosofía al hacer trampa porque utilizó mi hipótesis y mi investigación según la compartí en la reunión en King's College. ¿Será que con Crick sucede lo mismo? Un rayo no les cayó encima y les dio la respuesta a este acertijo científico clave. A menos que piensen que yo soy el rayo.

Siguen dando explicaciones durante quince minutos sin interrupción; Crick y Watson intercambian comentarios emocionados sobre cómo construyeron su endeble modelo, del que están ilógicamente orgullosos, y cómo se impulsan uno a otro hacia el siguiente nivel de «conocimiento», como lo llaman. Luego callan, en espera de nuestras felicitaciones. O eso parece.

Volteo a ver a Wilkins, quien no dice nada. Si lo que Ray me dijo es cierto y Wilkins es amigo de Crick y Watson, no espero que regañe a los dos hombres por cruzar los límites. Pero sí esperaba más que la media sonrisa de orgullo que veo en su rostro. ¿Qué está pasando? ¿Por qué Wilkins no está enojado de que hayan excedido sus atribuciones? Después de todo, su propio jefe está visiblemente molesto con ellos.

Si nadie más va a hablar, yo lo haré, pero a mi propio tiempo; quiero hacerlos esperar.

Camino alrededor del modelo como un halcón que sobrevuela a su presa.

—Sí saben que el ADN requiere mucha agua, ¿verdad? —pregunto por fin, sin señalar los errores estructurales.

Watson mira rápidamente a Crick.

—Supongo —responde Crick.

Reprimo una sonrisa y me doy cuenta de que ninguno de ellos recordó el monto necesario de hidratación que requiere cada fibra, información que compartí en aquella reunión; ninguno de los dos comprende cuáles son las necesidades del ácido nucleico.

—¿Dónde está el agua en su modelo? —continúo con mis preguntas.

—¿Qué quiere decir? —Crick frunce el ceño en muestra de una confusión visible.

—¿Cómo obtiene la molécula la hidratación suficiente? —Me miran perplejos y yo formulo otra cuestión—. Tienen los fosfatos al interior y las bases al exterior.

Ninguno de los dos responde a mis preguntas.

Decido no darles más información. En su lugar, quiero dejar que Crick y Watson duden de su modelo y se den cuenta de que sólo yo comprendo sus defectos y conozco los medios para corregirlo. Aunque no disfruto ser parte de esta carrera varonil y deseo poder trabajar en la ciencia por la ciencia misma, ni loca dejaré que estos dos advenedizos empiecen tarde la carrera y ganen.

Capítulo 27

28 y 29 de diciembre de 1951
París, Francia

Mi corazón se desborda de emoción al ver el Sena. Aunque el cielo está cubierto por nubes gris-azuladas y algunas personas dirían que el día es sombrío, yo estoy entusiasmada. Cada café que paso, cada parisino elegante que veo, cada ráfaga de viento que lleva consigo el aroma de café fuerte y pan recién horneado me deleita. A diferencia de cuando regresé a Londres, el lugar donde nací y la ciudad que me es más familiar, este regreso a París me hace sentir más como volver a casa.

—¿Por qué París otra vez? —preguntó papá en la cena, la última noche de Janucá.

Él y mamá querían que pasara las vacaciones de invierno, cuando King's College está cerrado por Navidad, con ellos y la familia. Creo que pensaban que cada reunión era una oportunidad para alejarme de mi camino, y yo podía ver cómo los otros miembros de mi familia estaban de acuerdo. Todos salvo Ursula, Colin y Charlotte, por supuesto. Aunque a principios de diciembre dudaba si quedarme o no en Londres para las vacaciones, después de la cena anual del Departamento de Física, al final me decidí por ir a París.

Ver a Bill Seeds en el escenario, cantando parodias sobre todas las personas del laboratorio, me hizo llegar al límite. Su canción burlona y vulgar sobre la expansión del imperio de Randall me ofendió y me preocupó, y me di cuenta de que no era la única. Incluso los profesores que generalmente toleran las payasadas de Seeds y las fanfarronadas de los exmilitares con quienes trabajan parecían ofendidos. Recientemente, el estado de ánimo en la Unidad de Investigación Biofísica de King's College se había vuelto más tenso y, por primera vez, yo no era la única que lo sentía. Fue casi un alivio presenciar la molestia de casi todos.

Me ajusto mejor el abrigo alrededor del cuerpo para protegerme del frío parisino; afortunadamente estoy cerca del departamento de Adrienne. Aunque me invitó a quedarme con ella y con su hija, me siento más cómoda en casa de los Luzzati. De cualquier modo, eso me permite tener más tiempo para revisar mis imágenes de ADN y hacer planes con Vittorio, cuya experiencia en cristalografía de rayos X es magnífica.

La puerta del departamento de Adrienne se abre antes de que pueda tocar.

—¡Rosalind, cuánto tiempo! —exclama, envolviéndome en un cálido abrazo.

Cómo me gustaría tener en King's College a un mentor científico como Adrienne o incluso como Jacques.

—Parece toda una vida —digo sinceramente, aunque sólo ha pasado un año.

Se aparta para mirarme.

—Estás demacrada. Puedo ver tus ojeras.

Claro, Adrienne es conocida por su franqueza. Yo misma advertí las ojeras, pero se las atribuí al viaje a París y la noche en vela antes de mi partida. Aunque la verdad es que aparecieron hace ya meses.

—No es nada —digo, desestimando su comentario—, sólo el viaje.

Acepta esta excusa y me sirve una taza de café cargado frente a la chimenea. Acomodo la falda de lana verde esmeralda de mi vestido para que esté contenta con mi apariencia; nadie me escudriña tanto como Adrienne que, aunque cariñosa, no deja de ser directa.

—Por lo demás, te ves bien. Pero no tenías que ponerte tu mejor vestido para venir a tomar café conmigo —dice.

—Después de aquí voy a la fiesta del *labo*. Por eso no puedo quedarme a cenar.

—Ah, el *labo* —repite arqueando una ceja—. ¿Supongo que Jacques Mering asistirá?

Le doy un sorbo al café y desvío la mirada. Me he esforzado tanto en no pensar en Jacques desde que me fui de París que me duele escuchar su nombre; afloran recuerdos de él. De alguna manera, Adrienne conoce la relación entre Jacques y yo, aunque nunca lo haya hablado abiertamente con ella.

—Supongo que sí, pero no sé. No he tenido contacto con él. Me estoy quedando en casa de Vittorio y su esposa, Denise; iré a la fiesta con ellos.

—Ten cuidado, *ma chère*.

—¿Qué quieres decir?

Chasquea la lengua.

—¿Crees que no conozco la profundidad de tus sentimientos por Jacques? Por tu expresión puedo ver que todavía… —Se interrumpe y luego pregunta—. ¿Cómo dicen los ingleses…? ¿Sigue viva la llama?

—No hay nada vivo, Adrienne. Sólo porque no he querido reemplazarlo con otro científico no significa que me aferre a él.

—No te estoy acusando de que te aferres a él. Pero puedo ver que, en tu corazón, ocupa el espacio que le asignaste al amor y, como resultado, nadie más tiene cabida.

¿Cómo puede saberlo a primera vista, después de haber estado separadas durante casi un año? Quiero objetar, pero cuando lo dice, sé que tiene razón. Es sólo que no me permito pensar en el tema. No, más que eso: hago un esfuerzo tremendo para asegurarme de que mis pensamientos nunca se desvíen hacia Jacques.

—Adrienne, aunque eso fuera cierto, que no lo es, no hay nadie en mi vida a quien pudiera siquiera considerar. De cualquier modo, sabes cómo me siento en cuanto a combinar ciencia y familia.

—Vamos, debe haber algún inglés amable que adore la ciencia tanto como tú, con quien pudieras imaginar hacer una vida. Alguien como mi difunto marido.

¿De qué manera la conversación cambió tan rápido? Esperaba compartir mi ciencia con Adrienne y obtener sus consejos sobre mi carrera. Últimamente he empezado a fantasear con dejar King's College y alejarme de su ambiente tóxico; incluso he contemplado volver al *labo*, aunque sé que sería peligroso para mí a nivel emocional, y sin duda un retroceso en mi carrera. Pero ¿acaso todo en la vida debe ser un camino hacia adelante y hacia arriba? ¿No puedo tomar una decisión que incluya a la ciencia y la felicidad? Pienso en la manera en la que Adrienne podría usar ese sentimiento en favor de su argumento de que debo considerar tener una vida tanto personal como profesional.

Una lágrima resbala por mi mejilla. Me llevo la mano al rostro y la examino en mi dedo, sorprendida de encontrarla ahí. No quiero hablar de este tema, no quiero volver a considerar mis puntos de vista sobre ser científica y esposa.

Adrienne acerca su silla a la mía, me toma la mano y dice:

—Cuéntamelo todo.

Horas después, Vittorio, Denise y yo entramos a su departamento; tenemos las mejillas encendidas no por el frío, sino de tanto reír.

—¡Qué noche! —exclama Vittorio acercándose a la mesita donde tienen un bar improvisado—. ¿Qué tal una bebida para entrar en calor?

—No, no para mí —respondo, al tiempo que me quito el abrigo, aunque conservo la bufanda que me echo sobre los hombros.

Denise nos da las buenas noches y agrega:

—No es por ofender a ninguno de los dos, pero supongo que van a hablar de ciencia y mis cobijas calientes me llaman.

Vittorio prende una hoguera en la chimenea de mármol ornamentada, un objeto incongruentemente sofisticado para este departamento tan sencillo. Jalamos dos sillas que no hacen juego y nos sentamos frente a ella.

—Denise tenía razón —digo sacando las fotografías de mi bolso—. Quiero hablar de ciencia.

—Veamos esas imágenes —dice Vittorio; comprende que quiero mostrárselas y hablar de ellas incluso antes de que se lo diga.

Le paso el valioso sobre manila con mis mejores fotografías del ADN. Conforme estudia las imágenes, pienso en la velada, una reunión informal en un café cerca del *labo*. Fue maravilloso ver a los *chercheurs* que conocí en mis años en la institución; intercambiar información sobre nuestras respectivas investigaciones, sin tener que preocuparme de lo que puedan hacer con mis resultados. Qué singular fue mi experiencia colegiada en el *labo*, algo que sólo ahora comprendo de verdad. Si tan sólo no hubiera empezado una relación con Jacques, quizá me habría quedado mucho tiempo. No había esperado un abrazo amoroso de su parte esta noche, pero sí supuse que sería más que el saludo indiferente con el que me recibió. ¿Qué hice para merecer esa bienvenida? ¿Dejar el *labo*? ¿Acaso la frialdad que utilizo como autoprotección motivó su comportamiento? «Deja de pensar en él», me digo. No importa.

—Son impresionantes, Rosalind —exclama Vittorio, sacándome de mi ensoñación. Su elogio, que tanto aprecio y tanto trabajo me ha costado conseguir, me calma—. La forma de X en el tipo B es muy clara y, como seguramente lo sabes, lo distintivo de una…

—Hélice, lo sé.

Sé que no debería ser tan abrupta con Vittorio, pero no creo poder soportar escuchar sobre la hélice a otro científico. Sólo porque no lo grito a todo pulmón y me limito hablar del tema con pocas personas no significa que no sepa que la estructura molecular del ADN tipo B es una hélice. Sólo quiero asegurarme de que he tomado todas las imágenes posibles desde cada ángulo imaginable y haber hecho todos los cálculos antes de afirmarlo.

—Gracias, aunque pienso tomar imágenes aún más nítidas. ¿Qué harías tú después?

—Quieres decir, ¿si fueras cristalógrafa? —pregunta medio en broma.

Es su pequeño chiste local: mi formación es de fisicoquímica, y la cristalografía es como mi segundo trabajo.

—Soy cristalógrafa —respondo con una sonrisa.

Él ríe.

—Por supuesto que lo eres. Bueno, si fuera yo, aplicaría los cálculos de Patterson para confirmar la estructura del ADN tipo B. Eso ayudaría a mostrar los átomos más pesados y haría posible medir las distancias entre ellos. Te daría una buena perspectiva de la estructura molecular. —Ahora también revisa las imágenes del tipo A—. Podrías aplicar el mismo análisis al tipo A, que es más complicado. Aunque el patrón es tan complejo que no estoy seguro de que los cálculos den resultados. O cuándo.

—Lo he estado considerando.

—Creo que tu mejor apuesta es obtener cifras definitivas para el análisis estructural. Pero tengo que advertirte… —Hace una pausa.

—¿Qué?

—Es muy arduo. Los cálculos requieren una cantidad enorme de tiempo y concentración.

—¿Alguna vez has visto que carezca de cualquiera de los dos?

Vuelve a reír.

—Claro que no. Tienes ambos en abundancia.

—Prefiero hacer estas tareas hercúleas que andar a tientas en la construcción de modelos, como algunos de mis homólogos ingleses, que sienten que son el próximo Linus Pauling.

—¿Qué quieres decir? —Siempre receptivo a mi estado de ánimo, su sonrisa desaparece de su rostro afable—. Pensé que King's College era la única institución que trabajaba en la estructura del ADN.

—Se supone que King's es la única; ese es el trato que hicieron el jefe del Laboratorio Cavendish en Cambridge, Lawrence Bragg, y el jefe de mi unidad en King's College, Randall. Pero hay dos científicos deshonestos en Cavendish que han estado jugando con la idea, aunque Bragg se los prohibió porque es poco caballeroso. Se supone que deben trabajar con proteínas, no con ADN.

—¿Qué los motivó a tratar de hacer un modelo sin datos?

Podría abrazar a Vittorio por formular esta pregunta, la misma que yo me hice, pero que nadie más se planteó.

—Exactamente. Uno de ellos, James Watson, dijo que se había inspirado en mi conferencia sobre el tema; pero Watson y su compañero de trabajo Francis Crick se hicieron muy amigos de mi colega, Wilkins…

Vittorio se yergue en su silla y me interrumpe.

—¿El que te ha estado dando muchos problemas?

—Ese mismo. En fin, es seguro que Wilkins se ha hecho muy amigo de Crick y es muy posible que también de Watson, y me pregunto si es una coincidencia. Odio ser parte de esta ridícula competencia de ser el primero. ¿Qué pasó con la ciencia que se hace correctamente por la ciencia misma?

—Eso no suena a coincidencia. Suena a que Wilkins está compartiendo tus datos con sus amigos. —Suspira—. Estoy a favor del intercambio profesional que tenemos en el *labo*; la cooperación en ciencia es necesaria, pero este tipo de intercambio no respeta ese concepto, en particular si se da cuenta de la manera en la que Crick y Watson utilizan esa información; es decir, desafiando el pacto de caballeros entre ambas instituciones. Me gustaría poder aconsejarte que te marcharas de inmediato, pero me parece que estás a punto de hacer un descubrimiento importante, Rosalind; por el momento debes concentrarte en la ciencia. Pero tan pronto como termines, y hayas publicado, deberías salirte de King's.

Capítulo 28

6 de marzo de 1952
Londres, Inglaterra

Concéntrate en la ciencia.

Desde que salí de París a principios de enero y durante dos meses he seguido el consejo de Vittorio, he repetido las mismas rutinas. Preparo el experimento para las cien horas que los rayos X van a bombardear las fibras de ADN tipo B. Ajusto la cámara de plano vertical, que por fin terminaron de fabricar en los talleres de King's College para que tuviera exactamente el ángulo correcto. Termino de posicionarla y enciendo los rayos X. Mis resultados se acercan cada vez más a lo óptimo y siento como si esta imagen fuera la que estaba esperando. Mi concentración está dando resultados.

¿Será que esta imagen mostrará la forma perfecta y definitiva de una X? Cuando un haz de rayos X incide sobre un cristal, difracta en patrones distintivos dependiendo de sus cualidades físicas y, con frecuencia, proporciona la clave para determinar su estructura. Ver un patrón de X en una fotografía después de la difracción de rayos X del ADN, con las bandas anchas en la parte superior e inferior, sería muy sugerente, si no decisorio, de una estructura helicoidal.

Cada vez que examino una imagen, esta es la pregunta que me hago. Sin duda ayudará a poner fin a cualquier duda que persista cuando anuncie la forma helicoidal del ADN tipo B. Tan pronto como capture esa imagen perfecta, me abocaré al ADN tipo A, que tiene una imagen mucho más nítida pero más compleja, y así aprenderé más sobre ambos tipos, por comparación mediante el análisis de Patterson que me recomendó Vittorio. Sólo en ese momento podré empezar a construir el modelo.

Escucho un golpe en la puerta de mi laboratorio y me sobresalto. ¿Quién podría ser? Son las últimas horas de la tarde del sábado y, si bien podría encontrarme con algún científico o asistente antes del almuerzo, en general estoy sola en las tardes. Incluso el personal de la limpieza ya terminó su jornada de trabajo.

Alguien toca con fuerza a la puerta. Me pongo de pie y me relajo un poco. Supongo que debe ser alguien de mi unidad.

—¿Sí?

Randall asoma la cabeza.

—Me pareció escuchar a alguien por aquí. Me da gusto que seas tú. —Me mira de arriba abajo—. ¿Qué haces sin tu equipo de protección?

Ignoro su comentario. Una de las cosas que más me gustan de trabajar los fines de semana en el laboratorio es no tener que usar el dosímetro ni ningún equipo de protección para la cara o los ojos, que dificultan que vea mis resultados o el equipo. De hecho, cuando me encuentro por ahí la tarjeta del dosímetro de la semana anterior, que en general muestra niveles elevados que me obligarían a no venir al laboratorio, sencillamente la tiro a la basura. Nadie es más prudente y supongo que muchos de mis colegas hacen lo mismo, como lo hacían en el *labo*.

—Y, por Dios santo, ¿qué haces aquí tan tarde en sábado, Rosalind?

—Podría hacerle la misma pregunta, señor.

—Me atrapaste —responde con una risita y se acomoda la corbata—. Me atrapaste; siempre a la caza de fondos para mantener este lugar vivito y coleando. Me mantiene aquí a todas horas. Ojalá pudiera pasar mi tiempo dedicado a la ciencia como tú, pero tengo que hacer que el dinero no deje de llegar.

—Lamento escucharlo, señor. Ojalá pudiera ayudar.

Se sienta en la silla de la mesa de laboratorio que está más cerca del equipo de cristalografía y de mí.

—Ayudas más de lo que crees, Rosalind.

—¿Qué quiere decir?

—Si tu descubrimiento es la mitad de bueno de lo que creo que es, harías que mi trabajo fuera mucho más fácil. —Hace una pausa y agrega—: Sobre todo porque la investigación sobre la insulina está resultando ser muy aburrida.

—Gracias, señor.

—¿Novedades?

No estoy segura de lo que quiere que responda; lo pongo al día regularmente, en las reuniones semanales del departamento y, por supuesto, lo veo varias veces al día en los almuerzos y reuniones de té obligatorios. Entiende mi reticencia de hacer un anuncio prematuro; sin embargo, me pregunto si esta curiosidad casual es su manera de obligarme a dar mis conclusiones.

—Bueno, usted sabe que estoy obteniendo imágenes cada vez más nítidas del ADN tipo B, que definitivamente confirman su naturaleza helicoidal, así como la cantidad de cadenas. Aunque todavía no estoy lista para dar detalles públicamente.

—Entiendo tu cautela —dice asintiendo, luego agrega—: Aunque quizá esa cualidad es exagerada.

Decido ignorar su comentario, aunque parece sospechosamente algo que Wilkins podría decir.

—Tengo muchas esperanzas de obtener imágenes aún más claras, pero también he estado usando los cálculos de Patterson para un análisis más profundo.

—Son muy engorrosos, sin duda.

—Lo son, señor. Pero no sería una científica muy rigurosa si ignorara el tipo A y lo que puede decirnos sobre ambos tipos, así que estoy evaluando los dos con la técnica de Patterson. Por supuesto, ambos son fundamentales para el ADN y para entender nuestros genes.

—De acuerdo, de acuerdo —dice, aunque por su tono parece que le hubiera gustado una respuesta diferente. Luego se pone de pie y empieza a caminar por la habitación—. Espero que puedas sentirte cómoda con un informe preliminar la próxima semana.

Mis hombros se tensan con sólo pensarlo. Es demasiado precipitado. Aún muy pronto.

—¿La próxima semana?

—El Consejo de Investigación Médica organiza la reunión anual de todas las unidades de biofísica que financia, y quiero asegurarme de que nos darán el mismo monto, o más, este año. Tu trabajo podría ser lo que los inspirara. —Se aclara la garganta y luego su voz se vuelve más grave, casi como un regaño—. No quieres que las instituciones de biofísica de la competencia se queden con todo el dinero, ¿o sí?

—No, señor.

—Tu investigación podría causar sensación. En particular si les das una probadita de lo que está por venir.

—Supongo que podría preparar algo, señor.

Sonríe ante mi conformidad; sus hombros se relajan visiblemente. ¿Su presencia esta tarde en mi laboratorio es en verdad un accidente? Tanto su aparición como su solicitud parecen bien planeadas.

—Apreciaría mucho que empezaras a escribirlo, Rosalind. Ahora sobre todo.

—¿Por qué sobre todo ahora?

—Bueno, no es ninguna sorpresa que entre tú y Maurice hay fricción, y él me informó que no va a jugar ningún papel público en lo que concierne al ADN mientras tú estés aquí. Es un verdadero dilema; así que necesito ponerles un nombre y un rostro a nuestros descubrimientos sobre el ADN.

Mi estómago da un vuelco. ¿Qué es lo que Randall está sugiriendo? No puedo imaginar que le gustaría despedir a Wilkins, con quien ha trabajado años. ¿Estará insinuando que debo renunciar? Si bien anhelo irme con elegancia de King's College, quiero hacerlo en mis propios términos y tiempos.

—¿Quiere que renuncie, señor?

—No, Rosalind. No es eso lo que estoy sugiriendo. Wilkins puede continuar con su proyecto y tú con el tuyo. Aunque en cierto momento tenemos que encontrar una suerte de solución al problema entre ustedes.

—Eso me gustaría —digo, aunque me pregunto qué tipo de solución le gustaría a Randall que yo encontrara. ¿Una en la que yo sea la asistente de Wilkins? Porque eso es lo que a Wilkins le gustaría.

—Bien. Odiaría perder a mis mejores científicos en el descubrimiento del siglo —anuncia antes de salir de la habitación.

Me quedo ahí, preguntándome si Randall acaba de elogiarme o de amenazarme.

Capítulo 29

18 de marzo de 1952
Londres, Inglaterra

El té obligatorio de la tarde es mucho más optimista que lo acostumbrado. No se debe a que el té sea más concentrado o que las galletas, en general secas y sin sabor, estén más blandas o dulces. El estado de ánimo se levanta ante las buenas noticias de Randall.

Siento un impulso inesperado en mi carrera. De acuerdo con Randall, la reunión del Consejo de Investigación Médica salió muy bien, en su mayoría gracias a los fundamentos de mi trabajo. Me sentí incómoda al compartir los detalles que le revelé a él, pero me alegro de haberlo hecho; en particular porque todos los informes oficiales que se presentan en el Consejo de Investigación Médica se consideran confidenciales hasta que se divulguen deliberadamente al público. Cuando me vaya de aquí, porque me iré de aquí, lo haré con una gran cantidad de investigación publicable y un empleador agradecido. Sin importar cómo sea mi relación con Wilkins.

Con las manos en los bolsillos de mi bata de laboratorio, mantengo la sonrisa mientras camino por el pasillo hacia mi laboratorio; acepto algunas felicitaciones en el camino y un cariñoso apretón de brazo por parte de Freda. Después de todo, las buenas noticias sobre el financiamiento del departamento nos favorecen a todos los que trabajamos aquí.

Acelero el paso conforme me acerco a la oficina que Wilkins comparte con Seeds. Vi su expresión cuando Randall hizo el anuncio y no tengo ganas de tenerlo enfrente en este momento. O nunca más, a decir verdad.

Su puerta está entreabierta y tengo el cuidado de caminar sin hacer ruido. Cuando paso frente a la amenazante apertura, la voz de Wilkins resuena en el pasillo.

—Todo esto de coincidir en estar en desacuerdo es una farsa, Seeds. Una farsa, te digo. ¿A ella le toca todo lo bueno mientras se supone que yo debo quedarme del lado de los malos? ¿Acaso Randall cree que todo está perfecto con que ella se haya quedado con el legendario ADN de Signer y la nueva cámara y yo me quede sólo con el material Chargaff y el viejo tubo Raymax? ¿Qué no soy su superior? ¿No llevo años trabajando con Randall, siguiéndolo a donde va y haciendo todo lo que me pide?

Me paralizo. Sé exactamente quién es «ella»: yo, por supuesto. Una parte de mí desea salir corriendo por el pasillo, lejos de su vituperación, y otra parte quiere detenerse a escuchar. Deseo conocer a mi enemigo, porque eso es lo que el mismo Wilkins proclama ser.

—No es justo, amigo —dice Seeds, pero su voz suena un poco apagada y no muy entusiasta, como si hubiera escuchado esta invectiva muchas veces antes.

—Mientras tanto, ella no hace nada para hacer avanzar la ciencia. Juguetea con esas imágenes una y otra vez, y luego pierde el tiempo con cálculos; todo este retraso y se niega a admitir que tanto el ADN tipo A como B son helicoidales. Dice que necesita más tiempo. ¿Qué no ha aprendido nada del éxito de Pauling con la elaboración de modelos? Él hizo grandes avances en la comprensión de las estructuras moleculares sin una sola imagen de cristalografía de rayos X. ¡Nosotros podríamos hacer nuestro propio maldito modelo y anunciar al mundo la naturaleza helicoidal del ADN! ¡La comunidad científica nos aclamaría! ¡Incluso podríamos ganar el Premio Nobel!

Wilkins ya está casi gritando y me sorprende que nadie más se apresure a venir para identificar la fuente del escándalo. ¿Será posible que ya se hayan acostumbrado a esta diatriba? Me escabullo hasta la esquina para estar lo suficientemente lejos en caso de alguien llegue, pero lo bastante cerca para poder escuchar sus odiosos comentarios. Hace ya tiempo que estoy consciente de su aversión por mí, pero la vehemencia de su odio es inquietante; me hace temblar.

—Te entiendo, hombre —dice Seeds, pero su voz es curiosamente monótona, como si esta conversación lo aburriera.

Me pregunto cuántas veces Wilkins ha formulado estas mismas quejas de mí. La situación es peor de lo que yo creía. Mucho peor.

—Por el pequeño brindis que Randall hizo hoy, parece como si ella lo hubiera engañado para que pensara que está trabajando duro en el misterio del ADN, dándole unas probaditas de información para que él siga creyéndolo.

—Sí está trabajando en ello, Bill. De eso no tengo duda. De hecho, no creo que salga nunca del maldito laboratorio; después de todo, es una endemoniada solterona. Es sólo que trabaja muy lento, levanta cada piedra y todo eso, antes de hacer cualquier declaración pública o pasar a la etapa de la elaboración del modelo. Durante todo ese tiempo, nuestros competidores se acercan a los descubrimientos que deberían ser nuestros. Bien podría, entonces, no llevar a cabo ningún trabajo.

—¿Por qué no le dices a Randall que le diga a ella que te dé un poco del ADN? Es una solicitud bastante razonable y tú podrías avanzar en el proyecto.

«Es extraño que ninguno de los dos diga mi nombre», pienso. Sólo «ella», como si yo fuera el sustituto anónimo de todas las mujeres. Me pregunto si eso hace más fácil que Wilkins piense así de mí, dirigir su rabia a una mujer anónima de la que no habla, a la que no nombra, en lugar de mí, de Rosalind Franklin, colega científica en King's College, un ser humano con el que ha hablado, trabajado, cenado.

—No puedo hacer eso, Bill. Randall dejó muy clara la división del trabajo: prohibición categórica de inmiscuirme en el ADN de Signer. Parecería un maldito quejumbroso si protesto otra vez. Tengo que encontrar otra forma.

Seeds dice algo inaudible. Aunque no entiendo sus palabras, puedo adivinarlas por la respuesta de Wilkins.

—Mis amigos de Cavendish están perplejos por la situación. No pueden imaginar que una mujer en Cambridge pudiera interferir con este tipo de comportamiento dilatorio; sobre todo si consideramos el éxito de la elaboración de modelos de Linus Pauling y que otros científicos que están en la carrera del ADN nos pisan los talones. Insisten en que, en Cavendish, ya nos hubieran quitado este proyecto de las manos; y no dejan de preguntarme por qué no hacemos algo aquí en King's. Creen que deberían darme el proyecto a mí, porque yo aceleraría las cosas, a menos que…

Hace una pausa como si, incluso en medio de la diatriba en la que sacaba el alma, temiera ir demasiado lejos.

—¿Qué? —pregunta Seeds con verdadera curiosidad en la voz, por primera vez desde que comenzó el sermón.

—Bueno, en ese caso piensan que deberíamos darles los datos a ellos. Actuarían de manera apropiada para que el mundo conozca la estructura del ADN de manera oportuna.

—¿Tú crees que Cavendish debería tenerlos? —El tono de Seeds es escéptico y me doy cuenta de que no está de acuerdo con la idea de Wilkins. ¿Es esta la primera vez que Wilkins propone esto?—. ¿Qué reivindicación tienen Crick y Watson; es más, cualquiera en Cavendish, sobre el ADN? Pensé que Bragg, su jefe, había puesto una barda alrededor del ADN y les había dicho que se limitaran a meter las narices en la proteína. ¿Has estado trabajando en la estructura molecular del ADN a escondidas?

—No, no, nada de eso —se apresura a decir Wilkins para calmarlo; se da cuenta de que, en efecto, había ido demasiado lejos—. Sólo quiero asegurarme de que nosotros… —Hace una pausa y luego se apresura a explicar— … quiero decir, de que King's gane la carrera del ADN.

Capítulo 30

17 de abril de 1952
Londres, Inglaterra

El científico irlandés de cabello largo está sentado en el escritorio frente a mí; tengo que recurrir a toda mi voluntad para no decirle lo que significaron para mí las palabras que dijo en la conferencia de Estocolmo. «Cualquier propuesta sobre la estructura molecular de cualquier material, orgánico o inorgánico, debe ponerse a prueba con un análisis de rayos X, puesto que no podemos confiar sólo en los modelos», dijo, o algo por el estilo; escribí en mi cuaderno lo que recordaba como si esas palabras fueran un precepto. Desde entonces, esta frase me ha estado dando vueltas en la cabeza y con frecuencia me ha servido como consuelo cuando en King's me critican o me presionan para que abandone mi análisis metodológico y me apresure a construir un modelo o hacer público mi fallo sobre la estructura del ADN.

Sólo esto me habría inspirado a trabajar con el profesor J. D. Bernal, un pionero en el uso de la cristalografía de rayos X en biología molecular y jefe del recién establecido Laboratorio de Investigación Biomolecular en Birkbeck College, que forma parte de la Universidad de Londres. Pero hay más; conocí antes a Bernal, en el *labo* en París. Es amigo del señor Mathieu y esto también hace que me caiga bien; aunque por alguna razón a Anne Sayre siempre

207

le ha parecido desagradable. Sé que no se sostiene a nivel científico, pero siempre he sentido afinidad por cualquier cosa que se relaciona con París, ya sea su gente, la comida o la ciencia. Quizá sea injusta esta adoración que siento por Francia, en lugar de sentirla por mi país natal. Pero es el único lugar en el que no me siento ajena.

Bernal aparta el mechón de cabello que no deja de caer sobre su frente.

—Nos encantaría tenerla aquí, doctora Franklin —dice con una sonrisa—. Y no sólo porque viene muy bien recomendada por mi gran amigo Marcel Mathieu. Su cambio académico y profesional de la fisicoquímica a los materiales biológicos es muy similar al mío, así como su formación. Creo que se sentiría muy bien aquí en Birkbeck.

Estas palabras me quitan un peso de encima, uno que se ha vuelto cada vez más pesado pero que se hizo abrumador cuando escuché la diatriba de Wilkins en mi contra. Las palabras de Bernal significan que no tengo que quedarme en King's College, donde Wilkins y su grupo me denigran y me ridiculizan. Soy bienvenida en otro lugar, un sitio donde podría sentirme más en casa.

Tengo ganas de saltar y bailar; en su lugar, respondo con tranquilidad.

—Eso me gustaría mucho, profesor Bernal.

—Magnífico. Tengo un montón de virus reservados para que usted los estudie. —Mira un montón de papeles que están sobre su escritorio—. Veo que su estancia como becaria en King's no termina oficialmente sino hasta dentro de un año, a partir de enero; pero he logrado transferir a becarios aquí de otras instituciones, así que en realidad es sólo cuestión de cuándo el profesor Randall estará satisfecho con su investigación para dejarla ir.

—Hablaré con el profesor Randall, pero pienso que después de las vacaciones de invierno podría ser buen momento.

—Eso sería perfecto para nosotros. Estoy encantado de que venga a Birkbeck, señorita Franklin. En el momento en que usted esté lista.

Bajo casi saltando los escalones de la entrada del edificio georgiano en Torrington Square, en Bloomsbury, donde se encuentra el laboratorio del profesor Bernal. Pensar que puedo dejar atrás King's para reunirme con este grupo de quince científicos investigadores, donde de inmediato me sentí cómoda y bienvenida, es algo casi demasiado maravilloso como para creerlo. Si bien no me confundo y sé que Birkbeck no es Cambridge u Oxford, ni siquiera King's College, hay algo en el profesor Bernal y en la naturaleza poco ortodoxa de Birkbeck que hace que el puesto me interese. La Universidad de Londres, de la cual Birkbeck forma parte, fue una de las primeras universidades inglesas en admitir a mujeres, casi cuarenta años antes que Oxford y Cambridge, y espero que esto signifique algo en cuanto a la atmósfera de la institución. Por supuesto que el hecho de que Randall contratara a científicas, lo que me hizo pensar que era un buen presagio para King's College, no fue una buena señal de lo que es ese entorno, pero no creo que Randall y Bernal estén cortados con la misma tijera. De cualquier forma, tengo esperanzas.

Llego flotando las últimas cuadras hasta el salón de té que está cerca del Museo Británico. Como me tomé la mañana libre para la entrevista con el profesor Bernal, pensé aprovechar el día reuniéndome con Ursula en la tarde. Al entrar al lugar, cuya fachada parece simple pero que oculta uno de los tés más concentrados y las más exquisitas galletitas y pasteles en el área de Bloomsbury, me sacudo las gotas de lluvia de la gabardina y advierto un brillo rojo en la parte posterior de la sala. Sólo puede tratarse de Ursula.

—*Miss* Rosalind. —Ursula se levanta de su silla mientras yo camino hacia ella para abrazarla; sigue siendo la única Franklin que se siente cómoda con las muestras físicas de afecto—. ¿Eso que veo en tu rostro es una sonrisa? —pregunta.

No podría borrar la sonrisa de mis labios aunque tratara.

—*Miss* Ursula, en efecto, eso es. ¿O debería llamarla señora Ursula, puesto que ya es una mujer casada?

El marido de Ursula, el amable banquero Frank Richley, me cae muy bien, pero de alguna manera su matrimonio existe aparte de nuestra amistad. Como si su unión, en la que fui dama de honor y testigo, le hubiera sucedido a alguien distinto de Ursula.

—Muy graciosa. Siempre seremos *miss* Ursula y *miss* Rosalind. Eso no cambiará nunca —dice con una sonrisa—. Hace tiempo que no te veía tan feliz. De hecho, casi hace que no se noten esas ojeras —agrega y luego me lanza una mirada de reproche, muy parecida a la de nuestro abuelo—. ¿Por qué no usas el increíble maquillaje del que te hablé? Haría maravillas para ocultarlas. —Sacude la cabeza—. Parece que te dejaron los dos ojos morados.

Hago una seña con la mano como para ignorarla, pero con una gran sonrisa. Ella sabe muy bien que aparte de un poco de lápiz labial brillante y unos toques de polvo, yo no uso maquillaje. De cualquier modo, no toda la gama que usa Ursula, aunque yo misma he notado las persistentes ojeras.

—Bueno, me alegra ver esa sonrisa, pero eso no explica el hecho de que te has estado escondiendo de mí. Hace más de un mes que no te vemos en las comidas familiares. —Esta vez su reproche es real, como su sentimiento—. Y no has respondido ninguna de mis llamadas o mis cartas.

Después de pedirle al mesero té y pastel, le ofrezco mi disculpa acostumbrada.

—Oh, ya sabes cómo es. El laboratorio ha sido excepcionalmente exigente. Lo siento, *miss* Ursula. No es que no quiera verte.

Le echa un poco de azúcar al té y evita mirarme mientras lo revuelve.

—¿Sabes?, tu hermana Jenifer dice que te escondes cuando las cosas no salen según tus planes. Sospecho que te has retirado de todos nosotros porque no puedes poner buena cara por algo que está pasando en King's College. ¿Qué es? —pregunta, mirándome al fin a los ojos.

¿Cómo puedo esquivar a mi querida amiga y prima? ¿Cómo puedo mentirle frente a su pregunta tan cariñosa? Nunca le he dicho una mentira en mi vida. Alguna omisión de vez en cuando, quizá, pero jamás una mentira. Y no puedo hacerlo ahora. Pero estoy determinada a evadirlo.

—Sabes que no puedes confiar en todo lo que dice Jenifer. Sigue siendo muy joven —digo, aunque en verdad me sorprende la perspicacia de Jenifer en lo que a mí respecta. Luego le ofrezco a Ursula la aproximación de una sonrisa animada.

Ursula me responde con una mirada escéptica, no se deja engañar por este débil intento de distracción. Mi fachada se cae y los ojos se me llenan de lágrimas. Sin embargo, me rehúso a dejar que caigan mientras le cuento mi vida en King's, lo bueno y lo malo. El entusiasmo por mis descubrimientos, la amistad con Ray, las miradas y los comentarios condescendientes de Wilkins, su negativa a respetar los límites que impuso Randall y la discusión que escuché.

—Dios mío —dice Ursula cuando termino—. Tenemos que sacarte de ahí.

—Creo que ya pude sacarme yo de ahí. ¿Recuerdas la sonrisa que viste en mi rostro cuando entré?

—¿Sí? —dice con cautela.

—Acabo de salir de Birkbeck, en la Universidad de Londres, donde me ofrecieron otro empleo. De ahí la sonrisa.

Ursula suspira.

—Gracias a Dios.

—No creo que Dios haya tenido nada que ver con esto.

—Esa vieja contienda; conozco tus creencias y tú conoces las mías. No permitamos que esas diferencias nos desvíen de esta extraordinaria noticia. —Alcanza mi mano y la aprieta—. Estoy tan contenta. ¿Cuándo te puedes ir?

—Tengo que hablar con el profesor Randall, pero probablemente no pueda irme sino hasta enero.

—¿Enero? —pregunta con tono de alarma—. Faltan nueve meses. ¿Cómo soportarás hasta entonces?

—Me dará tiempo para terminar mi trabajo, *miss* Ursula. Y ahora que sé que me voy será más fácil soportarlo. El tiempo pasará volando —respondo, y trato de convencer no sólo a Ursula, sino a mí misma. Me pongo de pie y mi silla rechina contra el linóleo del piso—. ¿Nos vamos al museo?

Nos ponemos el abrigo y mientras platicamos sobre si deberíamos ver primero la exposición de grabados y pinturas neerlandeses o la de Leonardo da Vinci, me topo con un hombre alto que está entrando al salón de té.

—Disculpe, señor —digo alzando la mirada.

Conozco a este hombre: es Francis Crick, de Cavendish.

—¿Rosy? —pregunta con una sonrisa ancha y agradable en el rostro—. Qué gracioso encontrarla aquí.

¿Por qué me llama por el horrible apodo que me puso Seeds, el que él y Wilkins usan para hacerme enojar? ¿Cómo se enteró Crick de ese sobrenombre? Las tres veces que he estado en su compañía nadie usó ese apelativo para dirigirse a mí. De cualquier modo, puesto que apenas nos conocemos sería más correcto que me llamara señorita Franklin, o quizá doctora Franklin. Sólo puedo pensar en una razón por la que me llamaría Rosy: Wilkins debió hablar de mí usando ese epíteto.

—¿Por qué le dice Rosy? Nadie la llama así. Su nombre es Rosalind —interviene Ursula, quien jamás permite que su prima favorita se quede sin defensa.

—Parece que ahora me toca disculparme a mí —dice Crick un poco avergonzado. Luego, recuperando su acostumbrada actitud amistosa, dice—. ¿Qué la hizo salir de los calabozos de King's?

—Un día con mi prima —respondo señalando a Ursula—. Si nos disculpa…

Empezamos a avanzar para salir cuando él exclama:

—¿Cómo va la investigación del ADN, Rosy?

Doy media vuelta para enfrentarlo. Si piensa que puede acobardarme llamándome Rosy, está a punto de abrir los ojos a ese respecto. Le lanzo una sonrisa y respondo:

—De maravilla.

—¿Un éxito tanto en el tipo A como en el tipo B? Espero que no se haya atorado con uno de ellos. —Su expresión es abierta y afable, sólo está conversando con una colega. Pero sus palabras dicen mucho más.

Con su pregunta, no hay duda de que Wilkins le manifestó todas sus quejas sobre mi enfoque «excesivamente riguroso» y mi «irracionalidad» al no avanzar con mayor premura con ambos tipos.

—La investigación de ambos tipos avanza como está previsto —respondo.

—No sigue aferrada a la idea de que el tipo A no es una hélice, ¿o sí? Porque eso es un disparate.

—¿Incluso si mis medidas muestran resultados no helicoidales? No estoy diciendo con esto ni lo uno ni lo otro.

—Aun así. Hay muchas explicaciones que podrían adaptarse a la hélice, aunque las cifras indiquen lo contrario. —Sonríe; supongo que él piensa que es agradable, pero para mí parece el gato de Cheshire—. Pero la idea de que el tipo A no es una hélice es pura basura.

Siento que mi prima entrelaza su brazo con el mío en un afán por liberarme de este horrible intercambio.

—Vamos, Rosalind —dice haciendo énfasis en la correcta pronunciación de mi nombre—. Nos esperan algunas exposiciones en el Museo Británico. Buen día, señor —agrega y me saca de ahí. Sin soltarme el brazo, nos dirigimos hacia el famoso gigante de arte y cultura—. Tienes que salirte de King's College y entrar a Birkbeck en la primera oportunidad, *miss* Rosalind. No podemos permitir tanta condescendencia otra vez.

Capítulo 31

2 de mayo de 1952
Londres, Inglaterra

—¿Esas son las nuevas imágenes? —pregunta Ray distraído cuando entro al laboratorio con un paquete en la mano.

Llego tarde porque fui a mi revisión médica anual con el doctor de la facultad, un examen de rutina al que debemos someternos todos los científicos que trabajamos con radiación. Ray está inclinado sobre la muestra que hemos bombardeado con rayos X los últimos dos días y no se mueve.

Me sorprende su reacción. Casi tira el material con el que está trabajando y se precipita cuando ve que el nuevo lote de fotografías cristalográficas de rayos X está listo.

—Sí. ¿Quieres revisarlas conmigo?

—Por supuesto —responde, sin apartar la vista del equipo cristalográfico—. Pero creo que tienes que venir a ver esto antes.

—¿Qué es? —pregunto avanzando hacia él.

—No estoy seguro de poder describirlo. Creo que tienes que verlo por ti misma.

Me paro junto a él y miro por el microscopio la prueba de ADN que cuelga del sujetador de alambre. Frente a mis ojos, una de las fibras de ADN cambia del tipo A al tipo B de manera tan abrupta que la fibra se cae del alambre. Retrocedo de un salto.

—¿Cómo demonios…?

—¡Lo sé! —interrumpe Ray—. Cambió, ¿cierto?

—Sí, y luego se cayó del sujetador mientras lo examinaba.

—¡No! —exclama incrédulo; luego toma de nuevo su posición frente al microscopio—. ¿Qué provocaría que se transformara con tanta fuerza como para que se mueva con tanto ímpetu?

Sacudo la cabeza y pregunto:

—Ray, ¿te importaría documentar este cambio ahora que es reciente?

—Me encantaría —responde con placer—. ¡Qué espectáculo!

—Voy a dar una primera revisada a las imágenes y te diré si encuentro algo especial.

Ni siquiera responde; está perdido en la danza del ADN.

Coloco las nuevas imágenes sobre la caja de luz. Las fotografías que hemos logrado hacer del tipo B son tan increíblemente nítidas y elegantes que no espero mucho más, aunque le digo a la gente lo contrario para ganar más tiempo y así realizar nuestros cálculos. Conforme paso algunas de las imágenes sobre la luz, nada llama mi atención; todas son de una claridad y precisión excelentes, hasta que llego a la última.

Me quedo sin aliento. Ahí está.

La imagen más espectacular está frente a mis ojos. La impresionante forma perfecta de una X formada por puntos negros claros se materializa ante mis ojos: el espacio entre los brazos de la X está vacío. Había pensado que las fotografías del ADN tipo B que he obtenido habían sido definitivas, pero me equivocaba. La diferencia entre las imágenes que había tomado antes y esta es la diferencia entre una pintura de la escuela de Miguel Ángel y el artista mismo.

Ahora soy yo quien no cree lo que ve.

—Ray, ¿puedes venir? —pregunto lentamente, como si este descubrimiento pudiera desaparecer, aunque sé que necesito saber qué piensa.

«Qué tonto», pienso. «Pensar así es casi superstición y el mismo tipo de pensamiento que da pie a la religión». Soy una científica y creo en las leyes de este mundo, en lo comprobable, lo cuantificable, evidencia demostrable frente a mí.

—¿No puede esperar? —pregunta sin alzar la vista—. No quiero ser irrespetuoso, pero este es un evento científico muy interesante y quiero capturar cada detalle.

—No estoy segura de que pueda esperar.

Reticente, deja su pluma fuente sobre el escritorio y se acerca a mí. Cuando llega a la caja de luz, yo no digo ni una palabra. Sencillamente me echo atrás sobre mi silla y dejo que observe.

—Dios santo.

—¿Es tan perfecta como creo que es?

—Es inmejorable, Rosalind. —Su tono cambia de la veneración a la euforia—. Mira la forma en la que los brazos de la X irradian desde el centro de manera tan simétrica.

—Lo sé —digo sacudiendo la cabeza, casi con suspicacia ante la imagen.

—Y no hay una sola mancha entre esos dos brazos. El espacio entre ellos está vacío.

—Las cincuenta fotos anteriores son excelentes, pero esta es diferente. Es asombrosa.

Voltea a verme, los ojos luminosos y el rostro radiante.

—Sí es asombrosa, ¿verdad? —Ríe—. No creo haber dicho jamás algo así de una imagen cristalográfica de rayos X. O de ningún resultado científico, a decir verdad.

—Yo tampoco. —Río con él; después, con más seriedad agrego—: Si alguna vez tuvimos una duda sobre la estructura helicoidal del ADN tipo B…

—Esta fotografía termina con esas dudas —interrumpe—. ¿Deberíamos acabar con la investigación?

—¿Y por qué lo haríamos? Todavía tenemos que respaldar nuestra teoría helicoidal del tipo B y llegar a cierto tipo de resolución en cuanto a la estructura del tipo A.

Ray suspira.

—Será difícil continuar con todos esos cálculos laboriosos después de la emoción de hoy.

Le doy una palmadita en el hombro.

—Lo sé, pero estaremos más seguros cuando publiquemos nuestros artículos y lo anunciemos al mundo.

Sus ojos destellan cuando menciono nuestros artículos, elementos fundamentales para su doctorado.

—Muy bien, pues.

Se levanta y vuelve a su tarea, pasando frente el gabinete especial de metal donde almacenamos todas estas impresionantes fotografías de rayos X.

Vuelvo a la imagen y admiro su maravillosa forma y detalles vívidos. La etiqueto como «Fotografía 51».

Capítulo 32

25 de junio de 1952
Londres, Inglaterra

Estamos reunidos en lo que alguna vez fue el enorme agujero de un bombardeo en el patio de King's College. El hecho de que este cráter formado durante la guerra relámpago en el centro del patio interior esté ahora lleno de laboratorios inmaculados de última generación para el Departamento de Física, incluida la Unidad de Investigación Biofísica, es un símbolo del triunfo de Inglaterra sobre la maldad de los nazis. El progreso parece estar a la orden del día y es el mayor deseo de Randall para mi trabajo.

Ray y yo miramos el nuevo espacio subterráneo de dos pisos; la parte inferior del patio sirve como techo. Me había preocupado la calidad de la luz, pero hay muchos tragaluces que proporcionan una sorprendente cantidad de iluminación. Estamos ansiosos por instalarnos en nuestro nuevo laboratorio y esperamos salir antes de las ceremonias, por lo que nos sentamos al fondo del auditorio abarrotado.

Levanto el folleto que colocaron en cada uno de los asientos y lo hojeo mientras esperamos a que empiece a hablar el primer orador. Para mi sorpresa, en él hay una descripción de mi trabajo, los mismos detalles que le di a Randall para el informe privado que enviamos al Consejo de Investigación Médica con fines de financiamiento.

Echo chispas al leer sobre las «cadenas de polímeros helicoidales del ADN» con una «disposición paralela» y cómo Randall espera que la investigación aporte conocimiento sobre la función del ADN. Mi enojo aumenta cuando leo los nombres del grupo responsable de esta investigación: yo, Ray, Stokes y Wilkins. ¿Cómo es posible que Randall traicione mi confianza y comparta esta información con un público tan amplio, incluidos los periodistas que están aquí para reportar sobre los nuevos edificios y la celebración? ¿Y cómo puede sugerir que Wilkins participó en este proyecto? Aparte de unas imágenes en las etapas iniciales, Wilkins no ha trabajado en ella por más de un año. He llegado a mi límite.

Haré una cita mañana con Randall para hablarle de Birkbeck. Quizá ahora no sea el momento, pero no puedo esperar más.

El sol se pone y, por el momento, de alguna manera he olvidado todo sobre Randall y el folleto. Todo en lo que puedo pensar, ver y oír son los cálculos de Patterson y las reglas de cálculo que están esparcidas como un abanico sobre mi nuevo escritorio en el recién inaugurado laboratorio que me asignaron. Siento que estoy a punto de descubrir los secretos de ambos tipos de ADN, si tan sólo me dedico un poco más.

Escucho que alguien toca la puerta pero es como si sucediera en otro lugar, a otra persona. Me toma un momento distraerme de mi ciencia para entrar al mundo real.

—¿Sí?

—¿Rosalind?

Es Randall. De pronto, vuelvo a sentir su traición y mi enojo. Pero antes de que pueda decir algo, entra a mi oficina que está casi vacía, salvo por mí, el escritorio de laboratorio y una montaña de cajas.

—Tu oficina está en el centro, ¿verdad?

Sospecho que fue Randall quien puso mi oficina en medio de la nada, así que no respondo. Quizá pensó que si estoy lejos de la vista de Wilkins estaré lejos de su mente. Eso pondría fin a todos sus problemas, ¿cierto? Bueno, en poco tiempo estaré fuera de la vista de ambos.

Recuerdo que esto no me importa; yo ya encontré mi camino a la libertad. Sólo necesito convencer a Randall de que me deje ir.

—Pensé venir a ver cómo están tus nuevas instalaciones.

—Muy bonitas —respondo; decido no pelear por la ubicación de mi laboratorio. ¿Qué importa? No estaré aquí mucho tiempo. Hago un gesto para abarcar la habitación—. Espaciosa, como puede ver. El laboratorio está al otro lado de esa puerta.

—Parece el lugar perfecto para que hagas tu magia. —Recorre la oficina con la mirada y asiente—. Aunque este laboratorio tardó mucho en llegar. Dosificamos nuestra paciencia, ¿verdad?

—En efecto, señor.

—Bueno, me da gusto verte instalada. Ya es hora de que te vayas a casa, ¿no?

Estoy cansada. Podría decirle que sí y posponer lo inevitable hasta la mañana siguiente, cuando haga una cita formal con la secretaria de Randall. O podría aprovechar esta oportunidad y dar el primer paso para salir de King's.

—Hay algo que quiero hablar con usted, señor.

Randall se tensa y juguetea con su pajarita, como hace cuando está nervioso. ¿Esperaba una reacción por el folleto? Podría estallar por esa razón, si no hubiera empezado ya mis planes de salida. Deseo ignorar la traición; de hecho, quizá eso facilite este intercambio.

—¿Qué pasa, Rosalind? —pregunta serio, sin su sonrisa acostumbrada.

—Hablé con el profesor J. D. Bernal de Birkbeck, en la Universidad de Londres…

Ahora que digo las palabras no me parece real y empiezo a preocuparme. ¿Y si la oferta de Birkbeck no da frutos por alguna razón? Todo lo que tengo de Bernal es su palabra. Me quedaría sin trabajo y sin duda mis padres intervendrían y aprovecharían para que trabajara en uno de sus proyectos de beneficencia; yo misma me convertiría en un proyecto de beneficencia.

No. Eso no pasará. Si Bernal no puede darme el trabajo, alguien más lo hará; incluso Anne y David me ofrecieron preguntar en Oxford en caso de que no tuviera ninguna oportunidad en Londres. Independientemente de esto, me iré de King's College.

—¿Sí? —Randall me anima a continuar.

—Ah, sí. —Vuelvo al presente y a esta importante conversación—. Me ofreció un puesto en su laboratorio; por supuesto, suponiendo que podamos ponernos de acuerdo en el momento conveniente para irme de King's; uno que sea conveniente para usted.

Se sienta en la silla que está frente a mí. Cruza una pierna, se inclina en mi dirección pero en realidad no me mira.

—¿Eso es lo que quieres?

—Lo que yo quería era que las cosas funcionaran en King's, bajo su dirección, señor. Pero para eso sería necesario que cambiara la atmósfera en la Unidad de Investigación Biofísica y no creo que eso suceda en un futuro cercano. Wilkins ha puesto todo en mi contra y yo no puedo revertirlo, ni con él ni con los demás.

Randall asiente tan lentamente que al principio no lo noto. Luego, para mi sorpresa, dice:

—Bien, entonces a Birkbeck.

Me toma por sorpresa. ¿No va a insistir en que me quede? ¿Dónde está la decepción por mi partida? No había esperado un drama, pero sí al menos un poco de resistencia. En particular porque Randall ha pregonado que yo soy su arma más importante para recaudar financiamiento. Pensé que tendría que rogar y abogar por mi partida. Quizá estoy interpretando mal la reacción de este hombre inescrutable. No sería algo nuevo para mí, ya que tengo problemas para descifrar frases sutiles y expresiones faciales en personas que conozco mucho mejor que a Randall.

Puesto que parece que el asunto ha concluido, se pone de pie.

—¿Ponemos una fecha?

Ahora ya no puede haber error en su respuesta. No digo nada; sigo sorprendida de que haya aceptado tan fácilmente. ¿Podría ser que mi utilidad disminuyó desde que recibió la última entrada de efectivo? ¿O será que finalmente Wilkins convenció a Randall para que adoptara su mismo punto de vista sobre mí?

—Mmm... —balbuceo; mis pensamientos son un desorden—. ¿Qué tal el 1 de enero?

Propongo la primera fecha que me llega a la mente.

—Hablaré con el Comité de Becarios Turner and Newall para ver si ellos permiten que pases el tercer año de tu beca en el laboratorio de Bernal, en Birkbeck. De ser así, el 1 de enero es tan buen día como cualquier otro. —Hace una pausa y luego agrega—: Siempre y cuando acabes tu investigación y la documentes antes de irte.

Mientras camina hacia la puerta, sus pasos parecen más ligeros. ¿O soy yo quien lo imagina?

Antes de que Randall salga de la oficina, voltea a verme y dice:

—Lamento que no puedas disfrutar este nuevo laboratorio mucho tiempo, ya que estoy casi seguro de que el comité no pondrá ninguna objeción.

Capítulo 33

18 de julio de 1952
Londres, Inglaterra

—¿Hacemos una broma nosotros? —le pregunto a Ray de pronto.

Me mira con los ojos soñolientos por las horas que ha pasado hoy haciendo los cálculos de Patterson. El hecho de que ya casi estemos al final nos ha animado durante meses y nos ha permitido soportar este día cálido y húmedo.

—¿Hacer una broma, nosotros? ¿Tú? —Parece asombrado, puesto que me ha escuchado quejarme de las burlas nefastas de Seeds desde que empezó a trabajar aquí—. Pensé que nunca vería el día.

Escucho mi risa, una verdadera risa, y me asombra tanto el sonido que me tapo la boca con la mano. Desde que el Comité de Becarios Turner and Newall accedió a transferir mi beca a Birkbeck en enero me he sentido mucho más ligera. El final de este entorno odioso está al alcance de la mano, aunque me siento mal por dejar huérfana mi investigación y a Ray.

—Ha llegado el día, Ray.

Esboza una gran sonrisa.

—¿Supongo que tienes una broma específica en mente?

—Así es —afirmo devolviéndole la sonrisa.

—Por favor, no me digas que tiene algo que ver con pelar naranjas.

Una tarde excesivamente calurosa de junio en el laboratorio, Ray estaba desesperado porque no les veía fin a los cálculos de Patterson y confesó que no entendía cómo las cifras revelarían la estructura del tipo A. Me quedé sorprendida un buen momento; no estaba segura de cómo explicarle las formas tridimensionales que, en mi mente, eran tan claras. Por el rabillo del ojo vi un destello brillante anaranjado y se me ocurrió una idea. Tomé la naranja que estaba sobre unos papeles de Ray y pregunté:

—¿Puedo?

—Toda tuya —respondió.

Observó cómo empezaba a pelar la naranja con un cuchillo afilado de laboratorio. Conforme la cáscara caía en espiral al piso, le explique cómo nuestras medidas y cifras mostrarían una figura tridimensional igual a esa. O no, como parece más probable para el tipo A.

—Para el tipo B, probablemente nuestra estructura se parecerá a esta cáscara de naranja. Todavía no sabemos qué diseño tomará el tipo A, aunque bien puede ser similar.

Reímos al recordar ese día con la cáscara de naranja.

—No volveré a someterte a eso de nuevo. No, esta broma es más una ceremonia conmemorativa a nuestro amigo fallido: la forma helicoidal del ADN tipo A.

Durante las semanas pasadas, desde principios de mayo cuando logré hacer la imagen perfecta del tipo B, la fotografía 51, hemos tenido problemas para finalizar nuestra evaluación del tipo A, sin perder la esperanza de que fuera helicoidal o, de lo contrario, de que al menos nos diría algo más sobre el ADN tipo B en general. Sabemos que estamos tratando con el tipo B, que sin duda es una hélice; pero, por más que hemos tratado, por más que hemos ahondado en los cálculos de Patterson, no podemos validar una hélice para las imágenes del tipo A. La compleja miríada de cristales del tipo A sencillamente no presentan patrones que cumplan con esa forma. Y encontrar la configuración correcta es absolutamente necesario para comprender su función.

Necesito poner fin a la especulación; sin mencionar el acoso de Wilkins que padecemos tanto yo como Ray, quien lleva mucho sufriendo, por negarnos a aceptar su punto de vista y afirmar que es una hélice.

—¿Una ceremonia conmemorativa? —pregunta Ray, con una mirada más confundida que alegre.

—Sí —respondo—. Creo que podemos estar de acuerdo en que nuestros cálculos del tipo A no son determinantes de una hélice, ¿cierto?

—Cierto. Al menos no en esta etapa, y me parece que llevamos toda la vida en esta etapa.

—Esto es totalmente contradictorio con lo que creíamos del tipo B, que parece ser una hélice perfecta. ¿Estoy en lo correcto?

—Absolutamente.

—¿Estás listo para dejar en paz el tipo A, al menos en lo que concierne a los científicos de King's? ¿O a deshacernos de los defensores de la hélice del tipo A durante un tiempo para que podamos tomar una decisión sin el peso de su acoso?

Avienta un puñado de papeles sobre la mesa y exclama:

—¡Listo como nunca!

«Pobre», pienso. Trabaja incansablemente y de buen modo en esta tarea que semeja a la piedra de Sísifo. Qué afortunada soy de que sea mi asistente, en muchos sentidos.

Al otro lado de la mesa del laboratorio, cargada de fórmulas, anotaciones y líneas de cálculos, dejo una pequeña nota que escribí con mi pluma fuente en una tarjeta de 8 x 16 centímetros. Pinté los bordes de negro como si fuera una tarjeta de condolencias y escribí un mensaje de despedida a las aspiraciones de que el tipo A no fuera cristalino.

En la nota, anuncio arrepentida la muerte de la «difunta hélice», tras una larga enfermedad. Luego, invito a todos a la ceremonia conmemorativa para llorar su fallecimiento.

—Es brillante, Rosalind; aunque, por supuesto, no sabemos

nada de eso. Con certeza, al menos —dice Ray dando un silbido después de leerla—. Pero es sarcástico.

—Creo que ese es el punto: terminar de una vez por todas con la inútil especulación, sin hablar del acoso artero e implacable. Y que nos permita continuar nuestro análisis sin interferencias para que podamos llevar a cabo un estudio profundo e informado de ambos tipos, antes de apresurarnos a elaborar un modelo o hacer conclusiones no corroboradas. Es la única manera en la que la ciencia puede hacerse de forma honesta.

Este es el núcleo de mi educación científica: trabajar incansablemente y proceder con cautela.

Ray asiente despacio. Para alguien que en general es muy entusiasta, su expresión es seria y taciturna.

—¿Sabes que Wilkins se volverá loco?

¿Me he excedido? ¿Esto pondrá a Ray en una posición muy comprometida? El pobre chico ya está entre la espada y la pared, entre Wilkins y yo, y aún no sabe de mi inminente partida, que quizá lo haga dependiente de Wilkins.

Le quito la tarjeta.

—No te preocupes. Me dejé llevar y estaba actuando como una tonta inmadura, igual que ese maldito Seeds.

Ray me arrebata la tarjeta.

—No, creo que tiene sentido. Toda esta ceremonia y el anuncio es sólo una broma académica, mucho menos insultante que lo que Seeds acostumbra hacer. —Su rostro se ilumina de nuevo—. Y tú has sido el objeto de muchas de sus burlas y de demasiados chismes y presión por parte de Wilkins. Tu trabajo…

—Nuestro trabajo —interrumpo.

Todos los artículos que publiquemos sobre nuestra investigación llevarán el nombre de Ray al lado del mío. Creo firmemente en el reconocimiento, sin importar el rango.

—Nuestro trabajo —corrige, aunque sabe que yo me llevaré el mayor crédito porque él todavía no tiene el doctorado—. Wilkins ha calumniado nuestro trabajo durante mucho tiempo, tanto adentro como afuera del laboratorio. Tenemos la prueba. —Señala las montañas de cálculos que cubren las mesas y mi escritorio—. Y ya es hora de que deje de criticarte y de actuar como si el proyecto fuera suyo.

Me sorprende la fuerza de sus emociones y la demostración de apoyo. En general, el afable Ray mantiene los ánimos ligeros, pero ha demostrado que es capaz de ser valiente. «¿Quién es ahora el rey Arturo?», pienso con remordimiento. Estoy tan acostumbrada a defenderme sola entre científicos hombres, sola entre los miembros de mi familia, que esta oleada de sentimientos me conmueve mucho. Sin pensarlo, sin hacer esa pausa que necesito para apaciguar mis impulsos, hago algo que he hecho tan pocas veces antes que puedo contarlas con una mano: le doy un rápido abrazo a Ray.

Luego, con las mejillas encendidas por la vergüenza, digo:

—Perdón, Ray. Es sólo que, que…

—Nada de eso —se apresura Ray al ver mi incomodidad—. Sólo digo la verdad y los dos lo sabemos. —Una ancha sonrisa se dibuja en su rostro al tiempo que señala mis mejillas encendidas—. Sin hablar de que no puedes darle a Seeds armas para que te llame Rosy.

Capítulo 34

4 de octubre de 1952
Londres, Inglaterra

—Escuché que ahora tienen a un Pauling en Cavendish —dice Ray al volver al laboratorio con dos tazas de café hirviendo, una para mí y otra para él, para ayudarnos a soportar esta larga tarde de cálculos.

Sin Ray habría estado completamente desconectada de los chismes tanto dentro como fuera de King's, en particular desde que mi bromita de la ceremonia fue muy mal recibida por Wilkins y su barricada sólo se hizo más alta y más ancha, con guardias más violentos a partir de ese momento.

—Pensé que Linus Pauling tenía prohibido salir de Estados Unidos por alguna tontería política —digo.

Randall aún no ha perdonado a Pauling por pedir nuestras imágenes de ADN para poder elaborar su modelo con base en ellas, como lo había hecho con la proteína; y yo no había perdonado aún a Wilkins por decirle a Pauling que yo no iba a estudiar mis propias imágenes. «Dios mío», pensé. «Cuánto se va a molestar Randall con esta noticia, un punto para Cambridge».

—¿Cómo logró Cavendish superar la prohibición y sacarlo de Caltech? —pregunto.

—No es Linus Pauling quien está en Cavendish, sino su hijo Peter.

Me alejo de la mesa y pongo el lápiz sobre la oreja. Esto es interesante y puedo imaginar a los científicos de Cavendish, Crick y Watson en particular, brindando felices por tener al hijo. Apuesto que Crick y Watson tienen planes para usar al hijo para que obtenga información del padre, a quien idolatran por su éxito en la elaboración de modelos. Pero jamás me atrevería a decir en voz alta algo tan injurioso; al menos no sin pruebas.

—¿Qué tipo de científico es? —pregunto en su lugar.

—En realidad no estoy seguro, no con lo difusos que son ahora los límites entre disciplinas. Escuché que iba a trabajar bajo la dirección de Kendrew, así que supongo que será biología molecular.

—¿Cómo lo escuchaste?

Ray toma un buen trago de café y responde:

—De la manera acostumbrada.

—¿El *pub*?

—Sí, pero lo olvidé por completo hasta que escuché en la cafetería a Wilkins y a uno de sus compinches hablando sobre este nuevo Pauling. Pensé que te gustaría saberlo.

—Te lo agradezco mucho, Ray —digo en voz baja.

A veces siento que él es el único que en verdad está de mi lado. Tengo a Freda, por supuesto, pero esa amistad se encuentra fuera del perímetro de mi batalla con Wilkins, puesto que ella dirige el laboratorio de fotografía donde él raramente va.

Hace una pausa a medio sorbo. ¿Está pensando en decir algo más? ¿Qué más hay?

—Sabes que Wilkins pasa muchos fines de semana en Cambridge. Se ha hecho muy cercano de Crick y de su esposa, Odile, y se queda con ellos o con Watson. Todos pasan muchas horas juntos en su *pub* favorito de Cambridge, el Eagle.

—No me sorprende —comento.

Me pregunto por qué dudó en decirme esto. Ya había supuesto que Wilkins y Crick tenían una relación relativamente cercana, aunque no había imaginado que fuera al grado de pasar fines de semana juntos.

—Parece que Wilkins ha llegado a conocer a este Peter Pauling también, porque asiste a las comidas de los domingos en casa de Crick, con Wilkins y Watson.

«Ah», pienso. «Este interés en Pauling es precisamente lo que sospechaba». Están tratando de sacarle información sobre el trabajo de Pauling padre en cuanto a la elaboración de modelos moleculares y sus conclusiones sobre las hélices. Pero ¿con qué fin? Bragg, el jefe de Cavendish, les prohibió trabajar en el ADN.

Pero no digo esto. Hay un límite en el que puedo especular en voz alta, incluso con Ray. En vez de eso, comento:

—Qué grupo tan variopinto. Siento lástima por la esposa de Crick.

—Escuché que Wilkins decía que todos ellos esperan convencer a Bragg para que cancele esa prohibición en la investigación de ADN —continúa Ray.

Me recargo en el respaldo de mi silla, que retrocedió por el peso de esta información. Tengo la sensación de que Wilkins y sus compatriotas me pisan los talones y casi puedo sentir sus manos en mi espalda, forzándome a entrar a una carrera en la que nunca quise participar. O que me saquen por completo de la competencia y me tiren al piso. No puedo esperar para irme de este lugar envenenado. Si no estuviera a punto de terminar mi proyecto y tan cerca de mis últimos días en King's, quizá hoy mismo saldría por esa puerta. Pero antes que nada soy una científica.

Ray me mira fijamente. Cuando veo su expresión avergonzada y sus ojos ansiosos por agradar, me doy cuenta de que tengo que hablarle de mis planes. Ha sido un asistente confiable y un amigo leal, y merece saber que me voy a ir para poder prepararse. Pero mi estómago da un vuelco al pensar en decepcionarlo, como estoy segura de que lo harán estas noticias.

—Ray, tengo que decirte algo.

—¿Sí? —Sus ojos se agrandan; parece tan inocente que me es difícil continuar. Me obligo a decir esas palabras—. Voy a dejar King's. Me voy a Birkbeck a trabajar con Bernal.

¿Escuché que se quedaba sin aliento? Oh, Dios mío, en general soy incondicional cuando se trata de asuntos emocionales, pero esto es desgarrador. ¿Cómo puedo decepcionar a Ray cuando él se ha alzado en mi defensa una y otra vez?

Pasa un momento largo en el que ninguno de los dos habla.

—¿En realidad te parece tan malo? —pregunta con una voz ligeramente temblorosa.

—Debí irme hace mucho tiempo, de no haber sido por ti. Tu apoyo como científico y como amigo es la única razón por la que he durado casi dos años aquí. Y lamento abandonarte ahora.

—Oh, Rosalind.

Se sienta en la silla más cercana.

—Sé que tus esfuerzos por defenderme no han ayudado a que seas el colega más popular en este lugar…

—Por favor, no te preocupes por eso. Tú estás en lo correcto y yo no podía dejar que te quedaras indefensa.

—Ray, en verdad eres muy amable. —Niego con la cabeza—. En ocasiones me pregunto cómo las cosas se degeneraron tanto con Wilkins.

—En ocasiones me pregunto si no comenzó por sentimientos no correspondidos por parte de Wilkins —dice Ray con media sonrisa.

Me quedo sorprendida. ¿Ray está hablando en serio? Seguramente no lo dice en serio. Recuerdo que mis interacciones con Wilkins fueron tensas desde el principio. Pero ¿esto es otro ejemplo de mi confusión? Decido que Ray debe estar bromeando.

—No es gracioso, Ray —digo.

—No estoy tratando de ser gracioso —responde. Mi consternación debe ser evidente porque se apresura a decir—. Sólo es una especulación de mi parte, Rosalind. No tengo ninguna prueba.

—Me alegra mucho escuchar que son sólo conjeturas —exclamo con alivio—, y lamento mucho dejarte atrás, sobre todo cuando estamos tan cerca de finalizar nuestro trabajo y documentarlo.

—La verdad, sólo me entristece que te vayas. Eres la científica más profesional con la que he trabajado, y la más dedicada. Odio que no hayas terminado tu trabajo en el ADN cuando has sufrido tanto para que salga bien.

Hago a un lado el extraño comentario sobre Wilkins y digo:

—No hay razón para que no podamos escribir algunos artículos sobre nuestra investigación antes de que me vaya.

—¿En serio?

Se pone pie de nuevo y el brillo regresa a sus ojos.

—Por supuesto. Creo que podemos publicar dos o tres artículos en *Acta Crystallographica* o en *Nature* sobre nuestros resultados, y haré todo lo que esté en mi poder para ayudarte a terminar tu disertación. Incluso después de que me vaya. Dado el tiempo…

—¿Cuándo te vas? —me interrumpe para preguntar.

—Entre enero y febrero. Sé que todavía necesitas encontrar a un director de tesis para que termines el doctorado, pero estoy segura de que podemos avanzar mucho en tu disertación. Y, ¿quién sabe? Quizá Randall me dejará seguir siendo tu tutora aunque esté en Birkbeck. Me gustaría mucho hacerlo.

—Eso significa mucho para mí, Rosalind.

—Ray, después de todo lo que hemos pasado juntos, nunca te dejaría sola con los lobos. —Sonrío, pero mi sonrisa desaparece cuando pienso en las teorías de Ray sobre Wilkins y sus sentimientos—. Y por lobos hablo de Wilkins y su jauría.

Capítulo 35

12 de diciembre de 1952
Londres, Inglaterra

Los últimos vestigios del sol invernal desaparecen detrás de la fina línea del horizonte que podemos ver desde el ventanal del comedor de mis padres. Papá coloca las manos sobre el menorá centenario de plata brillante que se ha heredado en su familia durante generaciones, en un gesto de plegaria. Antes de que encienda la vela para marcar la primera tarde de Janucá, dice las dos primeras plegarias rituales de acción de gracias: una por santificar a los seguidores de Dios con los mandamientos y otra por brindar milagros a nuestros ancestros. Como no comulgo con la fe de mi padre y pienso que los milagros son más un error de cálculo y un malentendido que otra cosa, es la bendición final, que se dice sólo el primer día de Janucá, la que yo prefiero: *Baruch atah Adonai, Elohenu melech ha'olam, shehecheyanu, v'kiyimanu, v'higiyanu la'zman hazeh.* Si bien no creo que sea Dios quien concede y alimenta la vida, como dice la oración, sí creo en la santidad de la vida. Para mí, la fe es para este mundo: la creencia en hacer nuestro mejor esfuerzo para entender y mejorar la vida; en mi caso, mediante la ciencia, y por eso cierro los ojos y rezo; a quién o a qué, no lo sé.

Mi padre enciende la vela que está en el extremo derecho del menorá, y veo cómo su luz ilumina los diversos rostros de mi familia en crecimiento. Esta noche no sólo están aquí mi querido hermano Colin y su esposa, Charlotte; mi hermana, Jenifer, y mi hermano Roland y su esposa, sino también mi tía Mamie y su marido, Norman, y mi tía Alice. Sólo falta David, que este Janucá tuvo que pasarlo en casa de la familia de su esposa. Miro a cada uno y pienso en lo diferentes que somos, aunque estemos correlacionados, como los diversos componentes del ADN. Si tan sólo pudiera comprender mejor la naturaleza exacta de ambos grupos de enlaces, cuánto conocimiento tendría en mis manos para guiarme por el mundo de mi familia y el mundo invisible de nuestra genética.

Cuando termina la bendición, mamá empieza a quejarse por la comida que le ordenó preparar al cocinero, por la manera en la que las sirvientas empiezan a servir la comida en la mesa, por la aprobación y el placer de mi padre. Como siempre, me avergüenza la manera en la que mamá renuncia a sus opiniones y creencias por las opiniones y creencias de mi padre, aunque parece que a ella no le importa. No por primera vez, me pregunto si esta es la razón por la que la soledad de la vida de los científicos me atrae tanto. Yo jamás podría rendirme de esa manera y jamás tendría ganas de hacerlo, pero parece que eso es lo que el matrimonio requiere.

Incapaz de ser testigo de la preocupación de mamá, camino hacia las anchas ventanas biseladas por las que se ven las copas de los árboles de los jardines de Kensington, a sólo unas cuadras, donde la institutriz de mi infancia, la nana Griffiths, nos llevaba a jugar. Aunque esta tarde oscura y ventosa difícilmente se parece a aquellas tardes alegres y soleadas en el parque cuando retozaba con mis hermanos por el estanque redondo y la estatua de Peter Pan. La casa de mis padres, de cuatro pisos y más cómoda que lujosa, de alguna manera me hace sentir tanto la calidez de mi niñez como el encierro en una jaula demasiado pequeña. De pronto siento la urgencia de irme. Me pregunto qué tan pronto puedo hacerlo sin ofender a nadie.

Más que verlo, siento que alguien llega a mi lado. Volteo y veo el elegante perfil de mi tía favorita, Mamie. Si bien he llegado a apreciar y disfrutar a mi tía Alice desde que regresé a Londres, ya que la cercanía de nuestros departamentos facilita las visitas, admiro el intelecto y el trabajo político que hace la hermana mayor de mi padre, Mamie. El apoyo y el ánimo maternales que Mamie me ofrece significan mucho para mí; reemplazan la aprobación que mi madre oculta, o en cualquier caso la aprobación que imagino que oculta.

Nos sonreímos.

—¿Todo bien, Rosalind? —pregunta.

—Por supuesto, tía Mamie —respondo—. ¿Por qué lo preguntas?

—No te ves del todo bien. ¿Quizá estás exhausta? ¿King's College te está agotando?

—El trabajo es emocionante, pero admito que el entorno, bueno… —Dudo. ¿En realidad quiere revivir eso esta noche? ¿Con mis padres tan cerca? Sonrío a medias y le doy una versión resumida de mi situación—. Creo que sabes qué significa estar en un mundo de hombres.

Su mano cálida descansa sobre mi antebrazo.

—Claro que lo sé, querida sobrina. Trabajar en el Consejo del Condado puede ser una experiencia agotadora cuando eres una de las pocas mujeres e imagino que es lo mismo para ti en ciencia. Pero es un sacrificio que debemos aceptar para hacer el bien y dar el ejemplo.

—Por supuesto, tía Mamie. Eso es precisamente en lo que trato de pensar cuando los obstáculos se acumulan.

—Buena chica —dice; esta vez me da unas palmaditas en el brazo. De alguna manera, cuando la tía Mamie dice esta frase me parece alentador. Pero cuando Watson la pronunció, apenas pude contener la rabia—. Supongo que tienes una gran aventura de invierno que te ayudará a subirte el ánimo. Cada año parece mejor que el anterior.

Me siento reticente en responder. Este año sencillamente no puedo reunir la energía para planear y realizar un viaje. ¿Es el agotamiento debido al estrés por Wilkins o la culpa que siento por dejar atrás a Ray? Todo lo que puedo hacer es terminar esta carrera mientras conservo a mis detractores a distancia y a mis competidores muy atrás de mí. Preparo una respuesta aceptable para mi tía, una que insinúe la verdad sin revelar lo horribles que son mis problemas.

—¿Entre nosotras? No creo poder soportar un sermón más de mi padre sobre mis decisiones.

—Entre nosotras; aunque tu padre cree que te protegerá con sus tradiciones.

Ignoro su explicación sobre los motivos de papá, sé que es con buenas intenciones.

—Esta beca en King's presentó increíbles oportunidades científicas —explico—, pero el precio por ser una mujer de ciencia en esa institución en particular es demasiado. Me ofrecieron un mejor puesto en Birkbeck, en un ambiente más agradable. Pero por el momento tengo que terminar una montaña de investigación antes de que me vaya, en uno o dos meses. Por desgracia, eso me deja muy poco tiempo para las vacaciones.

Por su mirada, es claro que la tía Mamie comprende más mi situación de lo que yo hubiera esperado. En sus labios se empiezan a formar preguntas, pero por suerte, el llamado de mamá me salva.

—¿Rosalind? ¿Mamie? Vamos a empezar a cenar.

Una silla está reservada para mí al extremo de la larga mesa del comedor, frente a mi padre. Ahí, entre mi hermana, mis tías y mis cuñadas, hago el inventario del ágape. Todos los platos acostumbrados de Janucá, desde el aromático *brisket* hasta el crujiente *latkes*, están esparcidos sobre la mesa, junto con la cena inglesa tradicional en caso de que nos cansemos de la comida de la celebración. La luz de la vela parpadea y la vajilla de porcelana brilla; todos parecen iluminados desde el interior por la calidez de la festividad. Es en estos momentos que me pregunto, a pesar de mi amor y compromiso por la ciencia, si elegí el buen camino. ¿Debería seguir el rumbo establecido desde hace años, que mi familia definió para mí, una vida que los nazis robaron a tantas mujeres y hombres judíos en esta última guerra horrible? ¿Les debo a todos ellos continuar con las tradiciones de los Franklin en su nombre?

Entonces, observo cómo estas mujeres se aseguran de que sus maridos y hermanos estén bien servidos antes de servirse sus propios platos y mantienen una vigilancia constante sobre lo que necesitan durante la cena. Incluso Mamie, una verdadera fuerza de la naturaleza en el reino de la política, parece hacerse pequeña en presencia de estos hombres: su voz, sus opiniones, su mismo ser. Yo no puedo llevar esta vida de disminución, aunque a su manera sea una existencia noble y tradicional. Soy una científica, siempre y antes que nada, y debo continuar en su nombre en bien de toda la humanidad.

Capítulo 36

15 de diciembre de 1952
Londres, Inglaterra

«Admítelo», pienso. «Has entrado a la carrera por propia voluntad». No a la competencia a la que me inscribí sin querer cuando entré a King's College, sino a la contienda para terminar mi trabajo antes de irme, así como a la competencia para llevar a Ray a mi lado hasta la meta.

Para hacerlo, tendré que ponerme anteojeras y pasar la mayor parte de mi tiempo en el laboratorio y en mi oficina, arriesgándome a la cólera de papá. Tendré que rechazar cenas familiares, tomar el té con mis tías, los eventos sociales obligatorios de la organización de beneficencia favorita de papá, el Colegio de Hombres Trabajadores, e incluso las salidas con Ursula, con quien en general nunca cancelo. Tengo que estar enfocada. Sólo las solicitudes de Randall pueden desviarme de mi tarea, ya que no quiero dejar pendiente ninguna obligación de las que tengo con él y con King's que pueda tenerme atada a este lugar.

Ray y yo andamos por ahí como animales en un zoológico, esperando a los visitantes. La reunión anual del Comité de Biofísica del Consejo de Investigación Médica se celebra hoy en King's y los científicos deben estar disponibles después del almuerzo, de dos a cuatro de la tarde, para responder las preguntas de los miembros del comité y darles un recorrido por nuestros laboratorios. Tenemos que ser encantadores, brillantes y estar excepcionalmente a la altura de los proyectos descritos en el informe presentado esta mañana a los miembros del comité. Preparar esos materiales por orden de Randall me ha provocado una inquietud exagerada; odio comunicar datos que utilizaré en mis publicaciones. Pero ¿qué otra opción tengo? Todo esto es parte del proceso de obtener los fondos necesarios para mantener la unidad a flote.

No puedo esperar a que el día termine. Volteo a ver a Ray; lleva su bata de laboratorio almidonada y vuelve a presentar sus experimentos. Parece tan incómodo como yo me siento. No puedo evitar lanzar una carcajada ante lo ridículo de esta actuación y se vuelve contagiosa. Ray y yo estamos prácticamente doblados de risa cuando escucho que alguien entra al laboratorio.

—Pero ¿qué es esto? No acostumbro ver a mis científicos tan divertidos. Tengo que preguntarle al profesor Randall cuál es su secreto.

Una voz profunda con acento alemán resuena en la habitación. Volteo hacia la puerta y veo a Max Perutz, de Cavendish, que entra al laboratorio. ¿Qué hace aquí? ¿Acaso es parte del Consejo de Investigación Médica o del Comité de Biofísica?

—Aquí nos emocionamos con nuestros descubrimientos —respondo con la sonrisa aún en el rostro.

—Por eso vine aquí directamente después del almuerzo. Leí el informe esta mañana y tengo mucha curiosidad sobre su investigación —dice Perutz. Luego, como respondiendo a mi pregunta no formulada, agrega—. Soy miembro del comité.

De inmediato me tenso. Perutz no estaba muy interesado en mi investigación durante la conferencia en Cavendish hace año y medio. ¿Qué cambió? ¿De alguna manera mi trabajo se ha vuelto más interesante para él o está aquí en función oficial del comité? ¿O algo más se avecina, como sugirió Ray?

—Para eso estamos aquí —interviene Ray, siempre consciente de mi estado de ánimo—, para responder sus preguntas.

—¿Y usted es…? —pregunta Perutz en tono malicioso.

Muy pocas cosas pueden minar la afabilidad de Ray y un tono indulgente no es una de ellas. He llegado a admirar esta cualidad; me gustaría ser igual de inmune ante las faltas de respeto.

—Mi nombre es Raymond Gosling —responde con una sonrisa triunfal—, y tengo el honor de ser el asistente de la doctora Franklin.

Perutz asiente distraído, como si en realidad no le importara quién es Ray, y dirige su intensa mirada hacia mí.

—Por la descripción en el informe, parece que está a punto de hacer un descubrimiento importante, señorita Franklin, si es que no lo ha logrado ya.

—¿A qué se refiere exactamente, doctor Perutz?

Hago énfasis en la palabra «doctor» para resaltar el hecho de que él me llamó «señorita», en lugar de usar mi título «doctora». Adivino que le gustaría escuchar detalles minuciosos sobre la estructura del ADN, pero no quiero abrir debate a su pregunta. Esta es precisamente la razón por la que me sentí incómoda al escribir el informe para Randall; prefiero compartirlo públicamente con la comunidad científica cuando esté terminado por completo y publicado en una revista. Punto.

—Le agradecería que me hablara de los eventos que la llevaron a descubrir los tipos A y B del ADN; los procesos por los cuales estudió ambos tipos, incluida su cristalografía y los análisis matemáticos y científicos de las imágenes; más información sobre las células elementales además de los datos que incluyó en su informe. ¿Quizá podría hablarme de la longitud, anchura y ángulos de la célula elemental?

¿Por qué razón Perutz desea este tipo de detalles minuciosos? La única explicación posible por la que un científico desearía este nivel de descripción es que los datos le son útiles en algún sentido; sin embargo, el jefe de la unidad de Perutz, el famoso Lawrence Bragg, tiene un pacto de caballeros con Randall de que no trabajarían con ADN. «¡Qué misterio!», pienso. No puedo pedirle a Perutz una explicación sin insultarlo, pero me siento demasiado incómoda de darle más información. Ray observa mi reacción y veo cómo abre la boca para responder en mi lugar. Pero sé que soy yo quien debe contestar.

—Me gustaría poder ser más útil, doctor Perutz; por desgracia, nuestro trabajo con esos elementos aún está en proceso. Sería prematuro, y me atrevería a decir que incluso poco profesional, compartirlo ahora. —Sonrío, esperando que no parezca una mueca—. Dicho esto, con mucho gusto puedo hablarle en general de los temas que cubre el informe y mostrarle nuestro equipo.

Por la manera en la que arquea las cejas y me evita, es obvio que tomé a Perutz desprevenido. Como jefe del laboratorio más importante de la Universidad de Cambridge, supongo que no está acostumbrado a que la gente rechace sus solicitudes; en particular si son mujeres.

—Entonces, ¿podemos esperar que muy pronto abunde en este informe con la publicación de un artículo en una revista científica?

—Tan pronto como sea científicamente apropiado.

Asiente y da media vuelta para salir del laboratorio. Justo cuando estoy a punto de lanzar un suspiro de alivio, voltea hacia mí como si se le hubiera ocurrido una idea en ese preciso momento. Como si, para empezar, su siguiente pregunta no hubiera sido la razón por la que entró en mi laboratorio.

—¿Puedo ver algunas de sus imágenes cristalográficas? Me han dicho que son excepcionales.

Echo un vistazo rápido a Ray y me doy cuenta de que estamos pensando lo mismo. Muy poca gente ha visto nuestras imágenes cristalográficas de rayos X; la cantidad de personas que pudieron hablar con Perutz de la calidad de las imágenes es mínima.

—Qué hermoso cumplido, doctor Perutz. ¿Quién le habló de ellas?

Pertuz se sonroja de pronto. En lugar de nombrar a Randall como el fanfarrón que divulgó la información sobre mis fotografías, como yo sospechaba, tartamudea:

—No… no lo recuerdo.

¿Será posible que Randall no sea quien le habló de la fotografía 51 y las otras similares?

—Qué extraño. Bueno, cuando sea científicamente apropiado compartir nuestras… —Miro a Ray— … imágenes con la comunidad en general, me aseguraré de que usted sea el primero en tener acceso a ellas.

Capítulo 37

28 de enero de 1953
Londres, Inglaterra

Esta tarde, la hora del té no es alegre como de costumbre. Cuando llego a la sala de conferencias, el estado de ánimo de Randall no me parece extraño o diferente, pero estoy distraída por los diseños en mi mente para la elaboración de mi modelo; por fin siento que la investigación está lista para el siguiente paso. Pero sin duda Ray sí advierte el estado de ánimo de Randall.

—El rey John está molesto por algo —murmura a mi oído.

Miro a Randall, estoy de acuerdo en que se ve raro. Camina alrededor de la mesa de té en lugar de conversar alegremente como acostumbra. Freda, quien está de pie junto a nosotros, agrega:

—Sin duda. Parece inquieto o incluso molesto.

Cómo me hubiera gustado que nuestros caminos, el de Freda y el mío, se hubieran cruzado más, y menos con el de Wilkins y sus compinches. Mi experiencia en King's habría sido muy distinta.

—Vengan todos —nos llama Randall.

Los murmullos de las conversaciones cesan y tanto científicos como asistentes nos dirigimos a la mesa de té donde Randall es el centro de atención. Echo un vistazo alrededor para saber dónde está Wilkins; lo advierto en la periferia, flanqueado por sus aliados habituales.

249

—Hoy recibí información inquietante de nuestros colegas de Cavendish.

Ray y yo nos miramos y me pregunto si está pensando lo mismo que yo. ¿Esta información inquietante explicaría la extraña visita de Perutz a mi laboratorio?

—Desde hace algunas semanas han estado circulando rumores de que Linus Pauling —Randall pronuncia el nombre como si fuera una maldición, para que no quede duda de lo que nuestro supervisor piensa de ese hombre— ha centrado su atención en el ADN, en lugar de las proteínas. No le di mucho crédito a este chisme hasta hoy, cuando tuve noticias de sir Lawrence Bragg, de Cavendish. Me dijo, en términos claros, que en las próximas semanas Pauling publicará un artículo sobre la estructura del ADN, en *Proceedings of the National Academy of Sciences*.

«No», pienso. ¿Cómo pudo Pauling resolver el acertijo antes que nosotros? No cabe duda de que ha estado trabajando exclusivamente en la proteína hasta hace poco, y es indudable que carece de evidencia cristalográfica de rayos X de la estructura del ADN, puesto que pidió mis imágenes. ¿Cuál es la prisa de este apreciado científico por responder el enorme misterio, puesto que no lleva mucho tiempo abocándose a él? ¿En qué datos se está basando para elaborar uno de sus famosos modelos? Hasta donde sé, yo soy la única que cuenta con esos datos.

—¿Cómo sabe Bragg lo que está haciendo Pauling? —grita alguien—. No es que sean grandes amigos.

Este comentario sobre la rivalidad que existe desde hace mucho tiempo entre Bragg y Pauling es un punto válido. ¿Por qué Bragg tendría información sobre el artículo de Pauling?

Luego recuerdo.

—Peter, el hijo de Pauling, trabaja para Perutz en Cavendish, bajo la dirección de Bragg. Sir Lawrence lo escuchó directamente de la fuente, gracias al hijo de la fuente. Así que creo que no puede haber duda —dice Randall.

El silencio respetuoso de la sala de conferencias se interrumpe con el parloteo que provoca la noticia en toda la unidad. Randall levanta la mano.

—Silencio, todos. No he terminado. Son noticias inquietantes, por decir lo menos, sin mencionar que es curioso. Antes de hablar más sobre las repercusiones para nuestra propia unidad, quiero compartir con ustedes lo que yo creo que dirá ese artículo. Debemos entender con qué estamos lidiando aquí.

Randall carraspea y me doy cuenta de que tengo un nudo en el estómago. ¿Cuáles son las hipótesis de Pauling sobre el ADN? He afirmado mil veces que la ciencia no es una competencia; sin embargo, no quiero que Pauling gane esta carrera sin haber trabajado tanto como Ray y yo. Contradice mi idea de justicia y juego limpio, en particular porque ya casi no me queda tiempo aquí. Incluso le pedí a Bernal unas semanas más, después del 1 de enero, la fecha original en que debía empezar, para poder terminar mi trabajo sobre el ADN antes de irme a Birkbeck, y dudo poder obtener más.

—Aparentemente, Pauling cree que la estructura del ADN es un hélice de triple cadena con los fosfatos al centro. Construyó uno de sus famosos modelos en ese sentido. —El desdén es evidente en el tono de Randall.

Una hélice, sí, en eso acierta, aunque no estoy segura de cómo lo hizo sin contar mis imágenes. Pero ¿triple cadena? ¿Los fosfatos en el centro? Esos son los mismos errores que cometieron Crick y Watson cuando construyeron su modelo lamentable. Quiero gritar «¡hurra!», pero en su lugar le lanzo una pequeña sonrisa a Ray.

Mi leal asistente no me devuelve la sonrisa, sino que le hace una pregunta a Randall.

—¿Son fosfatos ionizados o no?

Sólo él y yo podemos comprender en realidad las implicaciones de la respuesta a esta pregunta. Si los fosfatos no fueron ionizados al agregar la carga eléctrica que los fosfatos obtienen del agua, entonces esa es otra razón más por la que el modelo de Pauling está mal.

Randall mira sus notas, distraído.

—No lo creo —responde—. Pero voy a verificarlo.

Ray y yo nos miramos, entusiasmados por los errores de Pauling. No será el primero en revelar la verdadera estructura del ADN, sin hablar de lo que le pasará a su reputación. Aunque quizá tengamos que dejar que la comunidad científica eche por tierra el modelo de este gran hombre, sabemos que Pauling está por completo equivocado y que aún tenemos una oportunidad. Y estamos tan cerca.

El propio Randall no se da cuenta de la magnitud de lo que acaba de decir.

—Pauling expone argumentos convincentes sobre la importancia del ADN, que dice que es comparable con la de las proteínas, y del papel que juega en la transmisión de características hereditarias, la materia misma de la vida. —Respira hondo y continúa—. Obviamente, esta noticia sobre el artículo de Pauling es desalentadora en sí misma. Pero hay más: existe una consecuencia complementaria y desagradable de esta publicación pendiente.

«Oh, no», pienso. Espero que no sea lo que me estoy imaginando; porque la consecuencia que estoy pensando es mucho, mucho peor que el hecho de que Pauling publique un artículo con errores graves sobre la estructura del ADN.

—Parece que Lawrence Bragg decidió que, como perdió parte de la carrera de la proteína contra Linus Pauling hace algún tiempo, no tiene intenciones de perder de nuevo, esta vez en la competencia por el ADN. —La furia aumenta en la voz de Randall con cada palabra—. Por lo tanto, Bragg decidió ahora romper el pacto de caballeros que hicimos, entre King's y Cavendish. Anuló la prohibición en Cavendish que impedía que sus científicos trabajaran en ADN, sin importar que nosotros hemos estado trabajando en eso durante años y que ya casi lo terminamos.

Alguien lanza un grito ahogado. Honestamente, me asombra que la sorpresa no sea colectiva. Porque romper un acuerdo de caballeros entre científicos para hacerse de una investigación en curso en otro laboratorio sencillamente no se hace.

—A partir de este momento —continúa Randall—, los dos laboratorios entrarán a la competencia para determinar la estructura del ADN… uno contra otro.

Capítulo 38

30 de enero de 1953
Londres, Inglaterra

Mi laboratorio está oscuro. Cerré las persianas y las puertas para asegurarme de que nada interfiera con la precisión de mi examen. Quiero que los puntos y las manchas en la película me hablen en su lenguaje, que me confíen los secretos de su estructura. «Tenemos que apurarnos», les murmuro. «El tiempo se está agotando».

Pongo una fotografía sobre la caja de luz. Me concentro en los patrones, ante mis ojos se despliegan espirales y las cadenas que los vinculan y los unen. De pronto, no puedo ver nada. La luz en mi laboratorio es enceguecedora y mi revelación se esfuma.

Entrecierro los ojos para ajustarlos a la luminosidad y volteo hacia la puerta del laboratorio. Veo una silueta desgarbada, coronada por cabello rizado. Cuando mi visión se aclara reconozco a la persona que se atrevió a entrar a mi laboratorio, sin invitación, sin siquiera tener la cortesía de tocar: James Watson.

—¿Qué hace aquí? —espeto.

Por una vez, no me reprendo por no moderar mi lenguaje. Watson se merece cada comentario cortante de mi parte por su rudeza en este momento y por usar desde hace mucho tiempo ese tono condescendiente conmigo.

—Buenos días a usted también —responde con su acento estadounidense nasal.

Decido ignorar su grosera respuesta.

—¿Le puedo ayudar?

—Rosy, no estoy aquí exactamente por accidente, ¿sabe?

—No me llamo Rosy.

Frunce el ceño, confundido.

—Le pido disculpas, pero honestamente pensé que así la llamaban.

No percibo burla en su tono, pero eso no significa que debería darle el beneficio de la duda. Después de todo, sé de dónde proviene el apodo de Rosy y puedo imaginar muchas discusiones despectivas sobre mí con unos tragos de cerveza en un *pub* de Cambridge.

—Me llamo Rosalind Franklin y en todo caso la relación entre usted y yo no es como para llamarnos por nuestro apodo. Puede llamarme doctora Franklin.

Es muy raro que yo insista en este apelativo formal, pero de algún modo con él, ahora, me parece absolutamente necesario.

—Muy bien, pues, doctora Franklin, hoy no estoy en su oficina por accidente.

—Aunque está aquí sin previo aviso.

—Disculpe que la interrumpa, pero las luces estaban apagadas y la puerta entreabierta.

—Estoy absolutamente segura de que la puerta no estaba entreabierta. Yo misma cerré a propósito todas las aberturas para usar mejor mi caja de luz. En realidad, usted abrió la puerta sin tocar y luego entró cuando vio que el laboratorio estaba a oscuras, creyendo que no había nadie.

Watson se queda de piedra y aprovecho el momento.

—La deducción parece sencilla: usted no me estaba buscando a mí, sino algo en mi laboratorio —agrego.

Adivino qué lo atrajo hasta aquí: mis notas y mis fotografías. El tipo de datos que le ayudarían en su competencia, ahora que

Cavendish ha entrado a ella oficialmente; aunque sospecho que en secreto han estado compitiendo todo este tiempo. Pero no me atrevo a ir tan lejos, ni siquiera con Watson. Mis acusaciones incendiarias no tienen prueba.

—Se equivoca. —Mete la mano a su mochila y saca una montón de papeles enrollados—. Vine a ver si le gustaría leer el manuscrito de Pauling. La pipa de la paz, si quiere verlo así.

Si bien es cierto que me gustaría leer el artículo antes de su publicación, no le daré a Watson ese gusto. Esta oferta del manuscrito de Pauling es sólo una treta, una simple cortina de humo para explicar su presencia no autorizada en mi laboratorio. ¿Me toma por una tonta?

—No necesito leer el artículo de Pauling para saber que todo está mal.

—¿No?

Parece sorprendido. Estoy segura de que se abalanzó a la primera oportunidad para leer el manuscrito de Pauling y que hasta ahora está empezando a comprenderlo. Su conocimiento y experiencia con el ADN son someros.

—No. —Me permito lanzar una risita—. Su modelo es idéntico al de usted y ese no podía ser más erróneo.

Su rostro, generalmente infantil, se contrae de furia.

—Usted no sabe nada. Es incompetente para interpretar imágenes cristalográficas. Si tuviera alguna idea, aprendería teoría y llegaría a la conclusión de que el ADN tipo A y tipo B son hélices y de que cualquier divergencia en las imágenes tiene que ver con la estructuras helicoidales insertadas en las escaleras cristalizadas. Sus malditos e incesantes rayos X y su obsesión por los datos duros no importan.

Sus palabras me dejan atónita. ¿De dónde viene esa furia y ese torrente de insultos? ¿Proviene de alguna diatriba de Wilkins que Watson ha adoptado como propia, o se origina en las propias inseguridades de Watson? Es más que poco profesional, es grosero e insultante al extremo. Me invade una ola de ira, pero es mayor lo cómico de la situación, este novato sin experiencia que me acusa de incompetente, y empiezo a reírme.

—Es ridículamente gracioso viniendo de usted, quien debe ser el único científico que no muestra respeto por los datos duros. Sin duda usted, un cristalógrafo de talla mundial, ha trabajado arduamente en la investigación y experimentación con ADN, ¿cierto?

—digo, pero una vez que la risa disminuye, decido que ya fue suficiente fingir que soy ajena a lo que está pasando aquí—. Cómo se atreve —agrego caminando hacia él—. Cómo se atreve a entrar a hurtadillas en mi oficina y, cuando lo sorprendo, pretende ofrecerme un regalo sólo para difamarme. Este es mi laboratorio, es mi unidad de biofísica, y usted lo invadió y me invadió a mí.

Me acerco un paso más, pero él no se mueve. Mide más de 1.80 metros, es mucho más alto que yo, y empiezo a preguntarme si estoy cometiendo un terrible error. Ray no regresará sino hasta más tarde, y según señaló Randall, esta habitación está aislada. ¿Alguien me escucharía si gritara? ¿Watson haría algo que me hiciera gritar?

No puedo pensar en eso ahora. Debo actuar a toda velocidad.

—Creo que los dos sabemos por qué está aquí. Bragg abolió la prohibición sobre la investigación de ADN y de pronto usted está omnipresente en King's, el centro de la investigación de ADN. Eso no puede ser una coincidencia. Ayer lo vi aquí y dos días antes también. De hecho, el profesor Randall ya está tan cansado de que usted esté merodeando en nuestra unidad —hago una pausa para que entienda esta pequeña información, su enemistad con el famoso Randall—, que le ordenó a Wilkins que no le quitara la vista de encima.

Sus ojos se abren como platos al escuchar esto, pero sigue presionando.

—¿De qué me estás acusando, Rosy?

—¿De qué eres culpable, Jimmy?

Una voz de hombre hace eco en el pasillo vacío fuera de mi oficina. Nada me gustaría más que ver a Randall aparecerse en mi puerta en este momento. Sobre todo porque él y yo tuvimos una plática muy interesante en la que le expliqué por qué el modelo de Pauling y su manuscrito eran erróneos. Cuando lo hice, el pésimo humor de Randall desapareció y me dio carta blanca para que me apurara a terminar mi trabajo. Vuelve a considerar la victoria como una posibilidad en una carrera que sigo sin querer competir.

Pero sospecho que la presencia de Randall en el laboratorio es precisamente lo que Watson teme, en particular porque Randall llegaría a las mismas conclusiones que yo ahora; por eso, al escuchar esa voz Watson cruza a zancadas el laboratorio y sale sin decir otra palabra.

Capítulo 39

31 de enero de 1953
Londres, Inglaterra

El sol no ha terminado de salir cuando abro la puerta de mi oficina la mañana siguiente; es sábado, un día en el que cada vez me cuesta más trabajo levantarme temprano. En general no cierro con llave ni mi oficina ni mi laboratorio, pero mi altercado con Watson el día anterior me dejó preocupada. ¿Qué tan determinado está en ganar la carrera del ADN ahora que Bragg le ha dado permiso de hacer el trabajo y que la teoría de Pauling es errónea? ¿Sería capaz de consultar mi investigación sin mi permiso? ¿Qué tan lejos llegaría? Watson se ve a sí mismo cruzando la línea de meta en primer lugar, con Crick y quién sabe quién más a su lado. Lo sé, pero necesita datos, y yo soy la única que los tiene.

Recorro con la mirada mi oficina y el laboratorio para asegurarme de que todo está en orden, todo parece estar en su lugar. Después de prepararme un café estilo *labo*, me dispongo a empezar un largo día de trabajo. Bernal estuvo de acuerdo en retrasar mi fecha de inicio en Birkbeck hasta mediados de marzo, pero no más, y necesito completar los modelos de los tipos A y B, sin mencionar que debo terminar tres artículos que cubran mi trabajo en King's y que se publicarán en coautoría con Ray en abril. El primer artículo anuncia mi descubrimientos de los dos tipos de ADN y las condiciones para el cambio de la forma seca a la cristalina, junto con las imágenes más claras que Ray y yo tomamos de ambos tipos. El segundo comparte todos los datos de cristalografía de rayos X y las medidas del tipo A que Ray y yo obtuvimos en los últimos seis meses; y el último artículo resume nuestra investigación sobre el tipo B. Cada uno es único e importante en sí mismo y bien podría derrotar a Watson, a Crick y a cualquiera en Cavendish.

Mientras clasifico montones de datos de distintos documentos, escucho que una puerta se azota en el pasillo. Me paralizo y de pronto me aterra que pueda ser Watson de nuevo. Mi tensión disminuye al recordar que para entrar al edificio es necesaria una llave y que muchos científicos vienen los sábados.

Sólo cuando Ray asoma la cabeza en mi oficina unos segundos después puedo relajarme por completo.

—¡Gracias a Dios eres tú! Me preguntaba quién estaba merodeando en el corredor —exclamo como saludo.

—Qué bueno que estás aquí.

Me río, pero el humor de su comentario se le escapa.

—Siempre estoy aquí los fines de semana, Ray.

—Cierto. Debí saberlo —responde con su sonrisa habitual.

—Sí, debiste saberlo. ¿Qué te trae aquí esta mañana? —pregunto sin dejar de clasificar datos.

Se sienta en la silla frente a mí y al montón de papeles, con la cabeza entre las manos. No me responde.

Dejo de organizar mi material de investigación y observo a Ray. Tiene los ojos inyectados en sangre, ya sea por lo temprano que es o quizá por haber bebido mucha cerveza anoche, no podría decirlo. Aparte, hay cierta pesadez en él, algo discorde con la ligereza que en general lleva consigo a cada habitación a la que entra. Algo está muy mal.

—¿Qué pasa, Ray? ¿Estás bien?

—No estoy seguro —responde con voz temblorosa.

—Puedes decirme.

Respira profundamente.

—Es una historia en dos partes, pero no había entendido cómo las piezas del rompecabezas engranaban hasta anoche.

—Dime. Estoy segura de que no es tan malo como piensas.

—No, estoy muy seguro de que sí. Anoche fui al *pub* con Wilkins y sus amigos, como siempre hago. Pero llegó alguien nuevo: ese tipo Watson.

—¡Oh, no! —exclamo.

Debí decirle sobre mi encuentro con Watson ayer en la tarde. No lo hice porque pensé que el siempre valiente Ray habría podido darle un puñetazo al tipo si se lo encontrara en los pasillos de King's. Nunca hubiera creído que Wilkins llevara a Watson al *pub*, no después de la reacción de Randall.

—Oh, sí. Después de unas cervezas, a Watson se le soltó la lengua. Empezó a fanfarronear sobre cómo su equipo en Cavendish, sobre todo él y Crick, iban a construir un modelo perfecto de ADN, primero del tipo B y luego una forma helicoidal del tipo A. Lo provoqué y me burlé de él un poco con base en los errores garrafales de su primer modelo. Pero eso lo estimuló, eso y las cervezas, claro, y empezó a hablar sobre cómo y por qué este modelo sería diferente.

Me inclino sobre el escritorio, ansiosa por escuchar qué sigue. ¿Por qué se siente mal por compartir estas noticias? ¿Será porque se desvió de su carácter amable acostumbrado para provocar a Watson? Este tipo de información interna es la única razón por la que aprecio sus salidas al *pub* con Wilkins.

—Luego Watson mencionó el informe de nuestra unidad, el que nosotros preparamos para el Consejo de Investigación Médica. De ahí sacó todo tipo de datos que piensa usar para su modelo, nuestros datos.

Siento náuseas.

—¿Cómo obtuvo el reporte? Se supone que es privado, sólo para los miembros del comité.

—Perutz —decimos al mismo tiempo.

Obviamente, el jefe de la unidad de biofísica para la que trabajan Watson y Crick facilitaría ese informe a sus científicos clave una vez que Bragg derogó la prohibición sobre el trabajo de ADN. Aunque no era correcto hacerlo porque Watson y Crick definitivamente no pertenecen al Comité de Biofísica del Consejo de Investigación Médica.

En mi mente aparece la imagen de Perutz y pienso mejor en mi suposición.

—Pero Perutz parece honesto. Me parece difícil creer que haya cruzado los límites y se lo haya dado a Crick y a Watson. ¿Acaso Wilkins pudo hacerse del informe y dárselo a ellos?

—También lo pensé, pero, antes que nada, no estoy seguro de que Wilkins tuviera el informe final. Sin mencionar que él también estaba ahí durante este intercambio y no vi ninguna señal de culpa en su rostro o miradas sospechosas entre Watson y Wilkins.

Confío en el criterio de Ray, es un excelente juez de carácter. Me pongo de pie y empiezo a caminar por la oficina.

—Cualquiera que haya sido la manera en la que Watson lo obtuvo, eso le da a él y a Crick un avance que no merecen. Pero ¿qué podemos hacer? ¿Pedirles a Crick y a Watson que renuncien? Imagino que se negarán a aceptar que lo tienen. ¿Deberíamos quejarnos con Randall?

—Randall odia las quejas.

—Cierto. Pero ¿compartir sin autorización información científica cuenta como queja?

—Supongo que tienes razón.

—Espero que Crick y Watson no tengan el informe del Consejo de Investigación Médica, pero es importante recordar que, aunque sea así, este sólo contiene datos de muy alto nivel. No estoy segura de que proporcione los detalles que necesitan. —¿Digo esto para sentirme mejor o para calmar a Ray? Porque algo me sucede en ese momento—. Pero sí contiene algunas medidas preliminares sobre la columna vertebral exterior de la hélice en la que supuestamente se adaptan las bases. Esa información podría serles útil si en realidad se aventuran a elaborar otro modelo.

—¡Oh, no! —masculla Ray casi para sí mismo y luego mira al suelo—. Lamento decirte que todavía hay más, Rosalind. Esa era sólo la primera parte de esta terrible historia.

—No.

Vuelvo a sentarme. ¿Qué puede ser más terrible que las noticias que acaba de darme?

—¿Recuerdas que Randall rechazó tu solicitud de dirigir mi disertación después de que te fueras?

—Por supuesto —respondo.

Si bien sabía que era poco ortodoxo para un científico supervisar la tesis de un candidato a doctorado una vez que sale de la universidad que otorga el grado, pensé que Randall podría hacer una excepción con Ray y conmigo puesto que mi investigación y su tesis están muy avanzadas. Aunque la negativa de Randall no me sorprendió.

—Bueno, necesito a otro supervisor y el único candidato posible es Wilkins. —Hace una mueca ante este mal necesario—. La semana pasada me reuní con él y me pidió revisar mi progreso para ver si podía con la carga de trabajo para supervisarme.

—Eso es normal.

—Sí. —Asiente; mi confirmación no aligera su estado de ánimo—. Revisamos mis cuadernos y nuestras imágenes. Pasó mucho, mucho tiempo estudiando la fotografía 51 y ahora empiezo a lamentar habérsela enseñado.

—Tenías que darle acceso, Ray, de lo contrario no habría aceptado ser tu mentor.

—Cierto. —Hace una pausa, respira profundo otra vez y luego continúa—. Pero temo que la familiaridad de Wilkins con nuestras imágenes haya tomado un giro desagradable anoche.

—¿Qué quieres decir?

265

—Después de que Watson afirmó que había tenido acceso al reporte del Consejo de Investigación Médica, él y Wilkins pidieron otra ronda de cervezas y empezaron a hablar en voz baja. Se separaron del grupo para que yo no pudiera escuchar lo que decían. Pero unos minutos después se despidieron y oí que Wilkins murmuraba a uno de sus chicos que necesitaba ir al laboratorio porque había olvidado algo. Luego Watson y Wilkins se marcharon juntos.

Ray se calla y supongo que esta es la revelación a la que trata de llegar. Pero no tiene el efecto impactante que él había anticipado.

—¿Entonces? —pregunto.

—Esta es la segunda parte de la historia. No tengo pruebas, pero sospecho que Wilkins le enseñó a Watson algo de nuestra investigación. No sé si fueron nuestros cuadernos o nuestras imágenes.

Ahora lo veo y mi malestar se convierte en náuseas. ¿Ahora Watson tiene no sólo el informe del Consejo de Investigación Médica, sino también el fruto de nuestro trabajo? Entonces, recuerdo algo maravilloso.

—No te preocupes, Ray. Anoche cerré con llave las puertas del laboratorio y de mi oficina —digo; y le cuento todo el incidente con Watson—. Después de todo, no tienes que preocuparte de que Wilkins le muestre a Watson nuestra investigación.

La expresión de Ray no cambia. Si acaso, parece más abatido.

—Rosalind, tú no eres la única que tiene la llave.

Capítulo 40

23 de febrero de 1953
Londres, Inglaterra

Pasan tres semanas agitadas de trabajo constante, con los perros de caza de Cavendish como espectros pisándonos los talones como si estuviéramos en la novela *El sabueso de los Baskerville* de Arthur Conan Doyle. ¿Qué más podemos hacer Ray y yo? No tenemos más opción que seguir adelante. Sin ninguna prueba contundente del ilícito, no podemos actuar sólo con nuestras sospechas. Ningún verdadero científico hace jamás afirmaciones sin pruebas, y antes que nada somos científicos.

Mi partida está decidida para el viernes 13 de marzo y no puedo postergar Birkbeck un día después del lunes 16 de marzo; Ray y yo nos las arreglamos para terminar nuestros dos artículos para *Acta Crystallographica*, así como el tercero para *Nature*, y los presentamos para publicación en abril. Solicité que lo publicaran antes, pero la revista nos dijo que era imposible debido a compromisos anteriores. Esperamos que nuestros artículos, que revelan varios nuevos descubrimientos sobre la estructura del ADN, se publiquen antes de que Cavendish presente cualquier cosa que hayan preparado a espaldas de nuestra investigación. Cuando el artículo de Pauling en *Nature* recibió la suerte de crítica científica que esperábamos, la carrera por la estructura del ADN se ha limitado a nosotros y a Cavendish.

Mientras tanto, Ray y yo empezamos a elaborar modelos. Con nuestra abundancia de datos en ambos tipos y una revisión general final de toda la información científica, veo que tanto el tipo A como el B son, en verdad, dos cadenas helicoidales. Con esta conclusión, ganada con tanto trabajo, empezamos la etapa final: construir los pares de los componentes de ADN: adenina, citosina, guanina y tiamina para determinar qué pares se ajustan a los diámetros que establecí. Al colocar la columna vertebral del fosfato en la parte exterior y las bases en el centro espero ver surgir el patrón para descubrir el secreto de los rasgos que se replican y se difunden. Sé que ya casi lo logro; casi puedo ver la solución por el rabillo del ojo. Sólo necesito continuar con mi trabajo, asignar el tiempo necesario y las respuestas de la operación de las uniones se me revelarán. Me siento optimista al saber que el secreto de la vida está casi al alcance de mi mano.

Para consternación de mamá y papá, quienes han rogado verme, el único descanso del trabajo que me permito es visitar a Adrienne, quien está en Londres por una temporada para dar una presentación. Salgo de la oficina muy temprano y sin escrúpulos para tomar té con ella en su hotel, el St. Ermin's, y paso rápidamente a la casa para cambiarme por uno de mis vestidos de moda que no están tan gastados. Abro mi clóset y miro los cuatro vestidos de tonos brillantes pensando en lo abandonados que parecen. ¿Cuándo me puse por última vez algo distinto a mis blusas blancas, faldas oscuras y batas de laboratorio? ¿Fue en la cena de Janucá de diciembre? Ha pasado tanto tiempo que no puedo recordarlo con claridad.

Me pongo un vestido elegante; me sujeto el cabello a los lados con peinetas; me polveo la nariz; me pinto los labios, usualmente pálidos, de rojo escarlata y me miro al espejo. Qué demacrada estoy. ¿En qué momento adelgacé tanto y mi aspecto es tan cansado? Las ojeras debajo de mis ojos parecen marcadas con carbón. Tendré que llamar a Ursula para preguntarle si puede recomendarme algún maquillaje que me ayude con esto.

Aun así, estoy más lista que nunca para reunirme con mi mentora. Cómo me gustaría que viviera en Londres. ¿Su consejo sabio y tranquilo habría ayudado a evitar la terrible situación en la que me encuentro en King's? Aunque Anne, Vittorio y Ursula, incluso Colin y su esposa, han escuchado mis problemas y los han comprendido, la mano firme y orientadora de mi mentora, quien conoce muy bien a los personajes y a las instituciones, así como mi insostenible posición, hubiera sido invaluable.

Salgo de un salto del taxi, paso frente al portero y entro al vestíbulo del hotel St. Ermin's. Si bien no es tan lujoso como el Savoy, donde me he reunido con la familia Franklin en innumerables ocasiones para el té, es un lugar atractivo con mucha historia. Advierto a Adrienne; está sentada al otro lado del vestíbulo, frente a una mesa para dos personas cerca de la chimenea de mármol.

Lanzamos un grito y nos abrazamos por esta reunión que teníamos pendiente desde hacía tanto tiempo. Cuando nos sentamos, de pronto siento vergüenza de hablar de los últimos acontecimientos en la competencia del ADN. ¿Qué pensará Adrienne? ¿Acaso ella no ha logrado durante muchas décadas en su carrera evitar el maltrato que yo vivo? ¿Será posible que yo haya hecho algo mal, que haya dado un paso en falso que acabara en esta hostilidad insalvable con Wilkins y los científicos de Cavendish? Temo que, de alguna forma, yo también he contribuido en el tenor de esta carrera por el ADN.

En su lugar, en mi descuidado francés concentro nuestra conversación en su trabajo y su hija. Cuando se agota la plática sobre Adrienne, con una destreza poco común cambio el tema a París, la política, el arte y la ópera, cualquier cosa que no sea King's y el ADN.

—¿Crees que no me hado cuenta de que hablas de todo salvo de ti? —pregunta—. Empecemos con tu familia.

—Están bien. Quiero decir, siguen igual.

—¿Te refieres en lo que respecta a ti?

—Sí. Siguen desconcertados por mi dedicación a la ciencia y preocupados por la cantidad de horas que trabajo.

Lanza una risita.

—¿Cómo va tu trabajo científico?

Suspiro y me vengo abajo. He vertido toda mi energía en la fachada que trato de conservar para Adrienne y ahora que me llama la atención me desinflo como un globo.

—¿Por dónde empezar?

—¿Qué tal por donde acabaste la última vez? Cuando estuviste en París, en diciembre de hace un año. Las cartas que enviabas eran breves y no me daban la imagen completa.

París. La sola mención de ese lugar me provoca una mezcla confusa de alegría y desesperación que me recorre por completo. El *labo* colegiado; el respeto de mis colegas femeninas y masculinos; la aceptación, incluso me atrevería a decir la celebración, de mi personalidad franca y extraña, y, por supuesto, la ciudad en sí misma. ¿Cómo encontrar de nuevo otra situación tan compatible conmigo? Maldito Jacques Mering. Maldita yo por ser tan crédula como para enamorarme de él y luego sacrificar mis circunstancias cuando él se cansó de mí y su presencia me incomodaba.

Mis ojos se llenan de lágrimas, pero las aplaco con una ola de rabia conforme empiezo a hablar de Wilkins, de Watson, de Crick y de la injusticia de esta estúpida carrera.

—Puedo ver que esta tarea te ha consumido —dice Adrienne cuando termino—; sin hablar de que estás lidiando con una situación terrible, la peor que jamás haya escuchado. Pero estás buscando la respuesta a uno de los misterios primordiales de la ciencia. Para muchos, es el Santo Grial.

Me sorprende escuchar su referencia a la leyenda cristiana, aunque supongo que las historias del rey Arturo tienen un significado literario que trasciende la Cristiandad.

—Pero no es mi Santo Grial, Adrienne. Sí, ha habido momentos en los que la importancia de esta investigación me ha cautivado.

Sí, ha habido momentos en los que me imagino desentrañando los secretos del ADN y recibiendo premios por este proyecto, especialmente ahora que estoy tan cerca. Estoy a semanas, dos o tres meses a lo mucho, de resolver el acertijo del ADN. Sin embargo…

—Sin embargo debes irte —me interrumpe Adrienne de la manera más elegante posible, muy a la francesa.

—Sí —respondo—. He pasado dos años trabajando muy duro; en gran medida sola, salvo por un magnífico y leal asistente, mientras que ciertos colegas científicos me calumnian en privado y en público. Y ahora mi trabajo está asediado por mis autoproclamados enemigos que quieren tomar un atajo en el proceso de descubrimiento al construir un modelo basado no en su investigación independiente, sino en los datos que tanto trabajo me ha costado obtener: mis imágenes cristalográficas de rayos X y las medidas que recopilé y puse en el informe para el Consejo de Investigación Médica. No puedo quedarme sentada y participar en esta locura por más tiempo, aunque eso signifique partir sin haber terminado todo; sin finalizar mi modelo de ADN.

—Puedo ver los estragos que ha causado en ti, mi querida Rosalind; en tus ojos, tu peso, tu estado de ánimo. —Extiende el brazo y acaricia suavemente mi mano—. Pero no me gusta que tu sacrificio no sirva para nada. Tienes que volcarte por completo en este trabajo. ¿Tienes que irte antes de que acabe la carrera?

—Me ofrecieron otro puesto en Birkbeck: investigación de virus bajo la dirección de Bernal. No me atrevo a esperar que sea como el *labo* y tampoco me hago ilusiones de que Londres es París. También dejaré atrás mi hermoso y flamante laboratorio de última generación en King's por un laboratorio caótico, en una casa solariega; aunque parece que es un lugar en donde puedo hacer un trabajo bueno y noble, con científicos que no me consideran odiosa. Además, admiro la manera en que Bernal concibe la ciencia: el servicio de las necesidades básicas de la humanidad, como la salud y la justicia, aun cuando sus puntos de vista estén motivados por sus inclinaciones marxistas y comunistas. Y debido a que ya pospuse tres meses mi fecha de entrada, no puedo arriesgarme a perder la oportunidad si la retraso más.

—Parece inevitable, *ma chère* —murmura Adrienne y luego me envuelve en un abrazo.

Rodeada por sus brazos, susurro:

—Quizá es mi última buena oportunidad para recuperar aunque sea un poco de lo que tuve en París.

Capítulo 41

13 de marzo de 1953
Londres, Inglaterra

—¿Por qué demonios se sienten tan victoriosos? ¡No es que nuestro laboratorio haya ganado la gallina de los huevos de oro! —La voz de Randall estalla hasta el pasillo.

Veo a los miembros de nuestro equipo encogerse de miedo casi al mismo tiempo ante este exabrupto hostil e inesperado. La mayor parte del tiempo Randall hace su mejor esfuerzo por mostrarse ecuánime y afable. Marianne, Freda y Alec se las arreglan para ocultar de inmediato su malestar, pero a Ray le cuesta mucho más trabajo reprimir su reacción. Todos nos sentimos justificadamente preocupados. ¿Qué pasó?

Estamos reunidos afuera de la oficina de Randall para la comida de mi despedida. En lugar de ir al comedor de estudiantes, nuestro supervisor organizó un almuerzo elegante en el Simpson's, en la calle Strand, uno de los restaurantes más antiguos de Londres que aún es capaz de servir un asado estupendo a pesar de las leyes de racionamiento. Es un gesto inesperadamente amable para mi último día en King's.

En la oficina de Randall se escuchan pasos y fingimos estar enfrascados en una conversación sobre el clima excepcionalmente cálido para la época. Para mi sorpresa, por sus expresiones y también para asombro de todos los demás, vemos salir a Wilkins de la oficina de Randall. Él era el objeto de la invectiva. Hubiera esperado que se mostrara avergonzado, pero Wilkins sonreía.

—Ah, encantado de verlos a todos. Eso me ahorra mucho tiempo para que se corra la voz. Dos pájaros, un tiro, todo eso —dice Wilkins con una sonrisa demasiado radiante para mi gusto.

De algún modo Ray hace a un lado la rareza de esta situación y consigue devolver la sonrisa. Quizá todas esas tardes en el *pub*, simulando y escuchando, han sido buena práctica para este momento.

—Encantado de verlo también, Maurice. ¿Cuál es esa voz que debe correr?

—Ayer pasé toda la tarde en Cavendish. Kendrew me llamó y me dijo que me apurara a tomar el siguiente tren para ver lo que tenían Crick y Watson.

¿Kendrew convocó sólo a Wilkins para que revisara el trabajo de Crick y Watson? La última vez que Kendrew solicitó con urgencia nuestra presencia yo también fui convocada.

Mi estómago da un vuelco al pensar en la última vez que fuimos a Cavendish, y siento como si la habitación diera vueltas. ¿Dirá las palabras que tanto temo? ¿Las palabras que me harán rabiar y me desilusionarán? No puedo imaginar qué otra cosa motivaría tanta rabia en Randall, pero tampoco puedo creer realmente que pueda ser verdad.

Su cabello cae sobre su frente; Wilkins exclama emocionado:

—¡Lo resolvieron! Watson y Crick descubrieron las piezas finales de la estructura del ADN. Ya sabíamos que los fosfatos forman las cadenas exteriores del espiral, con las bases enfrentadas como los peldaños de una escalera, pero Crick y Watson descubrieron que las dos bases pares de adenina y tiamina, junto con la guanina y la citosina, forman escalones que conectan los rieles. Y encontraron más: cuando los rieles se separan, cada una de las bases busca su base complementaria para formar nuevos escalones idénticos al anterior. —Voltea y me mira con intención, sin ocultar el veneno en su mirada—. Y todo lo que tenían que hacer era construir un modelo, algo en lo que yo he insistido todo este tiempo.

Hago una pausa para procesar lo que Wilkins acaba de decir sobre la estructura del ADN, al tiempo que tomo conciencia del hecho de que no me dio ningún crédito por el descubrimiento de que los fosfatos están en el exterior. La propuesta de Crick y Watson tiene sentido, y por un segundo, antes de que en verdad permita la injusticia de esta situación y antes incluso de contemplar lo insignificante de quién hizo este descubrimiento primero, la sencilla belleza de la estructura interna del ADN me inunda. Qué magnífica y elegante es la naturaleza. Esta es la solución que me ha estado irritando en la periferia de mis pensamientos. Aunque hace mucho descubrí la estructura y las medidas de la hélice y ya tengo una teoría sobre la manera en que se intercambian las bases, era sólo un pequeño paso de ahí a los apareamientos y reapareamientos específicos de adenina, tiamina, guanina y citosina. Si tan sólo hubiera tenido un poco más de tiempo, estoy segura de que habría podido concebirlo en su totalidad y adjudicarme toda la solución como propia. Pero el tiempo es una de las muchas cosas que Wilkins me ha robado.

Sin embargo, ¿cómo se atreven estos advenedizos a reivindicar esta solución como propia? Después de dos años de investigación, yo soy la única que ha probado definitivamente que el ADN tiene dos tipos helicoidales, cada uno con dos cadenas específicas con el grupo de fosfatos al exterior, y yo soy la única que descubrió todas las medidas necesarias para construir el modelo. De hecho, estoy a punto de resolver el enigma de la ubicación interior de las bases del ADN y de construir mi propio modelo, que reflejará mis descubrimientos. Mientras pienso en el engaño inherente del modelo de Crick y Watson, en los pasos que debieron dar para hacer este salto sin ninguna investigación propia, Wilkins y Ray, y todos los demás, de pronto me parecen muy lejanos.

Puedo distinguir sus voces y ver sus rostros, pero mi visión y mi función auditiva es como si me encontrara bajo el agua, mecida por las olas.

—Bien, bien. ¿Y cómo lo lograron? —pregunta Ray fingiendo inocencia. Él y yo a menudo pensamos igual y tenemos la misma percepción—. Bragg anuló la prohibición sobre la investigación del ADN apenas hace menos de seis semanas.

—Deben haber hecho un estudio rápido —responde Wilkins; la sonrisa engreída no abandona su rostro.

—Pero ¿cómo pudieron reunir los datos suficientes sobre la estructura del ADN en seis semanas? Un modelo no se puede elaborar sólo con base en ideas. —Ray está provocando a Wilkins, pero su tono es convincente en cuanto a su confusión. Sólo yo puedo ver adónde quiere llevar a Wilkins.

Me recupero. La gravedad y el horror del anuncio de Wilkins se vuelve inmediato y claro. No puedo entrar al juego de largo aliento de Ray y no habrá pausa para poder retenerme. Wilkins no se lo merece. Este hombre no es capaz de comprender un modelo ni de crear una imagen correcta de difracción de rayos X aunque lo intentara, y tampoco creo que lo haya intentado.

—Puedo pensar en una manera en la que obtuvieron suficiente información para elaborar un modelo —digo, pronunciando cada palabra con cuidado para ser lo suficientemente clara. Luego miro a Wilkins fijamente—. Watson lleva semanas husmeando en King's.

Wilkins se sonroja; estoy segura de que adivinó.

—Bueno, mmm…

En ese momento, Randall sale echando chispas de su oficina.

—Ah, veo que Maurice les ha dado las buenas noticias. Por qué está tan emocionado en compartirlas es algo que no comprendo; yo, por mi parte, estoy furioso.

Todos, casi al mismo tiempo, desviamos la mirada. Ninguno de nosotros quiere quedar atrapado en el fuego cruzado de la furia de Randall. Sin embargo, estoy encantada de ver que Wilkins es quien está en el campo visual de Randall.

—Bonito lío en el que estamos ahora. En dos años, Rosalind está cerca. Tiene artículos que esperan ser publicados el próximo mes, que demuestran sus revolucionarios hallazgos. Y porque Bragg rompió su promesa y Rosalind tiene que irse… —Randall mira a Wilkins; podría jurar que lo culpaba.

—Pero, señor —se apresura a interrumpir Wilkins—, como le dije, hice un trato con Cavendish.

Advierto que Wilkins no dice que hizo un trato con Crick o con Watson. Tiene mucho cuidado de evitar mencionar nombres ahora que Randall está aquí. Estoy segura de que Wilkins no quiere recordarle a Randall la frecuencia con la que Watson ha venido últimamente a King's y la amistad que ha forjado con Crick, Watson y el joven Pauling. La extrapolación lógica de esta información es irrecusable.

—El Laboratorio Cavendish escribirá una carta a *Nature* para informarles sobre el modelo y la hipótesis, y nosotros, quiero decir, King's, publicaremos uno en la misma edición del *Nature*. De esa manera se conocerán las contribuciones de King's —explica Wilkins.

—Yo soy el jefe de esta unidad, Maurice, no tú. Yo soy el único que debería llegar a acuerdos. Cuando Cavendish rompió nuestro pacto de caballeros de mantenerse alejado del ADN, demostró que no es digno de confianza. Hubiera querido que jamás llegaras a un acuerdo con ellos en cuanto a las publicaciones. No tenías ningún derecho de hacerlo. —El rostro de Randall está prácticamente morado y su corbata distintiva está torcida. Luego voltea a verme a mí—. Rosalind, sé que hoy es tu último día, pero tengo que pedirte un favor. ¿Puedes escribir una adenda en uno de tus artículos sobre tus propios hallazgos? Me aseguraré de que lo publiquen en la misma edición de *Nature* en la que saldrá el artículo de Crick y Watson.

En mi interior, la furia ha ido *in crescendo*, pero debo controlarla, por lo menos ahora.

—Por supuesto, señor. Me dará mucho gusto asegurarme de que nuestros dos años de investigación en King's reciban al menos algo del reconocimiento que merecen. Pero, por favor, comprenda que nosotros recibiríamos todos los elogios si tan sólo hubiera contado con un poco más de tiempo.

Capítulo 42

14 de marzo de 1953
Londres, Inglaterra

—¿No deberíamos estar celebrando, *miss* Rosalind? Se supone que deberíamos estar festejando tu partida de King's College con champaña y una cena decadente. Y brindar por tu nuevo puesto en Birkbeck —dice Ursula haciendo un puchero sobre su copa burbujeante de Moët & Chandon, que brilla aún más que su vestido color cobalto, ajustado a la cintura, con ribetes de cristales azules que hacen juego.

Se ve perfecta, en contraste con los asientos carmesí encendido por los que es famoso el restaurante Rules, una institución londinense desde hace siglo y medio.

—Lo siento, *miss* Ursula. No hay otro lugar en el que quisiera estar más que aquí contigo. Es sólo que algo inesperado sucedió justo ayer, cuando me iba de King's, y tengo sentimientos encontrados en este momento.

Aliso mi vestido violeta estampado, decididamente menos a la moda, que compré en París hace más de cinco años. Tengo el estómago revuelto desde hace varias semanas, y estoy tratando de posponer darle un sorbo a mi champaña. Así como he tratado de retrasar la inevitable conversación en puerta, al hablar de los grandes eventos del día: la reciente muerte de Stalin y la coronación de la reina Isabel este verano.

—¿Puedes decirme qué pasó? Siempre eres tan reticente para hablar de tu trabajo. —Toma un sorbo de su copa y agrega—: Siempre y cuando no implique información científica detallada que jamás podré comprender.

Río. Ursula siempre ha pretendido que no le ve ni pies ni cabeza a mi trabajo, pero en realidad es extremadamente brillante y se distinguió en St. Paul a mi lado. Sencillamente nunca le atrajo el mundo académico y cedió a la presión familiar para casarse. Eso o que Frank, su encantador marido, la cautivó.

—Si insistes —respondo.

Así, me lanzo a hablar de los contratiempos en King's. Supongo que debería estar agradecida de que mamá y papá no hayan aprovechado este cambio de empleo y situación debido a que están distraídos con la llegada de tres nuevos nietos de mis tres hermanos.

—Así que ahora Crick y Watson están recibiendo su parte del crédito, a expensas de mi investigación, por supuesto gracias a Wilkins; en tanto que mis colegas de King's College y yo estamos como locos tratando de escribir todo para obtener algunas migajas de reconocimiento.

—¿Me estás diciendo que no has hablado con tus superiores sobre el comportamiento de esta gente? Lo que hicieron es inmoral.

—*Miss* Ursula, no tengo ninguna prueba de que Wilkins compartió mis datos con Crick y con Watson, ni de que los tres estén confabulados. Como científica, estaría actuando en contra de mi propia máxima si acusara a cualquiera de ellos sin evidencia. Sin pruebas nadie me creería, sobre todo porque soy mujer; se lo achacarían a mi mal carácter. Ya piensan que soy una arpía histérica.

—Ya conocí a ese horrible de Crick. Si Wilkins y Watson están cortados con la misma tijera, no me sorprende que hayan usado tu investigación. Es absolutamente reprobable y descortés.

—Por desgracia, la descortesía no es delito. —Una risa triste se escapa de mis labios—. Imagina, Ray tiene esta ridícula idea de que la hostilidad de Wilkins proviene de los sentimientos no correspondidos para conmigo cuando empecé a trabajar ahí; emociones que Wilkins mantuvo tan bien escondidas detrás de una fachada de condescendencia que no pude darme cuenta de nada.

—¿Por qué es tan difícil de creer? Eres una mujer hermosa y brillante; y si él es tan inseguro como lo describes, podría sentirse motivado por el rechazo percibido, además de su propia incapacidad para resolver ese enigma científico. —Me toma la mano—. De cualquier modo, querida prima, tenías que salirte de ese lugar espantoso. Yo fui testigo de una pequeña muestra del trato despectivo que recibías con regularidad y es insoportable e inaceptable. Tenías que irte. Me basta con ver tu rostro y los terribles estragos que ese entorno te ha causado.

Trato de restarles peso a sus palabras solemnes.

—Supongo que debería ser más asidua a los cosméticos.

—No trates de hacerme a un lado con una broma. *Miss* Rosalind, hablo muy en serio: ningún empleo vale el sufrimiento que King's te ha infligido.

Aunque Ursula y yo somos tan cercanas, el único ámbito en el que no me comprende es mi grado de compromiso.

—Pero no borraría esos años para ahorrarme el tormento, *miss* Ursula —explico—. La ciencia es la vida, querida prima. Es la lente a través de la cual veo y experimento, y que le da sentido al mundo a mi alrededor; es mi manera de retribuir. Al resolver los misterios científicos primordiales en King's me acerqué cada vez más a la comprensión de la vida misma. Y no cambiaría eso por nada del mundo. Esa es mi fe.

—Entonces, ¿vas a dejar que se salgan con la suya con el robo? ¿Con los datos, la investigación y las fotografías en los que has trabajado durante años?

Ursula tiene una expresión de indignación en el rostro y sé que, por pequeña que sea, se erigiría como mi campeona y vituperaría a esos hombres si pudiera.

Me quedo callada un momento. ¿Qué debería hacer? Esta pregunta me ha rondado en la cabeza desde ayer, y en menor grado, las últimas semanas, y el camino hacia adelante no se había materializado en mi mente hasta ahora.

—Creo que tengo dos opciones: obsesionarme en mi rabia y mi indignación ante la injusticia por la manera en la que posiblemente robaron y usaron mi investigación, obtenida con tanto esfuerzo, o puedo seguir con mi vida y abocarme al importante y satisfactorio trabajo científico que tanto amo.

—Eres más magnánima de lo que yo sería. —Suspira—. ¿Qué camino escogerías? ¿Necesito preguntarlo?

—Mi futuro, y espero que mi legado, están frente a mí. Debo dejar en el pasado todas las desgracias que viví en King's.

TERCERA PARTE

Capítulo 43

8 de diciembre de 1953
Londres, Inglaterra

Escucho el ruido sordo de pasos que se acercan por los empinados escalones de la escalera que lleva a mi oficina y laboratorio. El quinto piso de la casa solariega y en ruinas que Birkbeck llama hogar está vacío salvo por mí, y dada la ardua subida a las antiguas habitaciones de servicio, no recibo muchos visitantes no programados. ¿Quién demonios se aparece en este helado día de diciembre que aquí arriba, en el último piso de este edificio del siglo XVIII, es mucho más frío y con más corrientes de aire, y cuyo exterior de ladrillo rojo sigue marcado con las cicatrices de las bombas de la guerra?

—Toc, toc —dice una voz en lugar de realmente tocar la puerta entreabierta—. ¿Cómo está mi becaria de Turner and Newall?

El título y el financiamiento me siguieron desde King's hasta aquí.

Reconozco la voz. Es mi jefe, el famoso John Desmond Bernal, cuyo prestigio se extiende a lo largo y ancho, tanto que sus colegas lo llaman por su apodo «Erudito», cuando no usan sus iniciales, J. D. No sólo es experto en cristalografía —¡por el amor de Dios!, fue él quien le enseñó a Perutz—, sino que parece saber de cualquier otro tema, desde arquitectura hasta política. Si bien lo que me interesó para trabajar en su unidad es su genialidad y profunda comprensión de la cristalografía de rayos X, de alguna manera también me atrae la ausencia de ciertos rasgos que empezaron a disgustarme en Randall: la búsqueda constante de algo, ya sean fondos, reconocimiento o galardones. Al igual que yo, a Bernal le interesa sobre todo el conocimiento; incluso para él representa también un tipo de fe; ambos creemos en que si hacemos nuestro mejor esfuerzo a nivel científico para mejorar a la humanidad, reflejaremos nuestra fe en el futuro tanto de nosotros mismos como individuos, como de nuestros sucesores. Para mí se trata de una fe más palpable y comprensible que la suerte de creencia que papá tiene en la vida después de la muerte. Quizá es esta búsqueda pura lo que me hace sentir más cómoda en Birkbeck que en King's. Eso y la naturaleza no sectaria del lugar: no más religiosos merodeando por los corredores.

Cuánto han cambiado mis criterios desde los días en que comía ensaladas en mi *labo*.

Me levanto de un salto de la silla y me apresuro a recibirlo.

—¿A qué debo el inesperado placer, señor?

—¿Cuántas veces te he dicho, Rosalind, que no creo en todo ese asunto jerárquico de señor?

Está tratando de regañarme y su actitud no debería sorprenderme. Bernal no oculta su fascinación y lealtad a la Unión Soviética y su política, como alguno de mis superiores anteriores, Marcel Mathieu. Pero al igual que el señor Mathieu, Bernal sabe que no debe hablar de esos temas conmigo, puesto que he dejado claro el odio que siento por la carrera armamentista de la Guerra Fría. Por eso, sólo me entero de sus empeños marxistas, como sus reuniones con Nikita Khrushchev y Mao Tse-Tung, por conversaciones que escucho cuando él está en Londres y reúne a un grupo para comer. ¿Son sus inclinaciones comunistas y marxistas lo que hace que a Anne le desagrade tanto? ¿O podrían ser sus elecciones más personales? Debo preguntarle este fin de semana cuando los visite, a ella y a David, en Oxford, una suerte de despedida antes de que regresen a Estados Unidos.

—Llámame JD y yo te llamaré Rosalind —dice.

—De acuerdo. —Mi vieja costumbre casi sale a flote y debo controlarme para no usar la palabra «señor». ¿Alguna vez me sentiré cómoda llamando al apreciado científico de cincuenta y dos años por el juvenil apelativo de JD?

—Odio que te veas obligada a usar tu viejo equipo en el sótano con un paraguas, por Dios, para conservar tus especímenes secos por las goteras que hay aquí. Estamos a años luz de tus nuevas instalaciones en King's.

—Por favor, no se disculpe… —Dudo; me parece más fácil no usar ningún nombre que llamarlo JD—. Estoy mucho más contenta aquí de lo que estaba en King's, y muy emocionada con la tarea que me asignó.

Lo que digo es verdad. Lo único que extraño de mi tiempo en King's es a Ray. Su optimismo, sus ideas, su amistad; todo eso que hizo King's fuera agradable durante un tiempo. Si pudiera tenerlo aquí trabajando conmigo sería de ensueño, una nueva frase que a Ursula le gusta usar. No me importa el estado de mi laboratorio y de las oficinas de la unidad, pero sí me gustaría contar con un colega y amigo confiable. Estoy bastante aislada aquí, en la cima de la casona.

Pero por supuesto que Ray no puede dejar King's sino hasta que obtenga su doctorado, un objetivo que requiere delicadeza de su parte. Aunque ponerse de mi lado durante mi estancia lo relegó de alguna manera, por la que no dejo de disculparme, se las ha arreglado para tender puentes con Wilkins, quien aparentemente accedió a supervisar su disertación. Supongo que todas esas noches en el *pub* redituaron. Sin embargo, esta supervisión es sólo de nombre, ya que Ray y yo seguimos trabajando juntos a escondidas, tanto en su tesis como en los últimos artículos de nuestra investigación. Wilkins no tiene ni la capacidad ni el conocimiento científico para ser mentor de Ray, sin importar lo que él diga. Tras una carta de despedida que me envió Randall, en la que marcó los límites en cuanto a Ray y todo lo relacionado con el ADN, el subterfugio es nuestra única opción. Randall ha demostrado ser muy diferente al hombre que imaginé que era, como lo mostraron sus esfuerzos por excluirme de la fiesta de King's para celebrar nuestro triunvirato en los artículos de *Nature* sobre el ADN. Sabe más que nadie lo fundamental que soy en esos descubrimientos.

—Me alegra escucharlo, espero que el año nuevo traiga consigo equipo nuevo. Hicimos el pedido con los fabricantes y les rogamos a las entidades gubernamentales que nos dieran financiamiento para las compras, pero ya sabes lo poco popular que soy. Mis solicitudes siempre terminan hasta el final de la lista —explica con una sonrisa pesarosa y me doy cuenta de que, a pesar de la inteligencia y la reputación de Bernal por su agudeza científica, tendré que competir con el odio general por su política comunista—. Posees una mente tan ágil y eres una investigadora tan brillante que no quiero desperdiciar un segundo de tu tiempo aquí.

Avanza otro paso hacia mí. Aunque su cercanía me resulta incómoda no me preocupo, si bien estoy muy consciente de su terrible reputación de don juan, una de las razones por las que sospecho que a Anne le cae mal. Incluso cuando estaba en París, mis colegas del *labo* hablaban de sus proezas legendarias de mujeriego, que me parecen difíciles de imaginar dados sus espantosos dientes, sus carrillos caídos y los mechones descuidados de su espesa melena. A pesar de mi opinión sobre su atractivo, parece tener un verdadero harén: no sólo una esposa y un par de amantes e hijos con todas ellas, sino también un flujo constante de relaciones a corto plazo; según han dicho varios miembros de nuestra unidad, mujeres fortuitas salen del departamento que tiene en la casa de al lado, y donde se dice que hay un mural que pintó su amigo y camarada comunista Pablo Picasso. Pero mi falta de interés ha sido obvia desde el primer día en que me invitó unas copas, sólo nosotros dos, y me negué diciendo que yo sólo socializaba con mis colegas cuando salíamos en grupo. Una mentira necesaria.

Desde que marqué esa línea, mi trato con Bernal ha sido mesurado y servicial. Me dio mi misión y la dejó a mi discreción; disfruto la confianza que nos otorga a mí y a todos sus científicos, incluso en temas de protocolos de seguridad que en gran medida deja a nuestro criterio, salvo por los exámenes físicos obligatorios que efectúa el médico de la universidad. Cuando fue claro que el equipo especializado de cristalografía que pedí no estaría listo en meses, me animó a que terminara mi trabajo sobre el ADN, aunque Randall me dijo que no lo hiciera, y cuando lo terminé, me apoyó para que viajara a conferencias en Alemania y en Francia, así como un largo viaje a Israel, donde pude relajarme un poco, pero no cambié mi escepticismo sobre la idílica idea sionista de un país para el pueblo judío.

—Aunque me gustaría estar trabajando con el nuevo equipo, no he desperdiciado el tiempo. Me parece que el tiempo que pasé en Israel fue particularmente esclarecedor para mi trabajo. —Sé que valora la confianza, así que lo miro de frente a los ojos—. Me ayudó a inspirarme en una idea para abordar este nuevo ácido que usted quiere que descifre.

Bernal sonríe.

—No puedo esperar a ver lo que descubrirás. Gracias por tu paciencia ahora que enfrentamos el nuevo año.

Le devuelvo la sonrisa y pienso en mi nuevo objeto de estudio: el ácido ribonucleico, el gran primo del ADN que se encuentra en cada célula, incluido el virus del mosaico del tabaco que usaré para estudiar el ácido. Este virus fue el primero que se descubrió y es prototipo para casi todas las investigaciones sobre la estructura de los virus y la consecuente estructura del ácido ribonucleico o ARN. Trabajar en su arquitectura y en la relevancia del ARN en la reproducción de los virus no sólo es un acertijo nuevo e importante, sino que está directamente relacionado con mi trabajo sobre el

ADN. Y creo que las extensas implicaciones de esta investigación, sobre todo en virus devastadores y de gran alcance como el de la polio, no se pueden subestimar.

La idea de dirigir mis talentos hacia este nuevo objeto de estudio es emocionante, y sé que tomé la decisión correcta al dejar atrás el veneno de mi pasado. Sin duda ayuda el hecho de que el modelo de Crick y Watson no recibiera el reconocimiento inmediato ni la oleada de aceptación que esperaban por parte de la comunidad científica, aunque también parece que la tendencia está cambiando. Los viajes, nuevos horizontes y un superior respetuoso, todo esto ha hecho que este último año en Birkbeck sea un poco como el paraíso en la Tierra. Si creyera en todo eso.

Capítulo 44

14 de diciembre de 1954
Londres, Inglaterra

Paraguas en mano, salgo de mi oficina con la intención de bajar los seis tramos de escalera hasta el sótano para preparar un par de experimentos. El sonido de la lluvia que golpea el techo es mi señal para llegar preparada para la llovizna constante que estará presente no sólo en las calles, sino también al interior del laboratorio subterráneo. En general lo postergo para evitar empaparme, pero estoy a la mitad de capturar una nueva imagen y quiero asegurarme de que calculé el ángulo correcto con mi cámara Philips North American.

Justo cuando iba a medio camino desde el ático, me topo con un chico vivaz de grandes lentes y cabello oscuro y rizado que sube por la escalera.

—Hola. ¿Le puedo ayudar? —pregunto, asumiendo que está perdido porque hoy no tengo citas ni razones para esperar ninguna visita aquí arriba.

—De hecho, sí puede. Estoy buscando a la doctora Rosalind Franklin.

Tiene un acento melódico, entre inglés y australiano, con una cadencia propia.

—Soy yo.

—Maravilloso, maravilloso. —Extiende la mano para saludarme, en la otra sostiene una caja—. Un gusto conocerla. Soy Aaron Klug y se supone que seremos compañeros de piso.

¿Escuché correctamente? ¿Será mi vecino aquí en el antiguo piso del área de servicio? Hubiera pensado que algún administrador de Birkbeck enviaría un aviso formal; pero esta no es exactamente una institución formal. Y puesto que Bernal ha estado viajando por Europa continental las últimas semanas, parece que los detalles los dejaron a la suerte y al capricho.

—Bienvenido. —Le sonrío, como si lo hubiera estado esperando.

¿Qué más puedo ofrecerle que mi hospitalidad? De cualquier forma, será agradable tener a otra persona en este espacio vacío y con corrientes de aire. Con tal de que no sea otro Wilkins.

Advierto que hay otra caja en el escalón detrás de él. Debió dejarla ahí cuando escuchó que me acercaba y así dejar espacio para que yo pasara. «Una señal de consideración», pienso.

—Déjeme ayudarle con esto —digo inclinándome para recoger la caja maltratada—. Le mostraré sus nuevos aposentos.

—Se lo agradezco mucho —responde.

Cuando empiezo a subir la escalera no puedo evitar preguntar:

—¿Usted es sudafricano?

—Lo soy —responde sorprendido—. No mucha gente adivina mi acento, aunque no soy nativo de Sudáfrica. Mis padres se mudaron de Lituania cuando yo tenía dos años, lo que, en retrospectiva, fue una sabia decisión.

Volteo a verlo.

—¿Por qué?

—Nos salvó de los campos de concentración.

Casi se me cae la caja que estoy cargando. La mayoría de los ingleses no habla tan abiertamente de ser judío, en particular con la gente que no conocen bien; me parece que los franceses son más relajados cuando tocan este tema. Incluso mi propia familia, que está firmemente instalada en la clase alta judía de Londres y bien establecida en la sociedad, puede ser extraordinariamente reservada. La franqueza de Aaron me motiva a expresarme con una honestidad inesperada.

—Vivir aquí en Inglaterra salvó a mi familia.

Compartimos una mirada de comprensión y siento una afinidad tácita con este joven. Llegamos al descansillo y lo guío hasta la sección asignada para otra oficina y laboratorio. Desde que llegué está vacía y me doy cuenta de que hay unos libros míos apilados en un rincón.

—Oh, lo siento. Acabo de regresar de Estados Unidos; de haber sabido que venía, le habría dado prioridad a arreglar este lugar.

—Por favor, no se preocupe por algo de tan poca importancia, doctora Franklin —insiste.

—Llámame Rosalind, por favor.

—Sólo si tú me llamas Aaron.

Dejamos las cajas sobre el piso y pregunta:

—¿Adónde fuiste en Estados Unidos?

—Tuve la oportunidad de recorrer sus enormes estados del norte, lo que llaman Nueva Inglaterra.

Reímos ante la idea del nuevo Estados Unidos en expansión, comparado con su antigua y abarrotada madre patria.

—Luego viajé por el interior —continúo— y en el camino me detuve en Chicago; en San Luis y Madison, Wisconsin, hasta llegar a California, donde me quedé un tiempo antes de ir a Arizona. ¡Qué impresión tanto sol, sobre todo en el desierto del Gran Cañón!

—Suena maravilloso. Mi esposa y yo queremos ir algún día. Extrañamos el clima de Sudáfrica y he escuchado que algunos lugares de Estados Unidos son similares.

«Maravilloso» es una palabra que no puede siquiera empezar a describir lo asombroso que es Estados Unidos. Sin embargo, es posible que la experiencia más sorprendente no fuera un lugar, sino una persona. En la primera etapa de mi viaje, que fue parte de la Conferencia Gordon sobre Carbono en New Hampshire, me invitaron a visitar el Laboratorio de Biología Marina en Woods Hole, Massachusetts, un centro de investigación biológica ubicado en el extremo de Cape Cod, una península estrecha al sur de Boston que se extiende hasta el océano Atlántico. Ahí, Thomas Hunt Morgan, de la Universidad de Columbia, realizó un trabajo importante en genética, en particular sobre el papel de los cromosomas en la herencia, lo que me motivó a aceptar la invitación.

Un científico muy amable de Woods Hole me daba el recorrido por la instalación costera cuando literalmente me topé, de entre todas las personas, con James Watson. Asombrada al verlo, espeté:

—¿Qué demonios está usted haciendo aquí?

No había visto a Watson desde el explosivo encuentro en mi laboratorio de King's College, así que esperaba que respondiera en el mismo tenor. Incluso me preparé para otro enfrentamiento.

—¡Doctora Franklin! —exclamó como si fuéramos viejos conocidos, aunque noté que tuvo el cuidado de llamarme por mi título formal en lugar del reprobable Rosy—. ¡Qué agradable verla en Estados Unidos!

—Igualmente —respondí con cautela, consciente de la mirada del guía sobre mí—. Pensé que había dejado Cambridge por Caltech, pero ahora está aquí en Massachussets. ¿Estaba mal informada?

No me había mantenido exactamente al tanto de Watson desde que salí de King's; he tratado de dejar atrás todo ese desastre, aparte de mi ciencia, pero lo que públicamente se decía de él y de Crick aumentó conforme la teoría de la doble hélice empezó a ganar aceptación y tanto Crick como Watson comenzaron a cobrar popularidad. Lo último que leí es que estaba en California.

—Como siempre, su información es acertada, como dicen ustedes los británicos —respondió con una sonrisa—. Estoy visitando la instalación de Woods Hole para escuchar sobre su investigación. ¿Usted está haciendo lo mismo?

Me pregunté por qué se comportaba de manera tan amistosa y atenta. Sabría cómo reaccionar si hubiera sido el científico altivo que conocí en Inglaterra. Pero ¿qué se suponía que debía hacer con esta extraña amabilidad?

—Así es.

Decidí responder en el mismo tenor, sin importar cómo me sentía en realidad en cuanto a Watson y su comportamiento en mi investigación de ADN. Después de todo, debía mantener una buena impresión ante mis anfitriones de Woods Hole.

—Es un lugar impresionante.

—Lo es —respondí sin estar segura de qué decir después. En ese momento intervino mi guía y le preguntó a Watson si le gustaría unirse a nuestro recorrido.

Hubiera querido gritar «¡No!», pero ¿cómo podría? Así, me encontré caminando por el plantel de Woods Hole lado a lado de un hombre al que aborrezco.

—Entiendo que está trabajando en el virus del mosaico del tabaco —dijo mientras rodeábamos la parte costera de la propiedad.

—¿Está al tanto de mí? —pregunté con una acusación velada.

—No, no, doctora Franklin. —Levantó una mano para objetar—. Me topé con Bernal antes de salir de Inglaterra y él me lo dijo. ¿Cómo va su investigación?

—Bueno… —respondí tratando de calmar los fuertes latidos de mi corazón.

No tenía intenciones de darle detalle alguno; sabía a la perfección lo que había hecho con las investigaciones de otros científicos.

—No conozco los parámetros de su estudio, pero con gusto compartiría con usted toda la investigación que recopilé cuando estudié el virus del mosaico del tabaco. —Hizo una pausa y me alegró que no hubiera mencionado que estudió el virus del mosaico del tabaco en Cavendish durante el periodo en el que Bragg les prohibió a él y a Watson investigar el ADN. No estaba del todo segura de poder continuar esta conversación si lo hubiera hecho—. Determiné que las subunidades proteicas del virus del mosaico del tabaco toman una forma helicoidal. Pero usted querrá llegar a sus propias conclusiones, por supuesto.

Me miró con expresión avergonzada. ¿Sería posible que se arrepintiera de sus actos? Por un momento mis sentimientos en su contra se apaciguaron, pero luego recordé lo que hizo y cómo tuvo muchas oportunidades para darme el crédito que merecía desde la publicación del artículo que él y Crick firmaron. Nunca hizo nada más que «permitirme» presentar un artículo para que lo publicaran junto con aquel famoso firmado por ellos, un artículo que sencillamente se ignoró.

—Gracias —respondí.

Es lo único que pude decir en presencia de nuestro guía de Woods Hole.

El terreno se estrechaba y tuvimos que organizarnos para formar una fila para recorrer el siguiente tramo. Nuestro guía tomó la cabeza, luego yo seguida por Watson. Sobre el hombro, más que ver a Watson sentía que se acercaba más a mí. Luego escuché su voz aunque su volumen era bajo.

—Siento que la juzgamos de manera injusta cuando trabajamos con el ADN.

¿Era esta su manera de disculparse? Estas palabras insignificantes, vacías de verdadero arrepentimiento, no eran suficientes. Pero pensé en lo que le había dicho a Ursula sobre seguir adelante y dejar atrás la deshonestidad, la decepción de King's, el ADN y a estos hombres. Decidí aceptar su exigua pipa de la paz mediante estas palabras y el ofrecimiento de su investigación, pero no lo perdonaría. Y nunca lo olvidaría.

Nunca mencionaría el tema de Wilkins, Watson o Crick con Aaron. Al menos no por ahora.

—Boston en particular es maravilloso —digo—; similar a Londres, pero con una frescura típica estadounidense. El país no sólo es vasto, ancho y diverso en cuanto a paisajes y la comida distinta, sino que es el hogar de muchos científicos y laboratorios de primer orden. Conocí a Erwin Chargaff, George Gamow, Vladimir Vand e Isidor Fankuchen, entre muchos otros.

Sus ojos se agrandan.

—¡A cuántos expertos famosos has conocido! No es que aquí no trabajemos en medio de algunos famosos también. ¿Cuál es tu especialidad, Rosalind? Escuché decir que eres fisicoquímica, pero no sé nada más que eso.

—¿Te gustaría ver en qué estoy trabajando? —pregunto.

Hace tiempo que no tenía a nadie con quien hablar de mi trabajo en curso; si bien en Birkbeck mis colegas son más amables que en King's, no son exactamente amigables; según creo, eso proviene del hecho de que no soy adepta al Partido Comunista como muchos de ellos. De cualquier modo, me he acostumbrado a intercambiar información con Ray todos los días y, antes de eso, con Jacques y mis colegas del *labo*. Pensar en Jacques hace que extrañe su intelecto y humor, justo cuando creía que había logrado sacarlo de mi mente.

—¿Que si me gustaría? Te sigo.

Lo guío hasta mi oficina, donde tengo varias imágenes sobre la caja de luz. Aún no tienen la calidad que me gustaría que tuvieran, pero me estoy acercando.

—¿Estás familiarizado con el virus del mosaico del tabaco?

—No puedo decir que lo esté.

Le doy una fotografía normal que compara dos hojas de tabaco.

—Como puedes ver en esta imagen, el virus provoca un patrón rizado y moteado similar a un mosaico de varios tonos de verde que aparecen en la hoja del tabaco. Estoy segura de que sabes que los virus son moléculas inertes conformadas por ARN, ADN y proteínas sin vida hasta que entran a la célula, se apoderan de ella y empiezan su proceso de duplicación. El virus del mosaico del tabaco, o TMV como le llamamos, se inyecta en una célula viva de manera similar a una aguja y jeringa. Este virus particular está excepcionalmente situado para ayudarnos a determinar dónde se encuentra el ARN en la célula; ¿está en el centro o escondido en algún rincón? Un biofísico y cristalógrafo de Yale, Don Caspar, recientemente descubrió que el centro del TMV es hueco; si puedo verificarlo eso responderá a parte de la pregunta y nos retará a encontrar el ARN en los rincones. Una vez que hayamos identificado definitivamente la ubicación, podremos dedicarnos a la ardua tarea de descubrir su estructura y luego, por supuesto, a la manera en la que funciona.

Revisamos varias de mis imágenes cristalográficas en la caja de luz y Aaron formula preguntas inquisitivas. Sus consultas me hacen reconsiderar el material que tengo ante mí, pero lo hace de forma tan genuina y curiosa que no es posible sentirme insultada. Posee una mente teórica rápida.

Mientras estudia una fotografía en particular, advierto que sus cejas tupidas, que en general están escondidas detrás del grueso armazón de sus lentes, se arquean de emoción. Luego voltea a verme.

—Sé que nos acabamos de conocer, y aunque como tú yo también soy fisicoquímico y cristalógrafo, no tengo ninguna experiencia con virus, pero… —Hace una pausa.

—¿Sí? —lo animo a continuar.

—¿Te gustaría tener a un colega en tu trabajo?

Capítulo 45

4 de agosto de 1955
Londres, Inglaterra

Formamos un círculo en mi oficina. Aaron y yo, junto con nuestros nuevos asistentes, John Finch y Kenneth Holmes, estamos en intenso debate. No importa que yo esté a cargo de esta pequeña familia, nos hablamos entre todos con franqueza, honestidad y respeto, y eso me encanta.

La imágenes de rayos X tapizan el piso de una manera que para cualquiera, salvo para nosotros, parecería caótico. Hemos estado trabajando desde hace más de un año para obtener las imágenes más nítidas que podamos del virus y las fotos dispersas son los frutos de esa labor. Todos estamos de acuerdo en que sólo entonces podemos empezar a ensamblar un modelo de su infraestructura y llegar al punto decisivo que estamos buscando: la naturaleza del ARN. Qué alentador es trabajar con un equipo de científicos que no desafían este principio básico como Wilkins lo hizo.

Hoy empezamos a elaborar el modelo de este virus de diseño extraño, que está conformado por subunidades proteicas organizadas en círculos alrededor del núcleo, con el ARN entrelazado con la proteína. O eso es lo que pensamos. En el centro de nuestro círculo hay un contenedor lleno de pedazos y piezas de objetos, sustitutos de nuestros materiales biológicos radiografiados. Cada uno de nosotros tiene una opinión diferente de cómo empezar.

—¿Y si comenzamos a formar círculos de las subunidades proteicas? —propone Ken.

—Ese es un enfoque. Pero cuando discutí esto con Crick, a un nivel muy general por supuesto, ya que seguimos siendo muy reservados con nuestros descubrimientos, sugirió que primero construyéramos el núcleo alrededor del cual puede desarrollarse la arquitectura del virus —digo en el silencio que siguió a la idea de Ken.

En otro inesperado giro de eventos, de cierto modo poco sorprendente debido a lo pequeños que son mis círculos científicos, me encontré con Crick en una conferencia; fue en todo sentido tan amistoso y atento como Watson se había portado en Estados Unidos. Ninguno de los dos habló de lo que había pasado con el ADN, con King's, Cavendish o nosotros, pero cuando otro colega preguntó por Watson, me animó escuchar una nota de frialdad en la voz de Crick; siempre me desagradó más Watson, y a él le atribuí la falta de ética en general, fuera o no verdad. Como su compatriota, supuse que la culpa motivó a Crick a ser amable, sobre todo porque los científicos e incluso el público empezaban a reconocer la importancia de su modelo del ADN. No tuve reparos en aceptar la oferta de Crick de ayudarme y aconsejarme cuando fuera posible; creía que era lo menos que podía hacer por mí. Él y Watson me habían utilizado y ahora tenía toda la intención de hacer lo mismo, aunque siempre he sospechado más de Watson que de Crick. En nombre de la ciencia, por supuesto, no por gloria personal ni por ganar galardones, como ellos.

Aaron permanece en silencio un buen rato, luego dice:

—No me importa lo que diga Crick. Lo que digas tú, sí.

—Bien. —Retrocedo para estudiar las imágenes en el suelo, tratando de imaginar la forma tridimensional—. Me cuesta un poco de trabajo porque en realidad no puedo ver el núcleo principal. Todos sabemos que Caspar teorizó que estaba vacío, sólo un hueco, y tiendo a estar de acuerdo. Pero incluso las imágenes de rayos X tienen sus límites, no pueden mostrar la ausencia de algo.

—Rosalind, a veces eres demasiado literal y obstinada; te aferras a tus datos y a tus imágenes. Tienes que dejar tranquilas las imágenes un momento e imaginar, con base en lo que percibes de la estructura. —Los ojos de Aaron están en llamas y parece tan obstinado como me acusa de ser.

—¿Soy obstinada? —no le pregunto, lo desafío.

Mi primera reacción es defenderme, como he tenido que hacerlo con frecuencia todos estos años.

—Sí. Sólo porque eres la mejor y más sistemática fisicoquímica y cristalógrafa experimental que he conocido, eso no significa que no seas testaruda frente a un poco de teoría.

Aaron disfruta al resaltar la diferencia entre nosotros: siempre le dice a quien esté dispuesto a escuchar que nosotros personificamos la dicotomía entre teoría y práctica.

Miro su rostro y lanzo una carcajada porque tiene razón. Soy muy obstinada y excesivamente literal; necesito apartarme de los datos e imaginar qué podrían ser. Qué alivio poder ser yo misma en compañía de otra persona y que me entienda, como pasaba en París. Sé que las intenciones de Aaron son amables y que su respeto es real; me preocupaba nunca más encontrar de nuevo ese nivel de comprensión. Aquí, en el quinto piso de lo que fueron las habitaciones del servicio en Birkbeck, lo tengo, como lo tuve con Vittorio y, en menor grado, con Ray, pero sin la complicación de una relación romántica como la tuve con Jacques.

—Bien, trabajemos con la sugerencia de Ken. —Meto la mano en el contenedor y hurgo en su interior—. ¿Podemos usar alguno de estos objetos para la forma de las subunidades proteicas?

Por turnos tomamos objetos variados: pelotas de tenis de mesa y borradores de diferentes tamaños y formas, entre otros, pero ninguno de ellos parece ajustarse. Regresamos a las imágenes, esperamos que nos motiven a dar una lluvia de ideas en cuanto al tipo de objetos que podríamos usar para representar a la proteína.

Ken señala una fotografía en particular que está en el suelo.

—Miren esa imagen, es clara. ¿Les da alguna idea? —En su rostro aparece media sonrisa—. Estoy orgulloso de esa. La tomé justo después de que arreglé los problemas que tuvimos cuando limpiamos la cámara Beaudouin de rayos X; fijé una válvula de vacío al tubo de rayos X.

—¿Hiciste qué? —espeto—. ¿De qué manera medir el vacío tiene algo que ver con limpiar la cámara o tomar fotografías nítidas?

Ken, quien hasta hace unos minutos estaba feliz porque decidí que hiciéramos lo que él había sugerido, mira al piso y me doy cuenta de que fui demasiado lejos.

—Lo estás intimidando, Rosalind —dice Aaron, como si yo no lo supiera.

A diferencia de la reprimenda anterior, esta crítica me la tomo en serio. Yo sufrí en carne propia la condescendencia de mis superiores y no quiero infligir ese tipo de tratamiento a mis asistentes. Pero como no siempre soy consciente de este comportamiento cuando lo tengo, Aaron aceptó ser mi conciencia y mi vigilante en este rubro.

—Discúlpame, Ken. Sabes cómo me dejo llevar. No siempre soy muy… —Mi voz se apaga, no estoy segura cómo terminar la frase.

—¿Consciente? —Ken ofrece la palabra.

—Exacto. ¿Estamos bien? —pregunto con amabilidad.

—No hay problema, Rosalind.

—¡Todos, a trabajar! —exclama Aaron ahora que la tragedia terminó.

—¿Quién intimida ahora? —pregunto en broma y todos ríen.

—¡Lo tengo! —grita de pronto Ken—. ¿Qué tal el puño del manubrio de una bicicleta? Es casi de la forma exacta de una subunidad proteica.

—Creo que quizá tienes razón —comento lentamente—. ¿Cómo se te ocurrió algo así?

—Casi todos los días vengo al trabajo en bici, así que estoy demasiado familiarizado con la forma.

—Brillante —dice Aaron; luego voltea hacia Ken y John—. ¿Y si van al Woolworth que está en la calle Oxford para ver si tienen algunos?

—Vamos —afirma John, pero antes de que él y Ken se dirijan a la escalera, pregunta—. ¿Cuántos necesitamos?

Aaron me mira. Sabe que conozco la cantidad exacta sin siquiera revisar mis datos; de esta manera, la teórica que tiene en mente todo el panorama y el experimentador que se orienta en los detalles se complementan a la perfección.

—Doscientos ochenta y ocho —respondo sin dudar.

Ken y John estallan en carcajadas histéricas, pensando en la conversación que tendrán con el vendedor de Woolworth y sus risas hacen eco en mi oficina cuando salen. En ese momento el repartidor de correspondencia de Birkbeck deja una cartas sobre mi mesa.

—Voy al sótano a revisar unos experimentos —dice Aaron.

—No olvides el paraguas. El pronóstico del tiempo dice que va a llover —aconsejo antes de que salga de la habitación.

—Afuera y adentro —agrega.

Cuando se va, advierto un sobre encima del montón de correspondencia; es del virólogo británico Norman Pirie, jefe del Departamento de Bioquímica en la Estación Experimental de Rothamsted, y mi estómago da un vuelco. Pirie es miembro del Consejo de Investigación Agrícola y discrepa en gran medida con los hallazgos que publiqué en *Nature* en cuanto a que las varillas del TMV tienen la misma longitud; de alguna manera se ha vuelto una suerte de enemigo, e incluso se niega a enviar muestras de virus a nuestro laboratorio para que las estudiemos. ¿De qué me escribirá ahora? Ya ha dejado clara su postura y tuvimos que empezar a cultivar nuestros propios virus debido a sus represalias.

Abro el sobre. En sus párrafos concisos y desagradables, Pirie deja claro que ha presentado una objeción a su «amigo cercano», el jefe del Consejo, sir William Slater, sobre los fondos que recibe mi grupo de parte del Consejo de Investigación Agrícola. Ese financiamiento es el único que recibimos y sin él tendríamos que cerrar. ¿Cómo mantener junta a mi pequeña familia?

Capítulo 46

14 de octubre de 1955 y 2 de marzo de 1956
Londres, Inglaterra

El sol de mediodía cae a plomo sobre mi rostro; me echo hacia atrás y cierro los ojos, saboreando la calidez en mis mejillas. Aaron, Ken y John se sientan a ambos lados de mí en la banca que está en el jardín cerca de la entrada de nuestra casa en Birkbeck. Platican de unos rumores que yo sólo escucho a medias porque estoy disfrutando este día maravilloso y la compañía de mi equipo de científicos de confianza. «Qué afortunada soy de haber llegado aquí después de King's», pienso.

Uno tras otro, los hombres se callan. Este silencio no es común y abro los ojos para ver qué pasa. Miro directamente el rostro de un hombre de cabello oscuro con bigote que espera paciente frente a mí.

—¿Es usted la doctora Franklin? —pregunta dudoso.

—Así es. ¿Y usted?

—Me llamo Don Caspar. Soy biofísico de Yale y estoy aquí para un trabajo posdoctoral...

Me enderezo en la banca y lo interrumpo:

—¿Es usted el mismo Don Caspar que elaboró la teoría de que el centro del virus del mosaico del tabaco es hueco?

—Ese soy yo —responde con una enorme sonrisa bajo su espeso bigote, al tiempo que abre los ojos con sorpresa.

Me pongo de pie, y Aaron, Ken y John hacen lo mismo.

—Es un gran placer conocerlo —saludo estrechando su mano—. Estamos al tanto de su trabajo y estoy segura de que todos tenemos preguntas para usted. ¿Qué lo trae a Birkbeck?

—Bueno, pues usted, doctora Franklin.

—¿Yo?

—Sí. Escuché hablar de la investigación que están realizando con los virus del mosaico del tabaco y pensé que, si le interesa, mientras estoy en Inglaterra para mi trabajo posdoctoral en biología molecular en Cambridge, podría ayudarles en su estudio.

No respondo porque no sé qué decir; mi equipo de Birkbeck tampoco dice nada. Que un científico cuyo trabajo he admirado aparezca de la nada para ofrecer sus servicios me parece demasiado bueno para ser cierto. Y sin duda más generoso de lo que hubiera imaginado. ¿Habrá una trampa? ¿Cómo sabe este científico estadounidense lo que estamos haciendo aquí?

Don hace una pausa, mira a los tres hombres silenciosos y agrega:

—Pero si ya tiene suficiente ayuda…

Sigo confundida, pero no me gustaría perderlo.

—No, no, siempre es bueno contar con más, sobre todo personas con la experiencia y los conocimientos que usted posee —me apresuro a responder—. Disculpe que haya tardado en responder. Es sólo que estoy sorprendida. Apenas acabamos de publicar nuestro trabajo sobre el virus del mosaico del tabaco, así que no estoy segura de cómo se enteró de lo que estamos haciendo.

—Eso es fácil de responder. Antes de llegar aquí pasé algún tiempo en Caltech, donde Jim Watson me contó de manera muy general sobre su investigación; la elogió mucho. Me aconsejó que le rogara por la oportunidad de ayudarla en su laboratorio para trabajar en el virus del mosaico del tabaco porque nunca más tendré la oportunidad de colaborar con una científica experimental de su talla y su inteligencia.

Retrocedo de manera casi imperceptible al escuchar el nombre de Watson, aunque parezca que me elogia a la distancia. La última vez que nos vimos, y en sus cartas después de eso, Watson se ha mostrado atento y elogioso. De hecho, para mi sorpresa Watson me escribió que había escuchado mis aprietos de financiamiento y me defendió con un científico amigo de Slater, pero habrá que ver lo que resultará de eso. Espero que este señor, Don, no se dé cuenta de mi reacción.

—Ah, eso lo aclara —respondo.

Sólo gracias a que Don Caspar llegó con su propio financiamiento, y su propia vasta experiencia en el virus del mosaico del tabaco, pudimos recibirlo en estos tiempos de tanta incertidumbre financiera. Ahora que contamos durante cinco meses con las ventajas del intelecto y la pasión de Don, a veces no puedo creer que en algún momento estuve escéptica en cuanto a su interés en trabajar conmigo sólo porque Watson fue quien lo sugirió. Qué pérdida hubiera sido no aceptar a Don Caspar en el equipo, tanto para el trabajo como para mí.

Los cinco —Aaron, Ken, John, Don y yo— estamos reunidos alrededor de una larga mesa rectangular en el comedor estudiantil. Tenemos mucho que revisar, pero abundan las interrupciones porque nuestro nuevo científico atrae muchos saludos y pláticas amistosas.

—¿Cómo conoce a tanta gente en Birkbeck? —le pregunto a Don, un hombre afable y delgado, cuya sonrisa transforma todo su rostro—. No lleva siquiera un año aquí.

—A diferencia de ti, Rosalind, él es amigable —responde Aaron con una gran sonrisa.

Le doy un golpecito en el hombro.

—No es que yo no sea amigable, es sólo que con frecuencia me pierdo en mis pensamientos.

—Nuestros colegas no saben eso —interviene Ken—. Piensan que los juzgas por sus afinidades con el Partido Comunista.

—¿Eso piensan? —pregunto alarmada.

Mi punto de vista sobre la Unión Soviética no es un secreto: sigo aborreciendo la peligrosa carrera armamentista y el desarrollo de armas cada vez más mortales; pero me estremece pensar que mis colegas científicos crean que los juzgo. Después de haber padecido antes juicios injustos, no quiero que otros piensen que yo soy así.

Ríen; sé que disfrutan provocarme de manera cordial. Pero puedo ver que esto no es del todo una broma.

—Esto no es un truco, ¿o sí?

—Este lugar está lleno de comunistas —explica Aaron sin dejar de sonreír—. No es sorprendente, puesto que Bernal es nuestro intrépido líder. Y bueno, Rosalind, tú tienes un acento sofisticado, estudiaste en St. Paul y vives en Kensington…

—¡Sin olvidar la noche en la que un Rolls Royce se estacionó frente al laboratorio para recogerte y te fuiste en traje de noche! —interrumpe John—. Debiste ver a todos boquiabiertos.

—¿Eso qué tiene que ver con nada? —pregunto.

—Piensan que eres de la clase alta, incluso aristócrata. Esa es la antítesis misma de sus creencias y una de las razones por las que guardan su distancia —sigue Aaron.

Esta explicación me sorprende. Pensar que mi aversión por la Unión Soviética me enemista con mis colegas politizados no sería una noticia, pero pensar que mi posición social les desagrada sí me asombra.

—Bueno, supongo que debería alegrarme de que mis antecedentes no sean de su gusto. Al menos no he hecho nada para ofenderlos con mi comportamiento —afirmo.

Los cuatro hombres se miran entre ellos y me doy cuenta de que no saben cómo responder.

—Eso sólo es adicional —dice Don y todos estallan en carcajadas.

Hasta yo tengo que reír por la broma que hacen a mi costa, en parte porque Don generalmente evita este tipo de intercambios. Siempre afirma que es demasiado nuevo para esas bromas, aunque lleva con nosotros casi cinco meses y puede ser bastante gregario. Con todos menos conmigo. Conmigo es cuidadoso, inteligente y caballeroso, pero no de manera condescendiente. Y cuando pienso que nadie está viendo, le lanzo miradas furtivas a este hombre brillante.

He tenido cinco meses de magnífica colaboración con el estadounidense de bigote que comparte mi determinación casi obsesiva para desenterrar la estructura del virus y elaborar un mapa del ARN. Hemos estado usando reemplazo isomorfo, una técnica nueva que sólo ha utilizado su creador, Max Perutz, en la que se introducen algunos átomos pesados en la proteína viral. Este método está dando como resultado patrones de rayos X sin paralelo de dos tipos diferentes y las métricas de las gráficas de estas imágenes muestran la distancia entre el ARN y el núcleo del virus, así como la ubicación del mismo ARN. Esto nos ayuda a entender cómo la proteína aísla el ARN hasta que este entra a la célula y empieza a replicar al virus. Esta información exacta es vital porque explica cómo funciona el virus y cómo se puede detener.

Trabajar con Don es emocionante y con frecuencia fantaseo sobre lo que nuestros descubrimientos podrían aportar al mundo. ¿Llegaremos a entender la manera en la que los virus proliferan y luego detenerlos con ese conocimiento? Pero no pienso eso sólo por mis proyectos con Don. Tanto nuestra investigación general en Birkbeck como mi nuevo equipo hacen que con frecuencia mi trabajo en King's parezca bajo y mezquino en comparación; me emociona el bien que nuestros estudios podrían hacer a corto plazo en la vida real. Ayuda a sanar el enojo y la decepción que me siguen invadiendo por lo que me hicieron Wilkins, Watson y Crick, sobre todo ahora que Crick y Watson son casi famosos por «su» descubrimiento.

Mis pensamientos se ven de pronto asolados por una punzada de angustia. No puedo perder a esta pequeña familia ni todos los secretos que podríamos descubrir juntos. Pero ¿cómo mantenernos juntos sin financiamiento?

He mantenido en secreto esta molesta preocupación durante meses, desde que Pirie empezó su campaña para destruir el financiamiento del Consejo de Investigación Agrícola. De hecho, para mí lo más importante ha sido proteger al resto del equipo de esta inquietud. ¿Debería cambiar el método ahora? ¿Habrá algo que pudieran hacer para ayudar? No tienen nada que perder más que su tranquilidad y quizá todos tenemos algo que ganar. Decido entrar a la refriega.

Me enderezo y miro a Don, que está sentado frente a mí, y luego a cada uno de los hombres, por turno.

—Hay algo de lo que debo hablar con ustedes; algo que he tratado de solucionar durante meses para no tener que decírselos. —La sonrisa desaparece cuando hago la pregunta—. ¿Recuerdan el artículo que escribí para *Nature*?

—¿Cuál? Has escrito media docena desde que trabajo contigo —dice Don.

—En el que demuestro que las varillas de TMV tienen todas la misma longitud. El que Pirie odió.

—Por supuesto —dice Aaron—. Como consecuencia nos hemos convertido en una fábrica de cultivo de virus.

—Bueno, el encono de Pirie ha ido más allá de negarnos las muestras de virus. Está tratando de acabar con la subvención del Consejo de Investigación Agrícola. El dinero está disponible para el año que entra y Pirie está tratando de envenenar a Slater en nuestra contra. En realidad en contra mía, no de todos ustedes. —Respiro profundo—. Bernal ha tratado de ayudar, pero Slater no lo aprecia mucho. Jim Watson intervino para hablar en nuestro favor mediante un amigo de Pirie y Slater, junto con un montón de otros científicos. Pero no estoy segura de que sea suficiente, aunque publicamos más artículos que cualquier unidad y las invitaciones para hablar en conferencias son más numerosas de las que podemos aceptar. Incluso sir Lawrence Bragg nos pidió nuestros modelos para exhibirlos en el pabellón internacional de ciencias de la Feria Mundial en Bruselas. ¿Qué más podría pedir el Consejo de Investigación Agrícola para darnos la subvención?

—Dios mío —dice Ken empujando su silla hacia atrás.

John hace lo mismo y mira al suelo. Todos sabemos que pueden continuar en programas doctorales y que Don sólo estará aquí por un año. Aaron y yo somos quienes estamos en riesgo.

—Por supuesto que el hecho de que yo sea una mujer no ayuda y que mis catorce años de investigación científica me dan el derecho de ser titular como investigadora principal, que es lo que el Consejo de Investigación Agrícola no me quiere dar.

No formulo lo obvio. Hace ya tanto tiempo que trabajo fuera del sistema acostumbrado de los científicos, donde típicamente hacen fila para tomar turnos en las universidades o instituciones, y nadie quiere darme el título y el sueldo correspondientes a mi experiencia, ahora que por fin lo estoy buscando.

—Desgraciados intolerantes —masculla Don entre dientes, y estoy tanto asombrada por su lenguaje como emocionada por sus instintos de protección. En secreto siempre he esperado que me dedique a mí su afable encanto, pero sé que no debería desearlo. No puedo dejar que nada ni nadie altere el equilibrio que he logrado con mi grupo. En el *labo* aprendí a la mala los estragos que puede causar un enredo amoroso.

—Debe haber otras opciones —dice Aaron con el ceño de sus espesas cejas fruncido.

Él tiene más que perder que yo. Él, su esposa y su hijo pequeño viven de su sueldo, menor que el mío, en el quinto piso de una casa victoriana casi en ruinas en un barrio decididamente popular. Aunque estoy segura de que podría encontrar otro puesto sin problema, su familia depende de él, y si dejara de recibir sus cheques podría causarle muchos problemas.

—Estamos en el umbral de un avance crucial… —continúa— juntos. Cualquier interrupción en el financiamiento podría alterar nuestra investigación y nuestra capacidad de mantenernos juntos como equipo.

«Exactamente lo que me preocupa», pienso. Le lanzo a Aaron una mirada arrepentida.

De pronto, Don se yergue en su silla y su expresión cambia de la aprensión a la emoción.

—¿Qué tal Estados Unidos? Apuesto a que los Institutos Nacionales de Salud de Estados Unidos podrían darte el dinero; se sabe que financian proyectos importantes fuera del país. ¿Qué es más importante que tu trabajo, que responde a preguntas fundamentales sobre el mecanismo del proceso de la vida? ¿Cómo podrían negarse a una hermosa científica británica que está a punto de descubrir los secretos del ARN junto con el funcionamiento secreto de los virus?

Capítulo 47

30 y 31 de agosto de 1956
Londres, Inglaterra

—Qué gusto que hayas podido venir a la sinfonía, querida, aunque te ves un poco hinchada. ¿Supongo que por el viaje? Cómo me gustaría que trabajaras y viajaras menos de lo que haces —dice mamá cuando me siento en la silla forrada de terciopelo escarlata a su lado; extiendo la falda de mi vestido de noche color carmesí y pienso en lo afortunado de que los dos tonos de rojo combinen.

Cómo hubiera deseado que no mencionara la hinchazón, porque es un tema sensible. He estado luchando con eso durante meses, en particular la del vientre, mucho antes de mi viaje a Estados Unidos; ninguna restricción nutricional me ayuda a que disminuya. Supongo que sólo debería estar agradecida de que mamá no se dé cuenta de que me peiné de manera distinta para cubrir la pequeña calvicie que descubrí en mi coronilla.

Me acaricia la mano como si fuera un pequeño *poodle*.

—En fin —continúa—, estamos muy contentos de que hayas venido. Significa mucho para Jenifer.

Mi hermana es la presidenta del comité de recaudación de fondos de la orquesta Goldsbrough, fundada en 1948 por Lawrence Leonard y el reconocido director y clavecinista, Arnold Goldsbrough. Si me hubiera sentido inclinada a trabajar en las obras de

313

filantropía de mis padres, esta no habría sido mi primera elección de instituciones venerables por las cuales laborar. La orquesta se especializa en música antigua, en particular del periodo barroco, y honestamente siempre he tenido una relación complicada con la música y disfruto la radio casi tanto como una sinfonía en vivo. El evento de esta noche abre la temporada de la orquesta con un concierto en Wigmore Hall, que será seguido de una cena de beneficencia para celebrar. Parece el papel perfecto, honorable y filantrópico para la joven hija de Ellis Franklin y mis padres están muy orgullosos de ella. «Si tan sólo encontrara al chico adecuado para casarse», los he escuchado decir con bastante frecuencia como para darme cuenta de que es la única queja que tienen de Jenifer, puesto que hace ya mucho tiempo que abandonaron la idea de que yo me casara. Es evidente que no comparten el punto de vista de Adrienne.

—¿Cuándo aterrizaste? No estábamos seguros de que llegaras antes de que hicieran la última llamada, con tantas veces que tu vuelo se pospuso —pregunta papá desde su silla, al otro lado de mamá.

El encantador telón de fondo eduardiano de Wigmore Hall lo enmarca, las paredes de mármol y alabastro lo hacen parecer moreno en su traje negro y ojos caídos. Al final del pasillo veo a Colin, Charlotte y Roland; los saludo con un gesto de la mano.

—Como a las tres de la madrugada.

—¿No estás exhausta, Rosalind? Te ves enferma —se queja mamá.

Me siento por completo agotada, pero no puedo decírselo a mamá.

—No, de hecho vine aquí directamente de la oficina.

Organicé específicamente mi regreso de Estados Unidos para aprovechar lo más posible mi tiempo ahí y asegurarme de pasar un día en la oficina esta semana y poder asistir al evento. Este segundo viaje a Estados Unidos, patrocinado por la Fundación Rockefeller, fue mucho mejor que el primero. Di conferencias y visité laboratorios en Nueva Inglaterra, donde pasé momentos encantadores con los Sayre, en el Medio Oeste y por último en California que me hicieron sentir como una vuelta a casa y una revelación, sobre todo con las relaciones científicas y los reencuentros que tuve. Pero también sirvió para otro propósito, más urgente: me abrió caminos para obtener los fondos necesarios de los Institutos Nacionales de Salud de Estados Unidos. Me anima pensar que, después de todo, quizá puedo mantener a mi equipo unido y pienso empezar el proceso de solicitud de inmediato.

—¿Me estás diciendo que fuiste a Birkbeck después de tres vuelos, uno de ellos trasatlántico, y de llegar a media noche? ¿Y que luego viniste aquí después de trabajar todo el día? —Papá arquea las cejas sorprendido.

Miro al frente hacia el suntuoso fresco de la cúpula sobre el escenario; la figura central representa la encarnación del alma de la música que observa los intensos rayos que simbolizan el genio de la armonía sobre un fondo de cielo azul intenso.

—Siempre cumplo mis obligaciones, papá —respondo en un murmullo como para no molestar a los otros mecenas—. Sin importar cómo me siento ni lo que pasa en el mundo a mi alrededor. ¿No es eso lo que me enseñaste?

El desfase horario me afecta hasta la mañana siguiente. Me quedo dormida mientras estoy sentada en la sala de espera del consultorio del doctor Linken para la revisión médica programada que debemos hacer todos los científicos que trabajamos con radiación en todas partes de Inglaterra, Birkbeck incluido. Cuando la enfermera me llama, despierto en medio de un sueño desagradable en el que se cancela mi vuelo de regreso a casa y nunca puedo llegar a mi destino.

Con los ojos adormilados, entro al consultorio del médico y me desvisto para el examen. Acostada en la mesa de exploración, empezamos a hacer las bromas acostumbradas, para fingir en parte que no tenemos esta intimidad tan desagradable. Es un viejo truco del doctor.

—Acabo de regresar de Estados Unidos —respondo a su pregunta sobre mi último viaje.

Hace una pausa y pregunta:

—¿De dónde?

Luego sigue su incómodo examen.

Hago una lista de los lugares que visité y agrego:

—Por supuesto, las Rocosas fueron espectaculares, pero el sur de California me robó el corazón.

Sonríe, pienso en la inesperada aventura que tuve con mi colega de Caltech, Renato Dulbecco, y con un guía, en la que salimos a las seis de la mañana. Para las once habíamos llegado a la base del monte Whitney, la cima más elevada de Estados Unidos, a cuatro mil cuatrocientos veintiún metros de altura. Llevamos sacos de dormir y comida para veinticuatro horas; escalamos la montaña entre árboles, follaje, lagos e incluso nieve que se hacía más espectacular conforme ascendíamos. Despertamos con un paisaje asombroso desde la cima de la montaña; al bajar nos cambiamos de ropa y en la tarde estábamos en el laboratorio. Fue glorioso e incluso pude distraerme del creciente dolor en el abdomen.

—¿En serio? ¿Qué fue lo que más le gustó?

—El clima, el paisaje y la ciencia. Si mi familia no estuviera tan arraigada en Inglaterra, quizá pensaría en mudarme.

—¿Algún problema mientras estuvo ahí? —pregunta.

—Ninguno. La gente fue encantadora y muy amable.

—Me refiero a que si padeció algún problema físico mientras estuvo ahí, de tipo médico.

Lanzo una risita.

—Disculpe, pensé que seguíamos hablando del viaje. Sí tuve dolores agudos en el abdomen hace como diez días, no mucho después de mi visita a las Rocosas, pero consulté a un médico estadounidense que me dio unos analgésicos y me aconsejó que viera a un doctor al regresar. Por fortuna ya tenía esta cita programada, así que pensé que podía tratarlo con usted.

—Ya veo —dice distraído mientras sigue un examen íntimo un poco doloroso—. ¿Algo más?

—Durante el viaje tuve algunos problemas para subir el cierre de mis faldas y abotonarme los pantalones, pero supongo que no debería sorprenderme el ligero aumento de peso. Estados Unidos es la tierra de la abundancia y me di gusto. Debería ver cuánta comida sirven y no hay racionamiento.

—Se puede vestir. Nos vemos en mi consultorio.

Bostezo y me incorporo; me pongo mi blusa blanca de manga corta por el clima cálido y la falda gris oscuro. Tengo toda la intención de regresar al laboratorio después de la cita con el médico, pero me doy cuenta de que necesitaré varias tazas de café para permanecer despierta frente a mi escritorio mientras empiezo el papeleo de los Institutos Nacionales de Salud de Estados Unidos. Entro al consultorio del doctor Linken y me siento en la silla de roble color gris topo que está frente a su escritorio.

Enciende un cigarro y me ofrece uno, que rechazo.

—Señorita Franklin, tengo que hacerle una pregunta incómoda.

—Doctor Linken, soy científica. No hay nada que pudiera preguntarme que me hiciera sentir incómoda.

Exhala y una nube de humo planea entre nosotros.

—Bien. ¿Hay alguna posibilidad de que esté embarazada?

¿Embarazada? Casi lanzo una carcajada porque, desde luego, no hay posibilidad alguna. Pero una nostalgia inesperada me invade y me pregunto: ¿es algo que me gustaría? Después de todos estos años de decirme a mí misma y a todo el mundo que jamás lo consideraría, ¿en verdad estoy pensando en la posibilidad de la maternidad, a los treinta y seis años? ¿Sin un candidato para marido en puerta? «Qué tontería», me digo.

—No, doctor Linken. No hay posibilidad de embarazo.

—Entonces, señorita Franklin, esto no será fácil de decir. —Le da otra profunda calada al cigarro y continúa—. Creo que necesita consultar a un especialista.

—¿Para qué? —pregunto echando un vistazo a mi expediente que está sobre el escritorio.

Escribió urgente con tinta roja en la parte superior.

—Tiene una masa abdominal.

Capítulo 48

4 de septiembre de 1956
Londres, Inglaterra

¿Dónde estoy?

Hay tanta luz que debo mantener los ojos cerrados; sin embargo, aún puedo sentir la iluminación que penetra por mis párpados cerrados. ¿Estoy de vuelta en la soleada California? Pero no escucho el grito de las gaviotas ni siento el calor de la arena bajo mis pies, así que quizá me equivoco. Pero ¿dónde más podría estar en donde hubiera tanto brillo? Quizá estoy de regreso en el sur de España, con los sorprendentemente amables y encantadores Odile y Francis Crick, viajando por Toledo y Córdoba después de la conferencia de Madrid.

El sonido de una voz familiar llega hasta mí en el sueño ligero en el que caí. ¿Es mamá a quien escucho? ¿Qué estará haciendo en España o California? ¿Y la tía Mamie y papá, cuyas voces también resuenan a mi alrededor? El estrés de procesar este dilema hace que me retumbe la cabeza y permito que me invadan las olas de agotamiento.

Un repentino dolor en el brazo y luego en el abdomen me despiertan. Enfrento la luz y abro los ojos. Un rostro desconocido me mira desde arriba. Una joven de cabello rubio con una cofia blanca almidonada y vestido blanco. Me mira durante un minuto y luego cambia una bolsa que cuelga de un palo de metal a mi lado. ¿Qué demonios está pasando?

Un líquido frío pulsa por mi brazo, y con él llega el olvido. Mis ojos se hacen insoportablemente pesados y escucho a la mujer preguntarme como si estuviera a mucha distancia:

—¿Cómo se siente, señorita Franklin?

Después, todo se vuelve negro.

Cuando despierto de la oscuridad, la luz brillante ya no está y la reemplaza una sombra gris uniforme. Me atrevo a abrir los ojos y me doy cuenta, por primera vez en no sé cuánto tiempo, de que estoy en el hospital. Todas las piezas se juntan y recuerdo que me hicieron cirugía por la masa abdominal que encontró el doctor Linken. Y, junto con la masa, el cirujano extirpó cualquier mínima oportunidad de embarazo que hubiera podido tener en algún futuro incierto.

Escucho voces de nuevo, posiblemente vienen del pasillo afuera de mi habitación. De hombre, de mujer, apagadas y fuertes, todas mezcladas de tal manera que no puedo entender una sola palabra. Luego, una sola voz surge de la ciénaga, una que no reconozco. ¿Podría ser el cirujano?

—Dos masas. Una en el ovario derecho del tamaño de una pelota de críquet. La otra en el ovario izquierdo, del tamaño de una pelota de tenis.

¿Es el cirujano que habla de mí? ¿De lo que encontró dentro de mí?

Alguien hace una pregunta que no llego a escuchar, pero sí entiendo la respuesta del cirujano.

—No sabemos lo que las provocó, pero por supuesto se han registrado varios tumores en científicos y empleados que trabajan con radiación, y no podemos descartar una relación, aunque la evidencia es en su mayoría anecdótica en esta etapa. Por eso se instituyó el requisito de exámenes médicos anuales.

Los sollozos de mamá me impiden entender lo que dice después. Eso no me preocuparía porque siempre llora, pero luego escucho a la estoica tía Mamie unirse a los lamentos. Lágrimas de autocompasión y miedo inundan mis ojos hasta que escucho a papá gritar:

—¡Basta! Tenemos que escuchar.

Sé que sus palabras no se dirigen a mí; mi familia no sabe que puedo oírla detrás de la puerta cerrada de mi habitación del hospital. Supongo que ni siquiera saben que estoy despierta, de lo contrario alguien estaría aquí conmigo. Pero tienen el mismo efecto que una orden y de inmediato cesan. Escucho.

—Odio ver esto en una mujer tan joven y encantadora, pero esa es la razón por la que tenemos revisiones médicas frecuentes para los científicos. Señora, señor Franklin, lamento tener que decirles esto, pero su hija tiene cáncer.

Capítulo 49

24 de octubre de 1956
Los Fens, Inglaterra

—Eres como un ángel guardián que se precipitó del cielo para salvarme justo antes de la catástrofe —le digo a Anne con una risita cuando entramos a la pintoresca casita de campo que nos prestaron los Crick para el fin de semana, que Frances me ofreció sólo si mi «mente de primera clase podía soportar un alojamiento de segunda clase». Pero luego no puedo evitar agregar una advertencia a mi halago—. Aunque no creo en los ángeles, por supuesto.

—Por supuesto —responde riendo—. Pero exageras mi ayuda, Rosalind. En verdad para mí es un placer venir contigo unos días a este paisaje bucólico. Después de todo te he extrañado y me regreso a Estados Unidos en una semana. Si una larga semana de descanso te ayuda a recuperar tu fuerza, bueno, eso es sólo un extra.

Las palabras de Anne suenan optimistas y desenfadadas, pero puedo ver que las eligió con cuidado, para hacerme sentir menos como la inválida que soy, sobreviviente de no una, sino dos cirugías, y más como la Rosalind de antes, la científica que trabajaba veinticuatro horas para obtener los resultados más rigurosos; la escaladora de montañas que animaba a otros a llegar a cimas legendarias por toda Europa; la anfitriona que siempre se aseguraba de que sus invitados disfrutaran de su comida favorita cuando me visitaban en mi departamento, aunque eso significara comprar condimento de pasta de anchoas, café italiano o unas galletas en particular. La Rosalind que seré de nuevo.

Aunque veo las intenciones de Anne al describir esta breve escapada como una estadía de dos amigas, más que un descanso de convaleciente, lo aprecio y tengo todas las intenciones de jugar mi papel. Es un alivio actuar normal después de semanas interminables de las angustias de mi madre y mis tías al cabo de dos cirugías. Cuando Anne vino a buscarme sentía que no podía respirar en casa de mis padres. Su ofrecimiento para sacarme de ahí fue un salvavidas.

—Oh, no te agradezco que me ayudes por cualquier tipo de descanso que yo pueda necesitar… —digo agitando la mano como si alejara a una mosca molesta al tiempo que me siento con cuidado en el sofá mullido de cuero café que está frente a la chimenea—. No es eso lo que quiero decir. En realidad quiero expresar mi gratitud por haberme rescatado de mi familia.

Anne ríe con mi broma y yo río con ella, aunque eso hace que me duela la incisión en el abdomen. Por primera vez en casi dos meses me siento emocionalmente ligera y optimista, aunque mi cuerpo todavía no se haya recuperado. Mi madre que no dejaba de quejarse y retorcerse las manos todos estos largos, largos días en casa de mis padres; ha sido opresivo, no algo que me ayudara a sanar. Y sé que sanaré a pesar de mi madre, más que gracias a ella, por bien intencionada que pueda ser.

—Tus padres sólo desean tu bien —dice Anne, defendiéndolos por costumbre y deferencia.

—Demasiado bien, en mi opinión. Pero no hace falta abombar las almohadas tantas veces al día.

—Eso quizá es cierto. Pero tú eres una paciente formidable y es muy probable que ella no sepa cómo atenderte sin ofenderte.

—¿Una paciente formidable? —me burlo.

—¿En serio lo estás negando? Eres una persona formidable; entonces, ¿por qué piensas que no eres una paciente formidable? —responde con los brazos en jarras.

Una de las cosas que más disfruto de Anne no es sólo su agudo intelecto, sino su gran honestidad. Necesito que me hablen francamente, sobre todo ahora. Me hace sentir yo misma.

Río y acepto sus palabras.

—Supongo que tienes razón.

—Sabes que la tengo —dice bajando las manos y esbozando una sonrisa en su rostro anguloso—. Ahora espero que no seas muy berrinchuda conmigo si te preparo un caldo de res.

Suspiro al imaginar el agradable caldo de res frente a la chimenea en una cabaña rodeada de ciénagas, esa hermosa planicie costera pantanosa al este con tanta diversidad de animales maravillosos, y mi querida amiga a mi lado. El lugar es casi perfecto, salvo por el cáncer, claro. El diagnóstico que todos tienen en mente pero del que nadie habla por supersticiones anticuadas. Ni siquiera la franca y honesta Anne. Pero yo soy una científica y ¿por qué debería evitar una franca conversación sobre un crecimiento celular invasivo, una anomalía biológica? De cualquier modo, creo que Anne no me tratará diferente cuando escuche lo grave que era mi condición.

—El cáncer remitió, lo sabes —digo.

Se paraliza al escuchar la palabra cáncer. ¿Por qué todos tienen tanto miedo de la palabra? No es como si decirlo en voz alta lo hiciera contagioso.

Me lanzo en un discurso desapasionado de mi estado.

—El cirujano encontró tumores en mis ovarios en la primera cirugía, así que extirpó el ovario derecho y parte del izquierdo. Después de más exámenes y síntomas de mi parte, realizó una segunda cirugía y extirpó el resto del ovario izquierdo y efectuó una histerectomía. Más tarde me dijo que los tumores estaban completamente contenidos y que al extirpar esos órganos eliminó el cáncer. —Respiro profundo; de pronto estoy agotada. No creo haber hablado tanto sobre mi condición médica con nadie más que con el cirujano, y me parece que es necesario hablarlo con alguien en voz alta; me sorprende cuánto peso me quito de encima—. Así que ya ves, Anne, estoy bien. Sólo necesito reponerme de las cirugías.

Anne no responde de inmediato; en su lugar, se sienta lentamente a mi lado en el sofá de cuero. Hago una pequeña mueca al cambiar de posición, pero trato de ocultarlo. Mostrar debilidad podría socavar la declaración optimista que acabo de hacer sobre mi estado.

—¿Estás segura?

—Totalmente. Calculo que estaré restablecida por completo y de vuelta al trabajo antes de que acabe el año.

El cuerpo de Anne se relaja visiblemente. Hasta ahora me doy cuenta de lo tensa que había estado. ¿Qué le dijo mi familia?

Toma mi mano y la aprieta con fuerza.

—Oh, Rosalind, me tranquiliza tanto. Cuando no tuve noticias tuyas después de que llevaba ya casi dos semanas en Inglaterra, a pesar de las llamadas y las cartas, llamé a tu familia. Tu madre apenas podía hablar entre sollozos por el teléfono. Pensé lo peor.

Le aprieto la mano a mi vez y luego la suelto.

—Ya no tienes que pensar más. Como ves, me estoy recuperando y en muy poco tiempo estaré paseado en Nueva York otra vez, después de mi siguiente conferencia. La ciencia me ha cuidado, como siempre lo ha hecho.

Capítulo 50

7 de enero y 25 de abril de 1957
Londres, Inglaterra

El trabajo me llama. Mis padres me suplican no volver, me ruegan que me quede en su casa un mes más, el cuarto, para recuperarme. En vano. Todos saben que intentarlo es tiempo perdido. Se aproxima la fecha límite para que el Consejo de Investigación Agrícola tome una decisión y debo insistir, junto con el financiamiento de los Institutos Nacionales de Salud de Estados Unidos como alternativa. No abandonaré a mi pequeña familia.

Por supuesto, nadie en Birkbeck conoce la naturaleza de mi enfermedad. Del cáncer no se habla, ni siquiera en compañía de científicos que normalmente se expresan con franqueza; ni siquiera de un cáncer que ya ha sido tratado. Cuando subo jadeando los cinco tramos de escalera hasta mi oficina el primer día de mi regreso, rechazo los ofrecimientos de ayuda de Aaron, Ken, John y Don. No quiero que se preocupen y no quiero que me vean de manera distinta. De cualquier forma, el médico me dijo que cree que se deshizo de todo el cáncer.

Aaron y yo nos miramos por encima de mi escritorio y me pregunto si mi aspecto es diferente. Claro que he perdido peso; frente al espejo me veo demacrada, pero ¿el doble cárdigan que me pongo para protegerme del frío del invierno que me penetra ahora más que antes oculta la delgadez de mi cuerpo? Eso espero.

—Qué bueno tenerte de vuelta, Rosalind. Estábamos preocupados.

Finjo no escuchar sus palabras amables; no me puedo arriesgar a molestarme frente a la compasión de Aaron.

—¿Revisamos los distintos proyectos? —pregunto—. ¿Para ver en qué estado están?

—¿Qué? ¿No confías en que los supervisé correctamente mientras estabas fuera? —bromea al ver que prefiero no hablar de mi enfermedad.

—Claro que no —respondo en el mismo tono—. Sin duda preparaste una sopa minestrone con todos los virus de las verduras que estamos estudiando.

Ríe, pero ya tiene lista la investigación, presentada en gráficas y organizada para que yo la revise. Empezamos a hacer una comparación de los experimentos y resultados que obtuvo el equipo de los virus de la papa, tomate, chícharo y nabo que examinábamos, nuestra «minestrone». Excede mis expectativas y demuestra que los pequeños virus de ARN como el de la polio y los virus esféricos vegetales tienen similitudes. ¿Deberíamos ampliar nuestro enfoque e incluir virus letales? ¿Qué efecto podría tener nuestra investigación del virus ARN en los padecimientos humanos?

—¡Increíble! Los datos son tan abundantes que podríamos escribir docenas de artículos sobre ellos. ¡Y ya tenemos siete haciendo fila para publicación sólo este año! —exclamo; luego, haciendo la única alusión que mi enfermedad y mi autosuficiencia me permiten, agrego—: Manejaste todo de forma maravillosa en mi ausencia, Aaron.

—Tengo una líder maravillosa de quien seguir el ejemplo —responde.

Nos miramos y sospecho que parpadea para evitar las lágrimas. Igual que yo.

«¿Cómo es posible que ya haya llegado la primavera?», pienso. Los últimos tres meses y medio pasaron volando entre la preparación de especímenes, la toma de imágenes cristalográficas, la comparación de fotografías de diferentes tipos de virus vegetales y la redacción de artículos; sin hablar de la parte administrativa y la recaudación de fondos. He hecho un gran esfuerzo para ocultar mi continuo agotamiento y las frecuentes citas médicas, y cuando escucho que Ken le dice a John que padezco «problemas femeninos», me parece que es una buena señal de que mi treta funcionó.

Al regresar de un almuerzo particularmente alegre en un restaurante indio local encuentro dos cartas interesantes sobre mi escritorio; llevaba semanas esperando una de ellas. ¿Cuál abrir primero? ¿El sobre del Consejo de Investigación Agrícola o la inesperada misiva del Consejo de Investigación Médica?

Sostengo encima de ambos sobres mi abrecartas de plata. Me decido y tomo primero la carta del Consejo de Investigación Agrícola, antes de pensarlo más o cambiar de opinión. Abro el sobre; la primera línea me sorprende y me emociona: «Hemos decidido renovar su subvención».

Casi doy un salto y llamo a Aaron, pero luego leo la siguiente línea. Al parecer, el dinero es sólo por un año, no tres como antes; debo encontrar otro financiamiento. Mientras asimilo esta noticia, aún aliviada por la decisión, leo el siguiente párrafo. El Consejo de Investigación Agrícola rechazó mi solicitud como investigadora titular principal. Consideran que un cargo en una universidad o en un instituto de investigación es más apto para una científica de mi alto nivel.

Me invade una mezcla de alivio y rabia. Mi equipo cuenta con los fondos suficientes al menos un año más, pero el insulto a mi persona es grave. Mis científicos y yo estamos publicando más artículos, artículos importantes, que cualquier otra unidad que recibe subvenciones del Consejo de Investigación Agrícola. Sé que la renuencia a financiar a mi equipo proviene de las invectivas de un científico, Pirie, contra una mujer que lo supera en la investigación de virus. Y no puedo creer el comentario desconsiderado sobre el empleo en una universidad o instituto de investigación. ¿Creen que es tan fácil para una mujer obtener esos puestos? De cualquier forma, ¿por qué todos deben seguir el mismo camino, sean hombres o mujeres?

Aunque sé que debería sentirme agradecida por la subvención, casi pateo el bote de basura por la frustración; en ese momento, la segunda carta llama mi atención. ¿Por qué me escribe el Consejo de Investigación Médica? Financió a la unidad de Randall en King's, pero hasta donde sé, no tiene nada que ver con el equipo de Bernal en Birkbeck.

Leo incrédula la carta del secretario del Consejo de Investigación Médica. Dice que sir Lawrence Bragg estaba impresionado con mi excelencia y la importancia de mi investigación; en consecuencia, aunque yo nunca les solicité financiamiento, el Consejo de Investigación Médica quisiera financiar los sueldos de mis asistentes si se acaba la subvención del Consejo de Investigación Agrícola. ¿Será posible que Bragg experimente la misma suerte de culpa que Crick y Watson porque rompió el pacto de caballeros que tenía con Randall, que me puso en riesgo a mí y a mi investigación, y ahora quiere aliviar su conciencia? Me digo que no importan las razones, lo que importa es que tenemos el dinero.

Me levanto de un salto de la silla y llamo a Aaron. Como no viene, grito:

—¡Aaron, Ken, John, Don! ¡Tenemos el financiamiento!

Nadie se apresura a mi oficina ante esta importante noticia y recuerdo que Ken y John salieron a comprar provisiones, Don fue a Cambridge y Aaron bajó al sótano para revisar los experimentos. Pienso en lo aliviados que se van a sentir y en su asombro al saber que recibimos fondos que no solicitamos.

De pronto siento un dolor agudo en el abdomen. Me llevo las manos al estómago y caigo al suelo en agonía. Un charco de sangre se forma debajo de mí, pero todo lo que puedo pensar es que mi equipo no puede verme así. Me levanto con esfuerzo, tomo un abrigo largo para esconder la sangre y prácticamente bajo gateando los cinco pisos para tomar un taxi en la calle que me lleva directo al Hospital Universitario.

Capítulo 51

12 de agosto de 1957
Ginebra y Zermatt, Suiza

¿Don estará tan impresionado como yo por la inmaculada belleza de Ginebra? Intacta de la guerra, esta ciudad resplandece. Edificios viejos y elegantes colindan en armonía con las construcciones nuevas, con las cúspides blancas del Mont Blanc como telón de fondo, emergiendo sobre la línea del horizonte. Dominando el centro de la ciudad se encuentra el profundo y vasto lago Lemán, salpicado por veleros y conectado al río Ródano que serpentea por las calles de la ciudad. No es de extrañar que hayan elegido este maravilloso lugar para la Cumbre de Ginebra, la conferencia de líderes de Gran Bretaña, Estados Unidos, la Unión Soviética y Francia para hablar de la paz. En verdad la ciudad palpita de orden y esperanza.

Don y yo estamos de pie, lado a lado, recargados contra el barandal que divide esta sección azul celeste del lago Lemán. De alguna manera, el estadounidense sociable y ecuánime me parece mucho más atractivo aquí que en Londres, y estoy feliz de que él, entre todos, quisiera venir conmigo a esta conferencia de virología. Espero que el hecho de que el doctor Jonas Salk, descubridor de la vacuna contra la poliomielitis, sea el orador principal no es la única razón por la que aproveché esta oportunidad.

—Don, te agradezco mucho que me hayas aconsejado solicitar el financiamiento de los Institutos Nacionales de Salud de Estados Unidos, hace mucho que debí darte las gracias. Nunca lo hubiera considerado como una opción viable de no ser por ti. Y ahora, míranos.

Hacía mucho que había perdido la esperanza de que los Institutos Nacionales de Salud de Estados Unidos respondieran a mi solicitud, hasta que el mes pasado llegó por correo un paquete grueso en el que nos ofrecían diez mil dólares al año. Ahora, con el dinero estadounidense sumado a los fondos del Consejo de Investigación Agrícola y del Consejo de Investigación Médica, mi equipo cuenta con suficiente financiamiento. Me tranquiliza saber que Aaron, Ken y John tienen empleo seguro para el futuro próximo y que podrán continuar nuestro trabajo, sobre todo ahora. Sobre todo con lo que sé.

—¿Bromeas? —responde con ese tono suyo estadounidense tan encantador—. Es lo menos que puedo hacer por ti y por los chicos. Ustedes me recibieron en su laboratorio con los brazos abiertos y he tenido la experiencia más gratificante de mi carrera. ¡Mira los artículos que tú y yo hemos publicado!

—Nuestras habilidades y conocimiento se complementan, ¿verdad?

Don asiente y me sonríe.

—Este paisaje es maravilloso. Gracias por animarme a que nos saltáramos la primera ponencia para pasear por la ciudad. Sabía que podías ser audaz, pero ¿mal portada? Eso no lo sabía.

—Don Caspar, no tienes idea de lo que soy capaz —digo echándome el cabello hacia atrás.

Es extraño cómo la cercanía de la muerte libera de las convenciones sociales imperantes. No puedo pensar en una sola vez en mi vida que haya coqueteado abiertamente.

Don no tiene idea de lo sinceras que son mis palabras. De hecho, nadie entiende hasta dónde puedo llegar por la ciencia y por la vida. Después de pasar dos semanas en el Hospital Universitario por la hemorragia que tuve en abril, mi cirujano me informó que un nuevo tumor canceroso se había formado en el lado izquierdo de la pelvis y que no había nada que hacer más que buscar el consuelo de la religión. Una vez que se calmó mi rabia por su tono indulgente y su arrogancia, por primera vez desde que me diagnosticaron el cáncer me dejé llevar por la desesperación. No tanto porque mi enfermedad fuera incurable, sino porque la ciencia me abandonaba cuando más la necesitaba. La ciencia, mi compañera incondicional, la lente a través de la cual comprendo al mundo, mi fe, no vendría a salvarme.

Aunque la ciencia me estaba defraudando, yo no podría abandonarla por completo. Hice mi propia investigación, abogué por la radioterapia de cobalto, relativamente nueva, que utiliza aparatos de radioterapia para producir un haz de rayos gama dirigido al tumor para destruir el tejido. Mis médicos se resistieron, argumentando que los efectos secundarios de la terapia, posible malestar agudo debido a la radiación, eran más graves que el insignificante beneficio que podría obtener: la breve prolongación de mi vida. «Terminal» fue la palabra que los médicos utilizaban una y otra vez, conmigo y con mis padres, hasta que mamá empezó a gritar que quería una segunda opinión. Nunca la había visto tan alterada; incluso papá estaba tan trastornado que no trató de controlarla. Pero ni los doctores ni mis padres evitaron que recurriera a la radioterapia y terminé mi último tratamiento justo antes de venir a Suiza, un viaje que más de tres médicos desaconsejaron y que mis padres me rogaron que no hiciera. Sin embargo, decidí escuchar el consejo de Anne de que debería aprovechar estos días y hacer exactamente lo que quisiera; en caso de que mi salud empeorara rápidamente —aquí lloró un poco al decirlo—, los hospitales suizos eran tan buenos como los ingleses. Al escuchar sus palabras y ver sus lágrimas, supe exactamente qué camino tomar. Necesitaba ver el continente una última vez.

No me hago ilusiones de lo que me depara el futuro. Por primera vez uso la ciencia para mí misma: ganar un poco más de tiempo, sí, para mi amada ciencia.

—Oh, Rosalind, me hubiera gustado que vinieras con nosotros a la excursión —exclama Don mientras él y su amigo estadounidense, Richard, salen del sendero y caminan con dificultad hacia mí.

Estoy sentada sobre una cobija en el campo, disfrutando un libro y el impresionante paisaje de la forma piramidal del monte Cervino, esa famosa cumbre alpina a las afueras de Zermatt, donde viajamos para pasar un largo fin de semana después de la conferencia.

—He escuchado que eres una escaladora fenomenal. ¿No hiciste una excursión de dieciséis horas, saliendo antes del amanecer, por las crestas de Péclet-Polset en Alta Saboya? —pregunta refiriéndose a la famosa cordillera, al tiempo que pasa la mano por su cabello húmedo de sudor.

—Lo hice —respondo, resistiendo al impulso de ahondar en el tema.

No deseo llamar más la atención sobre el hecho de que ahora no puedo ser parte de la excursión.

El cáncer me ha robado muchas cosas y una de las peores pérdidas es la energía y la fortaleza para escalar. Entre las cumbres y los valles de una cordillera siempre podía perderme en la urgencia de la búsqueda de un buen punto de apoyo y el asidero más seguro, y en los paisajes inspiradores que surgen detrás de cada roca o colina. Sólo ahí mi mente ocupada y escrutadora podía rendirse y, por un segundo, acallarse. Es, o más bien era, mi única plegaria, muy parecida a mi búsqueda científica.

—Todavía tenemos tiempo para un breve paseo, si quieres, Rosalind. Exploré uno que está muy cerca —dice Richard.

—Quizás en otro momento. ¿Por qué no me acompañan a comer lo que traje?

Se sientan en la cobija y se aflojan las agujetas de las botas. Bajo los rayos del sol compartimos queso, pan, salchichas, fruta y vino dulce. Los hombres se interrumpen al hablar; compiten para compartir los aspectos más emocionantes y peligrosos de la escalada. Todos acabamos riendo y pienso que es la tarde más exquisita que he tenido en memoria reciente; valió la pena el dolor que me causó llegar hasta aquí.

Richard se levanta.

—¿Hacemos esa corta excursión antes de irnos, Don?

—Ve tú. Yo me quedo con Rosalind —responde Don sonriéndome.

—No te pierdas una excursión en el Cervino por mí, Don. Ve con tu amigo —insisto; no quiero su compasión.

—Rosalind, preferiría quedarme contigo.

Su tono es sincero.

Una vez que Richard se ha ido y con un sentimiento de que deberíamos hablar de otros temas que no sean la ciencia que compartimos, Don y yo platicamos sobre la conferencia, las palabras inspiradoras de Jonas Salk y los múltiples giros interesantes que podría tomar nuestra investigación de los virus. Podría hablar todo el día con Don. Cuando terminamos la botella de vino, me mira y dice:

—Hay algo que he estado pensando desde hace algún tiempo, Rosalind.

—¿Qué? —pregunto, pensando en que tiene algunos puntos de vista sobre alguna nueva vertiente de la investigación que podríamos explorar o alguna nueva teoría descabellada que deberíamos seguir mediante la cristalografía.

Se inclina hacia adelante para besarme. Permito que sus labios suaves toquen con ternura los míos y disfruto la suave caricia de su mano en mi espalda y mi brazo. Me rindo a las sensaciones que recorren mi cuerpo maltratado y me permito sentirme viva, tener esperanza y soñar en una vida con Don. Aunque sé que es ilusorio y fugaz.

—He estado esperando hacer esto desde el día en que te conocí en Birkbeck.

—¿Sí?

Estoy asombrada. Que yo sepa, nunca ha coqueteado conmigo, nunca siquiera me lanzó una mirada furtiva. Pero, desde luego, yo también he pensado en él de manera muy diferente a la que pienso de otros científicos de mi equipo; aunque tenga treinta años y yo treinta y siete, y la edad no sea lo único que nos separe.

—Por supuesto. Siento por ti lo que nunca antes había sentido por una mujer. Watson hizo un retrato de esa científica brillante de la clase alta británica, dura como el acero y absolutamente genial. Cuando llegué a la casa de Birkbeck estabas sentada afuera con Aaron, Ken y John; el sol brillaba en tu cabello y tus labios dibujaban una sonrisa radiante. Estabas hermosa, eras amable y tan inteligente como Watson te había descrito. Pero ¿cómo vencer a tus leales guardias? Aaron, Ken y John son como centinelas a tu alrededor.

—Si conocieras mi historia con Watson habrías descartado cada detalle que te dio sobre mí.

—Lo que descubrí fue más maravilloso de lo que cualquiera hubiera descrito —dice acercándose más a mí.

Quiero besarlo otra vez, más que nada. Pero no puedo y sé, con una tristeza incalculable, que mi fantasía momentánea debe terminar.

—Don, sabes que no he estado bien, ¿verdad?

—Sí, claro. Todos estuvimos muy preocupados por ti. Pero regresaste a Birkbeck, un poco más cansada quizá, pero no menos brillante ni encantadora —responde de manera tan tierna y con una caricia suave en mi brazo que me dan ganas de llorar.

—Don, necesito que entiendas algo que incluso para mí es muy difícil aceptar, mucho menos hablarlo con otra persona. —Respiro profundo. No estoy muy segura de poder continuar o cómo decir lo incomprensible, pero de pronto encuentro las palabras—.

No puedo empezar algo contigo porque no puedo empezar absolutamente nada —digo con voz temblorosa.

—¿Qué quieres decir?

Su ceño se frunce aún más, confundido; tengo que ser franca.

—Así como suena.

—No quieres decir que te estás mu… —No puede terminar la palabra.

—Sí —admito. Luego me doy cuenta, por la expresión devastada de su rostro, lo inmediato que suena. En mi urgencia por tranquilizarlo, mi propia tristeza disminuye y mi voz se fortalece—. No en este momento, claro; pero en unos meses, máximo un año.

Sacude la cabeza y empieza a llorar. Esto es mucho más difícil para él de lo que yo había previsto.

—No puede ser, Rosalind. Te ves tan bien.

Siento una calma inesperada.

—Las apariencias pueden engañar y yo podré engañarlos sólo un poco de tiempo más.

—No, no. Seguramente tú, con todo tu conocimiento y los científicos que conoces, debes poder tener acceso a algún tratamiento experimental.

Las lágrimas caen por sus mejillas.

—Ya me sometí a esos tratamientos. —Tomo su mano—. Me dieron el tiempo para hacer más ciencia y para el regalo de hoy.

Capítulo 52

16 de abril de 1958
Londres, Inglaterra

¿Por qué lloran mis científicos? Abro los ojos y veo a Aaron, a Ken, a John y a Don, cuya mano aprieto, sentados alrededor de mi cama con los rostros bañados en lágrimas. ¿Es Ray quien está de pie detrás de Aaron? Increíble, sólo Vittorio podría hacer que esta reunión fuera completa. Luego recuerdo que esta no es una bienvenida a casa; recuerdo dónde estoy y por qué lloran.

—No hay por qué llorar, amigos —digo, pero mi garganta está seca y las palabras salen como un gruñido. Espero que me entiendan.

—Siempre eres tan tonta y tan valiente, maldita sea —dice Aaron entre balbuceos y sollozos.

Si pudiera beber un poco de agua para humedecer mi garganta me reiría de mi amigo, tan bueno y tan directo. Les sonrío a estos hombres buenos, valientes y brillantes que permanecieron a mi lado en los momentos en los que fui más exigente y difícil. Estuvieron conmigo cuando el resto de la comunidad científica me aisló y me motivaron a hacer descubrimientos y a tener ideas que no habría podido tener sola. Algunos de ellos incluso me cargaron al final por la empinada escalera hasta mi oficina en el ático de Birkbeck cuando ya no podía subir esa distancia. Quiero decirles todas estas cosas, pero mi enfermera del hospital Royal Marsden corre la cortina de privacidad que nos rodea a mí y a los científicos; una señal para que se vayan. Don no me suelta la mano, por lo que Aaron tiene que separar sus dedos de los míos uno por uno. Don me besa en la frente y sale, sollozando desconsoladamente.

¿Son los medicamentos para el dolor los que me confunden, o es mi familia la que llega justo después de estos hombres? Mi sentido del tiempo ha cambiado, se dilata en ocasiones y otras se comprime. Mientras pienso en la relatividad del tiempo, la cortina vuelve a cerrarse a mi alrededor y de pronto el espacio está abarrotado con mamá, papá, Colin y Charlotte, David, Roland, las tías Mamie y Alice, Jenifer y Ursula, e incluso Anne en espíritu, porque Ursula lee en voz alta una carta de ella. Ver a Jenifer y a Ursula me recuerda la última parte de mi viaje a Europa este verano pasado, mi último. Después de la emotiva separación de Don, Jenifer, Ursula y yo viajamos por Italia en el coche Morris Minor de Jenifer, y casi puedo sentir el viento que me revuelve el cabello por las ventanas abiertas del automóvil. Durante un segundo sentí que podía estar en cualquier lugar en el tiempo, en cualquier lugar del mundo.

Papá me saca de la ensoñación.

—Rosalind, querida. ¿Me escuchas?

Asiento o creo hacerlo. De cualquier forma, él continúa.

—Tu mamá y yo queremos que sepas cuánto te amamos, lo orgullosos que estamos de la vida que has tenido. No comprendíamos tu trabajo, lo importante que era y todo lo que lograste hasta que el doctor Bernal nos llevó a tu laboratorio y nos explicó. Y luego vimos tu modelo en la *conversazione* de la Royal Society y sir Lawrence Bragg se deshizo en elogios.

Bien. Me da gusto que estén contentos.

—Gracias —digo en un murmullo débil.

Un desfile de manos, mejillas, lágrimas y besos pasa sobre mí; Ursula es la que se toma más tiempo. Tengo la sensación de que mi familia me invade de pies a cabeza hasta que pasa el último, como si fueran las bases de los escalones espirales de ADN y yo llevara su legado genético hacia el futuro. Luego se van y me quedo sola.

¿O no?

La cuesta es cada vez más empinada. Estoy llegando a la cumbre de esta cadena montañosa; ¿reuniré la fuerza para el ascenso final? No creo haber llegado nunca sola tan lejos y tan alto. Aunque no es que esté por completo a solas. He rebasado a grupos de escaladores y paseantes; me consuela que, si me equivoco en la distancia o calculo mal un punto de apoyo, alguien me encontrará. Me permito rendirme ante la urgencia de la expedición para que cada paso siguiente sea correcto. Sólo entonces podré liberarme y elevarme.

Ya casi estoy ahí, hasta que no lo estoy. De pronto, estoy de vuelta en la habitación del hospital, en compañía de alguien más. Es mi querida Adrienne, quien debió viajar desde París para venir a verme. No hablamos, no es necesario. Siento que me acaricia el cabello con sus dedos y la escucho murmurar en mi oído: «*ma chère*», cuando otra silueta se sienta junto a ella. Es Jacques Mering.

—Rosalind —dice.

Siempre amé la manera en la que decía mi nombre.

—Rosalind —repite hasta que puedo oír, ver y sentir su arrepentimiento por haber desperdiciado nuestro amor, y su dolor de perderme.

Pero aún no me he ido.

Estoy a unos cuantos pasos de la cima. Pero lo que pensé que eran las señales del sendero hacia la cúspide son las manchas diseminadas de una imagen cristalográfica de rayos X, la inconfundible doble hélice del ADN. Me doy cuenta de que los patrones son uno y el mismo, que se materializan ante mis ojos como puntos de apoyo perfectos en la escarpada cara rocosa de la montaña, cada uno estable y que marca el camino a la seguridad y la revelación. Ya he escalado antes este patrón, de hecho lo descubrí y lo compartí con el mundo, y entiendo ahora que aunque no haya transmitido mis genes, perduraré conforme el conocimiento de mi descubrimiento se reproduzca una y otra vez a lo largo del tiempo.

Nota de la autora

La historia de Rosalind Franklin es, en parte, la historia de cómo una científica desconocida se convirtió en un ícono, al menos en algunos círculos —su nombre está grabado en centros médicos, universidades, laboratorios, un *rover* ExoMars e incluso un *doodle* de Google—. Por supuesto, su narrativa también es muchas otras cosas, según lo planteo en esta novela: la fábula de una científica brillante y rigurosa que pudo sacar de las sombras los secretos del ADN, un recuento de cómo tuvo que combatir los estereotipos sobre mujeres y científicas que hacen su trabajo y el precio que le cobró esa lucha; una crónica de la forma en la que otros se apropiaron de sus detalladas contribuciones sin su conocimiento o permiso, y una exploración del vasto y crucial legado de Rosalind. Sin embargo, el camino de Rosalind del anonimato hasta su relativa fama posterior, mucho más conmovedor debido a su muerte prematura, es tanto la consecuencia del trabajo de su vida como un relato en sí mismo, en particular porque la manera en la que surgió es bastante inusual. Indagar en la cuestión de cómo a su legado le crecieron alas después de décadas de haber estado amarrado en la oscuridad —como el de muchas de las mujeres de quienes escribo— es fundamental cuando pensamos cómo los legados de las mujeres, tanto de la historia como las modernas, deberían ser conocidos y celebrados.

De este modo, ¿cómo una científica ingeniosa y en cierto sentido desconocida se convirtió en una leyenda en su campo? En el caso de Rosalind eso no sucedió durante su vida, como sin duda lo saben los lectores de *El secreto de su mente*, y en este sentido no exploro eso en la novela. Tampoco ocurrió en los años que siguieron a su muerte en 1958, ni antes ni durante ni inmediatamente después de que James Watson, Francis Crick y Maurice Wilkins ganaran el Premio Nobel en 1962 por artículos y declaraciones basadas en la investigación de Rosalind. La semilla de su reconocimiento comenzó en el lugar más insospechado: en las memorias de James Watson, *La doble hélice*, publicadas en 1968, donde comparte su versión del descubrimiento de la doble estructura helicoidal del ADN, ese descubrimiento que cambió al mundo.

¿De qué manera un libro escrito por la esporádica némesis de Rosalind encendió la llama de su fama? Sobre todo porque el libro retrata a Rosalind bajo una luz muy negativa, donde la critica por su aparente falta de feminidad; la vapulea por negarse a actuar como si hubiera sido subordinada de Wilkins, cuando a ella la contrataron como a su par; condena su método riguroso y aferrado a datos duros —que en general en ciencia es algo positivo—, y la denigra refiriéndose a ella con el diminutivo de Rosy, un apodo que ella odiaba y nadie usaba. Y en particular cuando Harvard University Press rechazó el libro para su publicación debido a las vehementes objeciones de Crick y Wilkins. Pues bien, es precisamente debido al retrato que Watson hizo de Rosalind bajo una luz tan aborrecible y de ninguna manera «color de rosa» que comenzó el camino para que Rosalind se convirtiera en un ícono.

Su querida amiga Anne Sayre, quien aparece brevemente en *El secreto de su mente*, se enfureció al leer el retrato que Watson hizo de Rosalind en *La doble hélice* cuando finalmente lo publicó Atheneum, lo mismo que su familia y muchos científicos con quienes ella trabajó y colaboró. La Rosalind de las páginas del relato superventas de Watson sencillamente no reflejaban a la Rosalind que ellos habían conocido; más bien parecía el estereotipo de la mujer científica hostil, poco atractiva, obstinada y de mente estrecha. Y Anne estaba decidida a llegar al fondo de esta representación injusta, así como a la marginalización que hizo Watson de las contribuciones de Rosalind; sobre todo porque la persona más adecuada para defenderse a sí misma y reivindicar su trabajo, Rosalind, ya no podía hacerlo.

De este modo comienza el proyecto de Anne, que duró muchos años, para investigar de manera independiente el descubrimiento de la estructura del ADN y el papel que jugó Rosalind en él, una tarea enorme en la que Anne descubrió los engaños de Watson y que al final la llevaron a escribir su propia obra en 1975, *Rosalind Franklin y el ADN*. El libro de Anne, así como los documentos y las cartas que conformaron la base de su investigación para redactarlo, muestra a una Rosalind muy diferente a la que Watson había creado. En el relato y la investigación de Anne, el lector encuentra a un genio muy trabajador que desenreda meticulosamente uno de los mayores misterios de la vida, junto con colegas que colaboran con ella y la admiran; todos salvo Wilkins, Watson y, en menor medida, Crick. Y conforme el lector se involucra en la narrativa basada en hechos de Anne, empezamos a preguntarnos si Watson hizo de Rosalind una caricatura y devaluó sus esfuerzos por alguna razón propia, ¿quizá para desviar la atención del uso que hizo de las imágenes y datos de ella? Después de todo, si la «Rosy» mezquina y poco atractiva no sabía lo que estaba haciendo, ¿por qué Watson usó su trabajo? ¿O acaso Watson ofrecía una razón por haberlos usado, sugiriendo que puesto que Rosalind era tan desagradable él tenía derecho a usar el fruto de su trabajo? Mientras la obra de Anne ganó fama en la década de los setenta, el retrato que había hecho Watson empezó a ser cuestionado y el legado de Rosalind alzó el vuelo.

Fue la representación de Anne la que inspiró a mi Rosalind Franklin. Espero, en la pequeña medida en la que pueda contribuir, haber continuado lo que Anne comenzó en *Rosalind Franklin y el ADN*, si bien en un formato de ficción que me permite llenar los huecos de nuestra comprensión usando la imaginación mezclada con la investigación y extrapolación lógica. Si *El secreto de su mente* puede ayudar a alimentar la semilla que plantó Anne, entonces habré logrado uno de mis objetivos al escribir esta novela —todas mis novelas en realidad—. Si bien desearía que Rosalind estuviera con nosotros para presentar sus verdades como respuesta a Watson y afirmar su propio legado, espero que mi Rosalind ficticia ayude a los lectores a apreciar a Rosalind Franklin la científica, la hija, la hermana, la amiga, la colega, la amante y el ícono: todo el secreto de su mente.

Agradecimientos

La lista de las personas con quienes estoy en deuda para esta novela parece tan larga e interconectada como las cadenas que forman la doble hélice del ADN. Cada una de ellas es un vínculo integral en el proceso que permitió la historia de esta científica brillante y determinada, y a que viera la luz su crucial legado después de tantas décadas perdido en los oscuros recovecos de la historia. A cada una de ellas, les agradezco profundamente.

Como siempre, debo empezar por mi maravillosa agente, Laura Dail, de cuya orientación sabia y decisiva dependo por completo y sin quien este libro no hubiera sido posible. Qué afortunada soy de contar con el maravilloso equipo de Sourcebooks, que me ayuda a asegurar que mi humilde manuscrito pueda ser el mejor libro imaginable y que la historia de Rosalind Franklin llegue a un gran número de lectores, en particular a mi perspicaz y brillante editora, Shana Drehs; a la inspiradora líder de Sourcebooks, Dominique Raccah; así como a las siguientes personas maravillosas y talentosas: Molly Waxman, Cristina Arreola, Todd Stocke, Valerie Pierce, Lizzie Lewandowski, Margaret Coffee, Tiffany Schultz, Ashlyn Keil, Bridget McCarthy, Heather Hall, Ashley Holstrom, Kelly Lawler, Sarah Cardillo, Dawn Adams y Heather VenHuizen.

Y, por supuesto, *El secreto de su mente* necesita vendedores de libros, bibliotecarios y lectores que disfruten y recomienden el libro; con ellos, contigo, estoy infinitamente agradecida.

Para esta mujer histórica tan singular tengo un agradecimiento singular. Gracias a la querida amiga de Rosalind, Anne Sayre, quien dedicó años de su vida a la investigación y defensa del trabajo, personalidad, memoria y legado de Rosalind, durante los cuales Anne hizo el trabajo preliminar del ascenso de Rosalind hasta su categoría de ícono, con su brillante biografía *Rosalind Franklin y el ADN* y motivó mi trabajo en el proceso. Qué suerte tenemos de que cuando Anne terminó su libro, le diera todas las cartas, entrevistas e investigación en la que basó su biografía a la biblioteca de la Sociedad Americana de Microbiología, donde crearon una colección especial para esos invaluables documentos y a los que el magnífico bibliotecario Jeff Karr me permitió tener acceso. Más importante que nadie, estoy en deuda con la misma Rosalind Franklin: por inspirar esta novela y por sus invaluables contribuciones a la humanidad que cambiaron el mundo.

Por último, si bien no menos importante, a mis tres hijos: Jim, Jack y Ben. Ustedes tres son la razón y la inspiración de todo.